SOPHIE MOORE

WILD DARK Hunter

GEFLOHEN IN DIE WILDNIS

BAD HERO ROMANCE

Enthält sensible Themen

Eine genaue Auflistung aller in diesem
Buch enthaltenen Triggerthemen findest du auf:
www.federherzverlag.de/trigger

WILD DARK HUNTER
Geflohen in die Wildnis
Band 1 von 3

Bildmaterial: Shutterstock, Freepik
Korrektorat: Diana Maier

ISBN: 978-3-947290-87-1

PRINT GROUP Sp. z o.o.
ul. Księcia Witolda 7
71-063 Szczecin (Polen)

Federherz Verlag
Süntelstraße 70
31848 Bad Münder
www.federherzverlag.de
Instagram: @federherz.verlag

Für deine wilde Seele.
Halte sie niemals klein!

PLAYLIST

THE HUNTER – Adam Jensen
BAD – Royal Deluxe
WICKED GONNA COME – Blues Saraceno, Nine One One
ANIMAL – Missio
BLOOD SHOT ADULT COMMITMENT – Madrugada
BLUE – Migrant Motel
GOLD – Jeremy Loops
HUSTLE AND CUSS The Dead Weather
MY SILVER LINING – First Aid Kit
HOUSE OF MERCY – Sarah Jarosz
WHO DID THAT TO YOU – Rob Starr & The Hollywood Singers + Orchestra
BLOOD // WATER – grandson
NEVER BE THE SAME – Welshly Arms
BABY OUTLAW – Elle King
BANG BANG – Nancy Sinatra

ACHTUNG

Kleines, wenn du jetzt weiterblätterst kann es passieren, dass du schneller in Blackwater Mountain einheiratest, als dir lieb ist. Hier draußen warten richtige Kerle auf dich, die kein Blatt vor den Mund nehmen. Dir wird Dunkelheit begegnen, heftiger Sex, derbe Sprache, Waffen, Drogen und Gewalt.

Und wenn du Pech hast und ihnen gefällst, beschließen sie am Ende vielleicht sogar, dich zu behalten. Glaub mir: Hatte dich einmal ein Crave, wirst du nie wieder etwas anderes wollen.

Also, was sagst du? Bereit, ein echter verschissener Blackwater zu werden, Townie?

PROLOG

EZRA

Du meinst, es bringt etwas, wenn du rennst? Willst einfach so abhauen, weil du denkst, die Bäume könnten dich schützen?

Du hast ja keine Ahnung, wie sehr ich eins bin mit diesem Wald. Ich bin verbunden mit der Wildnis. Sie ist in mir, umgibt mich, brodelt durch meine verdammten Adern.

Meine Augen folgten routiniert den Spuren im Moos. Abgeknickte Zweige, zerbröselte Rinde. Dieser kleine Idiot bewegte sich plump wie eine ganze Elefantenherde. Dumm für ihn. Jeder Muskel in meinem Körper war angespannt, konzentriert.

Der Wind rauschte in den Blättern, es roch nach Freiheit und Gefängnis zugleich. Nach meinem Gefängnis. Und seinem Verderben. Er war abgehauen, aber ich würde ihn zurückholen und mir alle Scheißzeit der Welt dabei lassen. Ich konnte ihn die ganze Nacht jagen, wenn es nötig war. Denn ich war ein verdammter Jäger. Ich würde es immer sein.

Wir alle tragen Schatten in uns und du wirst meine in

Kürze kennenlernen. Nicht, weil ich es will, sondern weil ich muss, okay?

Gleich hatte ich ihn. Ich hörte bereits sein Keuchen, roch seine Angst.

Wenn das hier erledigt war, würde ich zu Ruby fahren und mir ihren Körper nehmen, um mich wieder wie ein Mensch zu fühlen. Um für ein paar Atemzüge den verkappten, kalten Stein zu vergessen, zu dem ich geworden war.

Seine abgehetzten Schritte hallten an mein Ohr und ich hielt den Atem an. Lauschte konzentriert in die Dunkelheit.

Ich verrate dir mal etwas, Kumpel: Nichts auf dieser gottlosen Welt kann dich vor mir schützen. Weder die Bäume, noch die Nacht oder der Wind. Wir sind verfluchte Tiere. Du, ich, einfach jeder. Und wenn es um alles geht, sind wir auch zu allem bereit.

cken? Mir ist irgendwie der Appetit darauf vergangen.«

Titten-Äpfel.

Gespielt gleichgültig deutete ich auf den Obstkorb auf der Anrichte und lief in die Küche, um die Einkäufe abzustellen.

Seine Gespielin schrie erneut, diesmal nicht mehr lüstern, sondern zu Tode erschrocken, als wäre ich brüllend mit einer Kettensäge hereingestürmt. Wie Leatherface aus dem Texas Chainsaw Massacre, immer auf der Jagd nach billigen, nackten Flittchen wie ihr. Klang nach einem netten Plan B.

»Verdammte Scheiße, Brooke!« Mein Prachtfreund zog entsetzt seinen halb garen Schwanz aus ihrer großartig engen Pussy und grapschte nach seinem Shirt, das über der Spüle hing.

»Oh, lasst euch von mir nicht stören. Geht rüber in unser Bett und kuschelt noch 'ne Runde. Oder schiebt ein Abschiedsnümmerchen unter der Dusche. Na los!« Ich räumte eine Packung Frischkäse in den Kühlschrank.

»Brooke, bitte, ich ... Wir hatten doch gesagt ...«

»Was?« Ich drehte mich langsam zu ihm um. Es brodelte gefährlich in mir und mein Puls hämmerte mir in den Ohren.

Die Blondine starrte mich an wie ein dümmlicher Karpfen. Ihr Lippenstift war skurril verschmiert – wahrscheinlich vom Schwanz meines Freundes – und sie drückte noch immer ihre Möpse auf meiner Anrichte breit.

»Dass wir andere vögeln sollten, um das Feuer zwischen uns wieder zu entfachen?« Meine Worte klangen bitter wie Gift, obwohl es genau das war, was wir vereinbart hatten. Wie bescheuert mir diese Idee jetzt vorkam.

Wie absurd und ekelhaft. Wie falsch und toxisch. Wir hatten die Dinge mit einem Vorschlaghammer kitten wollen. Ein Vorschlaghammer klebte nichts zusammen, er schlug Löcher nur größer.

»Dann bring es mit ihr wenigstens zu Ende, damit sie sich nicht wie die kleine Hure fühlen muss, die sie gerade für dich ist.« Ich räumte ein paar Zwiebeln aus dem Einkaufsbeutel und fixierte seine falsch blonde Sex-Katalog-Gespielin eiskalt, wie der Leatherface, der direkt wieder in mir aufflammte.

»Kranke Psychobraut!«, erwachte sie aus ihrer Starre und pellte sich ungehalten in ein viel zu kurzes Kleid, das mein Angetrauter ihr bestimmt gerade erst vom kurvigen Leib gerissen hatte.

»Ruf mich an, Sugar.« Damit war sie zur Tür hinaus.

Mein starrer Blick schoss sich auf Mason ein. Das Herz pochte mir schwer wie ein Felsen hinter der Brust.

Er war schön und würde mit Sicherheit jede ins Bett kriegen, wenn er nur mit dem Finger schnippte. Dunkelhaarig, muskulös, stechend blaue Augen, wie mit Photoshop bearbeitet. Und er war beim Vancouver Police Department. Ein schöner Mann in Uniform. Ein schierer Magnet für die Frauenwelt. Pures Aphrodisiakum.

Mason. Der so viele Jahre mein Mason gewesen war. Bis heute.

»Ich dachte, du stehst nicht auf Silikon.« Noch immer klang meine Stimme gefasst, aber er kannte mich und wusste mit Sicherheit, wie es gerade tatsächlich in mir aussah.

»Hat sich gar nicht unecht angefühlt.« Wie konnte er es wagen? Drecksack! »Und ja, genau das hatten wir gesagt. Wir vögeln andere, um uns wieder hinzubekommen.« Er musterte mich mit schief gelegtem Kopf und verschränkte die Arme vor der Brust.

Es roch ekelhaft nach Sex hier drin.

Vielleicht hatte ich gehofft, er würde es nicht tun, weil ich es ebenso nicht hatte tun können. Wir waren ein Paar seit ich denken konnte und hatten einander seit drei Jahren nicht mehr angefasst. Vielleicht hätte es uns gerettet, wenn er realisiert hätte, dass er nicht imstande war, mit anderen Frauen zu schlafen.

Oh Mann ... Hatte ich das wirklich insgeheim gehofft? Ernsthaft?

Auf welchem Planeten aus Zuckerwatte lebst du, Brooke Bishop?

Sein Mundwinkel zuckte. »Du solltest es auch endlich versuchen, ist wirklich befreiend.«

Am liebsten hätte ich dem schönen Mason für diesen dämlichen Kommentar einen ordentlichen Tritt in die Weichteile verpasst, aber stattdessen machte sich eine ganz allumfassende Müdigkeit in mir breit, die wahrscheinlich schon eine sehr lange Zeit in mir schlummerte.

Ich gab uns auf.

»Wir lieben uns nicht mehr, Mason. Was sollte sich daran ändern, wenn ich mich durch ganz Vancouver vögle? Oder du?«

Masons Karibikmeeraugen verengten sich und sein glatt rasiertes Gesicht wurde starr. »Was willst du damit sagen? Wir sind seit dem College ein Paar. Dass man in all der Zeit die rosarote Brille verliert, ist doch völlig normal.« Er tat es schon wieder. Sprach in diesem Tonfall mit mir, als sei ich ein naives Kind.

Klar, er war ein hohes Tier bei der Polizei und ich nur eine Influencerin, die Klamotten von ein paar

Firmen anzog und sich damit vor der Kulisse Vancouvers fotografierte, aber ich verdiente auch nicht übel damit.

Du verlierst den Bezug zur Realität war nur eines der Dinge, die er mir in den letzten Monaten an den Kopf geworfen hatte. Dass ich mich seiner Meinung nach einfach nur für Social Media prostituierte war eine Sache, die er nicht auszusprechen wagte, aber seine Blicke, die waren ehrlich und sie servierten es mir jeden Tag aufs Neue. Alles kam plötzlich hoch, ausgelöst durch die letzten paar Minuten hier in diesem Raum. Alles, was schon so lange in mir gelauert hatte.

»Du hast eine Wildfremde auf unserem Küchentresen gebumst, als ich für unser Mittagessen einkaufen war, Mason. Das hat nichts mehr mit einer rosaroten Brille zu tun. Hast du überhaupt noch einen Funken Respekt vor mir? Eine Beziehung basiert auf Respekt. Scheiße, und das hier werde ich so lange vor mir sehen, dass du mir Schadenersatz dafür zahlen müsstest.« Ungehalten riss ich die Fenster auf.

»Wie bitte?« Mason lachte ungläubig und fuhr sich kopfschüttelnd durchs Haar. »Aber du wolltest doch auch, dass wir das versuchen. Und jetzt bin ich der Buhmann, weil ich es getan habe?«

Er verstand nichts. Einfach nichts. Aber was sollte jemand auch verstehen, der Frauen nur in Positionen vögelte, bei denen er ihnen nicht in die Augen sehen musste? Missionarsstellung war diesem Mann ein Graus. Zu viel Nähe. Zu viel Intimität. Deshalb küsste er auch nicht gern. Wenn man so viele Jahre mit einem Menschen verbrachte, lernte man all seine Eigenarten kennen. Mason war kein Typ für Nähe. In absolut keiner Hinsicht. Und deshalb verstand er auch nicht, was ich gerade meinte. Was ich *fühlte*.

»Wir lieben uns nicht mehr«, wiederholte ich. »Dir mag eine Zweckbeziehung reichen, in der wir den anderen tagtäglich behandeln wie den letzten Trottel, aber ich ersticke daran. Seit so vielen Monaten ersticke ich daran, Mason.« Oh, verdammt, trennte ich mich gerade von ihm?

»Okay.« Seine Kiefer mahlten. »Wir lieben uns nicht, gut. Aber ist das wirklich wichtig? Was ist Liebe für dich? Ein Märchen? Unrealistischer Humbug aus diesen kitschigen Disneyschinken, die kleinen Mädchen falsche Illusionen vermitteln? Wir haben vielleicht keine Liebe, aber dafür doch so viel mehr. Ein gemeinsames Leben. Ein Penthouse in einer wundervollen Stadt. So tun Mann und Frau das nun mal, Brooke. Warum können wir nicht einfach miteinander leben? Wie all die Jahre zuvor auch? Ich musste bis heute keine albernen Schmetterlinge im Bauch haben, wenn du in der Nähe warst, und wenn wir das mit dem Sex hinbeko...« Er stoppte und wischte sich übers Gesicht, bekam offenbar erst jetzt mit, was da gerade unkontrolliert über seine Lippen geströmt war.

Wow, das hieß wohl, er hatte mich nie wirklich geliebt. Auch nicht, bevor er falsche Blondinen auf unseren gemeinsam ausgesuchten Möbeln durchgenommen hatte. Nicht bei dem engen Tanz auf dem Abschlussball zu diesem Song von *Phil Collins* oder der Einweihung unserer ersten gemeinsamen Wohnung mit den Käsehäppchen auf dem Flur. Und auch nicht auf dem Kurztrip nach Paris, den er mir zum Valentinstag vor sieben Jahren geschenkt hatte, bei dem wir in einer Pension über den Dächern der Stadt unterkamen und vom

Schlafzimmer aus den Eiffelturm sehen konnten oder der Gondelfahrt in Venedig, bei der unser Gondoliere während seines lauten *O sole mio* von der Kante des Bootes gestürzt war, weil ein Kerl uns mit seinem Motorboot gerammt hatte.

Die Momente rasten in meinen Gedanken vorbei, einer nach dem anderen.

Für ihn war dieser Zustand hier gar nicht neu. Nicht unerträglich. Für ihn musste sich gar nicht dringend etwas ändern, weil es schon immer so gewesen war wie jetzt.

Mason hatte mich nie geliebt.

Die Erkenntnis war hart und sie sollte scheiße wehtun, aber sie tat es nicht. Ganz im Gegenteil. Sie machte mich innerlich kalt wie Eis und das Resultat dieser Unterhaltung greifbar wie das Versprechen, das ich mir seit meiner Kindheit wieder und wieder vorgebetet hatte.

Ich werde niemals einfach so vor mich hin leben.

Wenn ich je aufhöre, zu fühlen, ist es Zeit für einen anderen Weg.

»Ich gehe jetzt, Mason«, sagte ich, als würde ich ihm erzählen, dass ich mich für das Kino mit einer Freundin fertigmachte.

Aber er wusste sehr genau, was ich meinte. »Brooke, ich hab das doch nicht so gemeint. Komm schon, wo willst du denn jetzt bitte hin?« Sein Unterton klang fast spöttisch und ich bildete mir ein, dass kurz etwas wie Überheblichkeit durch seinen Blick flackerte.

Wie soll die kleine naive Brooke Bishop sich nur allein zurechtfinden in der großen, weiten Welt? Eine Brooke ist doch nichts ohne ihren Mason.

Damit ist jetzt Schluss!

Schluss mit diesem gelähmten Dasein. Schluss mit ihm!

Ich band mir in einer Bewegung das bronzefarbene Haar zusammen. Eigentlich war es frisch geglättet, weil ich noch eine Fotosession im Stanley Park mit diesen wundervollen neuen Chucks geplant hatte, die ich dank meines frauenverschlingenden Freundes um ein Haar vollgekotzt hätte.

Aber jetzt war alles anders.

Jetzt hatte ich mich von Mason getrennt.

Jetzt musste ich los.

Wo zur Hölle auch immer hin, ich musste los.

»Ich meine es ernst, Brooke, wo willst du hin?« Er wirkte nicht ängstlich oder traurig, nein. Eher wütend, dass ich so entschlossen aussah, wo ich in unserer Beziehung doch sonst auch nie einfach ohne ihn loszog. Aber jetzt gab es nur noch ohne ihn, nur noch allein.

Kein *Wir* mehr, nur noch ein *Ich*!

»Weg von dir«, sagte ich und es fühlte sich so gut an. Das erste Mal nach so langer Zeit. »Einfach nur weg von dir.«

Als ich meinen lachsfarbenen Mini Cooper auf den Trans-Canada Highway lenkte und im Autoradio dieser furchtbar herzzerreißende Song von Labrinth lief, musste ich dann doch heulen.

Obwohl ich mich so frei fühlte wie schon lange nicht mehr und unterschwellig wusste, dass es so verflucht richtig war, zu gehen, traf mich die Trauer um unsere Jahre nun doch. Denn ich hatte mich immerhin nicht ganz grundlos dafür entschieden, sie mit ihm zu verbringen. Es rammte mich hart wie ein Faustschlag ins Gesicht. Die Tränen liefen so sehr, dass ich Mühe hatte, die Straße zu erkennen. Ich wünschte, ich könnte so kühl sein wie er. Überzeugt von der Tatsache, dass so etwas wie Liebe nicht existierte. Tja, dumm gelaufen. Ich hatte ihn geliebt. Schon eine Weile nicht mehr, okay. Aber vor ein paar Jahren hatte ich es noch getan. Gott, dass dieser Idiot mich jetzt so aus der Fassung brachte, machte mich sauer. Auch auf mich selbst, weil er mir plötzlich leidtat. Er hatte nie so gefühlt wie ich. Wahrscheinlich nie erlebt, was Liebe mit einem Herzen anstellen konnte. Wie wundervoll sie sein konnte ... und wie grausam.

Das ist nur Selbstmitleid, rief ich mir ins Gedächtnis. *Und das mit ihm war nur noch Gewohnheit.*

Wie oft hatten wir gestritten, wie oft hatte er angezweifelt, was ich tat, wie oft hatte er meinen Blog gelesen ... Okay, nicht wirklich oft, aber wenn er es tat, hatte er mich spöttisch dabei gemustert und gefragt, ob ich als alte, runzlige Oma immer noch für so oberflächlichen Kram werben wollte. Wie respektlos er schon immer gewesen war. Da setzte die kleine Vögelei mit der Blondine gerade dem ganzen Elend eigentlich nur die Krone auf.

Ich schniefte und wischte mir grob über die Nase. Zum Glück hörte ausschließlich Labrinth meine Heulerei und der klang selbst ziemlich angeschlagen.

»Nur noch Gewohnheit. Und *er* hat dein Mitleid nicht verdient, Idiotin!«

Die Skyline von Vancouver wurde in meinem Rückspiegel immer kleiner und ich begann, mich zu fragen, was ich hier eigentlich tat. Im Affekt hatte ich ein paar Klamotten in meine Sporttasche geworfen und war in mein Auto gesprungen. Aber was hatte ich jetzt vor? Wo wollte ich hin? Wäre es nicht vernünftiger, in ein Hotel zu ziehen und mir in Ruhe eine neue Wohnung zu suchen? Den Chucks-Job zu machen und einfach meinen Alltag weiter zu bestreiten?

Nein, ich musste fahren. Nicht stillstehen! Immer fahren! Das war mein Ding. Mein altes Ich. Aber war ich jetzt nicht erwachsen und sollte besser vernünftig denken?

Die Sonne glitzerte in den letzten glasigen Ausläufern der Wolkenkratzer, die von hier aus nur noch wie Spielzeuge aussahen. Labrinth wurde von Jeremy Loops abgelöst und ich drehte das Radio lauter. *Gold.* Ich liebte diesen Song!

Je weiter sich die Stadt von mir entfernte, desto trockener wurden die Tränen auf meinem Gesicht und meine Brust fühlte sich mit jeder Meile leichter an. Wie wundervoll. So leicht wie die angekokelte Feder eines Phönix.

Ich war verrückt, so viel stand fest. War ich schon immer gewesen. Wenn ich als Kind Stress mit meiner Mom gehabt hatte, war ich einfach in einen Bus gesprungen und so lange gefahren, bis mich ein Kontrolleur rauswarf oder etwas anderes mich aufhielt.

Später war es mein Fahrrad gewesen, das mich durch die Straßen getragen hatte. Es war meine Art, die Dinge abzuschütteln. Bewegung war das Gegenteil von Stillstand, ich hatte eine Stillstand-Allergie.

Einfach ins Nichts zu fahren war die einzige Option, neuen Wegen eine Chance zu geben. Der Bestimmung, wenn man so wollte.

Meine Art, die Dinge zu regeln.

Erwachsene tun so etwas nicht, hörte ich wieder die kleine strenge Person in meinem Kopf schimpfen, die sich immer meldete, wenn man sie so gar nicht hören wollte. *Das ist weglaufen und weglaufen ist kindisch.*

»Du kannst mich mal«, sagte ich zu der Stimme, die nicht wirklich existierte. Gar nicht besorgniserregend.

Seufzend kramte ich meine Sonnenbrille aus dem Handschuhfach und verließ die Stadt und all ihre Vororte endgültig mitten in die neue Ungewissheit hinein.

Und es fühlte sich so verdammt großartig an wie nichts sonst.

Sollte doch jeder von mir denken, was er wollte. Ich lief nicht davon, ich brachte Abstand zwischen mich und das falsche Leben. Und ich würde so lange fahren, bis das Schicksal mich aufhielt.

ZWEI

BROOKE

Man konnte die kantigen Berge British Columbias zwar auch von Vancouver aus am Horizont ausmachen, aber so direkt auf sie zuzufahren war noch einmal eine ganz andere Hausnummer. Sie wirkten so viel gewaltiger, als ich gedacht hatte.

Und die alten, knorrigen Bäume wurden mit jeder Minute dichter, umgaben mich wie riesige Wächter, hüllten mich ein und vertrieben meine Wut, wühlten dafür aber ein ganz anderes Gefühl wieder in mir auf. Stamm um Stamm. Meile um Meile.

Ich sah der Natur mit gemischten Gefühlen dabei zu, wie sie mich verschluckte, aber es gab kein Zurück. Irgendeine höhere Macht hatte diesen Weg hier für mich vorgesehen, also würde ich ihn gehen. Bis zum Schluss.

Mein ganzes bisheriges Leben hatte ich in Vancouvers schützender Blase verbracht. Ich war keine Frau für die ungezähmte Natur.

Diese Urgewalt, die schon immer da gewesen war, lange vor uns, schüchterte mich ein. Okay, das mochte vielleicht daran liegen, dass ich mich als Kind bei einer meiner kopflosen Fluchtaktionen böse im Wald verirrt hatte. Diese Erfahrung war so verdammt prägend gewesen, ich hatte mich halb zu Tode gefürchtet. Meine Eltern fanden mich erst, nachdem ich eine ganze Nacht in den Armen der Bäume hatte verbringen müssen.

Ich hatte planlos irgendwelche Beeren gegessen, um meine Angst und den Hunger loszuwerden. Bei dem Gedanken daran stellten sich mir noch heute die Nackenhaare auf. Idiotisch! Was, wenn sie giftig gewesen wären? Dass ich jetzt noch hier saß grenzte an ein Wunder. Und warum, verdammt nochmal, fühlte es sich gerade an, als würde ich den gleichen Fehler ein zweites Mal machen?

Ach, komm schon, du warst acht Jahre alt. Kinder bekommen schnell Angst. Jetzt bist du erwachsen, Brooke! Weg mit der Angst, los!

Aber dieses Wolfsgeheul, das damals durch den stockdunklen Wald gehallt war ... ich unter einem entwurzelten Baum. Klein und weinend. Vollkommen ausgeliefert. Schutzlos.

Ich schluckte so fest, dass es im Hals schmerzte. Bei dem Gedanken rieselte mir eine kalte Gänsehaut über die Arme. Vielleicht lag es auch an dem Schatten, den die dichten Nadeln der riesigen Hemlocktannen inzwischen auf mich warfen.

Ich hasste es, ausgeliefert zu sein. Einem falschen Leben, der Wildnis, dem falschen Mann, ganz egal.

Eine Brooke Bishop lieferte sich niemandem aus.

Nicht mehr.

Schon seit Stunden hatte ich kein Zeichen menschlicher Zivilisation mehr gesehen. Wie gern man doch vergaß, wie gewaltig dieses Land war. Wieder der unangenehme Schauer in meinem Nacken. Es war verdammt einsam hier draußen. Und je weiter ich fuhr, desto rauer wurde die Gegend.

Na, hast du schon die Hosen voll, kleine Brooke? Das ging ja schnell.

Ich straffte die Schultern und räusperte mich fest.

Nix Hosen voll! Nicht mal ansatzweise!

Nur Hunger bekam ich langsam und ich hatte nicht unbedingt viel über Beeren dazugelernt seit ich acht Jahre alt gewesen war. So ein verfluchter Titten-Apfel aus meinem Obstkorb wäre jetzt das Paradies.

In dem Moment klingelte mein Smartphone und ich verzog das Gesicht, als ein Foto von Mason und mir auf dem Autodisplay aufploppte.

Mason.

Was wollte er jetzt von mir?

Schnaubend drückte ich auf *Ablehnen*. Ich war so gar nicht in der Stimmung für sein Geplänkel. Oh, so überhaupt gar nicht! Und dass mich seine glatt rasierte, Augenbrauen gezupfte Visage sogar bis hier raus in die letzte Pampa verfolgte, ließ meine Wut noch höhere Wellen schlagen als ein paar Stunden zuvor. Wie hatte er es nur wagen können, diese Frau in unserer Küche zu vögeln, während ich gerade mal für dreißig Minuten zum Einkaufen losgezogen war? Für *unser* Scheißmittagessen! Und *ich* war jetzt diejenige, die Hunger hatte, während er sich wahrscheinlich in aller Seelenruhe die Lasagne genehmigte, die *ich* für heute geplant hatte! Wie konnte er nur? Je öfter ich darüber nachdachte, desto rasender machte es mich.

Fluchend raufte ich mir die Haare. Sie dufteten nach Pfirsich und fühlten sich weich wie Seide an.

Mein liebster Conditioner. Schön, dass ich ihn mitgenommen hatte. Schön, dass ich *irgendetwas* mitgenommen hatte, das verhinderte, dass ich nach drei Tagen hier draußen aussah wie ein vergammelter Waldschrat. Schön! Wirklich *schön*!

Verdammter Mason! Arroganter, überheblicher Sack!

Als ich gerade dabei war die miesesten Schimpfworte, die mir einfielen, in einem unverständlichen Brei zwischen den Zähnen hervorzuzischen wie den unerbittlichen Fluch einer rasenden Sumpfhexe, tauchte plötzlich ein Schild neben der Straße auf und ich verstummte augenblicklich.

Tankstelle in 0,3 Meilen.

Ähm, okay. Das Schild war echt verrostet und ausgeblichen. Und wirklich rentabel erschien mir dieses Geschäft jetzt auch nicht unbedingt, denn mir war seit gut einer Stunde kein Auto mehr entgegengekommen, aber in einer Tankstelle gab es normalerweise auch etwas zu beißen. Und wenn es nur ein pappiges belegtes Brötchen war, es würde so viel besser schmecken als alles, was Mason sich gerade zwischen die Kiemen schob.

Aus Prinzip!

Die Tankstelle war das genaue Ebenbild des Schildes. So heruntergekommen, dass ich als Angestellte dieser Bruchbude Angst hätte, mir könnten jede Minute die vergammelten Zapfsäulen um die Ohren fliegen.

Ich lenkte mein Auto auf die huckelige Kiespiste vor dem flachen Gebäude und fürchtete kurz, ich hätte mir die Achse gebrochen.

So ein zarter Mini Cooper war nichts für die wüsten Straßen hier draußen.

Staub umwirbelte mich und versperrte mir kurz die

Sicht auf den alten Truck, der einen der Plätze blockierte und irgendwie wirkte wie ein verlassenes Wrack.

Wow, echt nett hier.

Ich warf einen kurzen Blick auf meine Tankanzeige. Noch alles im, na ja, sagen wir, orangeroten Bereich. Ich wollte die abgestandene Salatölplörre in diesen prähistorischen Säulen absolut nicht in meinen nagelneuen Tank pumpen, aber wahrscheinlich war das die einzige Möglichkeit in den nächsten hundert Meilen. Und liegen bleiben war auch kein schöner Gedanke.

Also wischte ich im Rückspiegel notdürftig meine verschmierte Schminke zurecht, fuhr an die freie der beiden Säulen und tankte.

Die abgeblätterte Zapfpistole gab ein beunruhigend knarrendes Geräusch von sich, dann schien das Benzin zu fließen. Während ich wartete, äugte ein hagerer Kerl hinter seiner Scheibe in dem Flachbau hervor. Ich winkte ihm freundlich zu, aber er reagierte nicht.

Hm, dann nicht.

Wieder rumpelte und gluckerte es. Diesmal tiefer in der Säule und der Fluss versiegte. Ratlos musterte ich das alte Ding von allen Seiten.

»Treten«, rief der dürre Kerl aus seinem Fenster.

»Wie bitte?«, fragte ich verwirrt.

»Treten Sie es!«

Was sollte ich treten? Konnte man Dinge an Tankstellen einfach treten, ohne dabei in die Luft zu fliegen?

Im nächsten Moment kam er durch den knirschenden Kies auf mich zu gehinkt.

»Zur Seite, Lady. Treten. Mit dem Fuß.« Ehe ich mich versah, traf sein staubiger Stiefel auf die klapprige Säule und ich ging erschrocken in Deckung.

Ein empörtes Gurgeln rumpelte durch die Tiefen der bröseligen Verkleidung und dann lief das Benzin tatsächlich wieder.

»Keine Panik«, lachte mein Retter in der Not und spuckte eine braune Flüssigkeit neben mich in den Kies. »Is' manchmal 'ne Zicke.«

»Ah ja.« Ich hielt so viel Abstand zu der Säule, dass ich den Arm durchstrecken musste. Klarer Fall. Der Verrückte wollte uns beiden den Garaus machen.

»Kommen Sie dann rein zum Zahlen.« Er betrachtete meine Akrobatik noch einen Moment lang und ich sah seinen amüsierten Blick aus dem Augenwinkel. Dann gab er etwas wie ein Schnaufen von sich und trottete humpelnd zurück zu seinem Tankstellenhaus.

Die milchige Glastür knarrte und ein Glöckchen bimmelte wie wild, als ich eintrat. Hier drin roch es muffig, obwohl mein lebensmüder Kumpel seine Scheibe umständlich angekippt hatte.

Ich ging an einem Regal mit Pornoheftchen vorbei und mein Blick streifte die beachtenswerte Tabaksammlung hinter der Theke.

»Na, is' voll?« Der Tankstellenwart verschränkte die dürren Arme vor der Brust und musterte mich von oben bis unten. Seine Erkundungstour endete bei meinen Chucks und er zog die buschigen Brauen nach oben. »Was sucht 'n ein zartes Pflänzchen wie du hier draußen im Wald, hm? Ahnenforschung? 'N Filmdreh?« Er entblößte eine große Zahnlücke direkt hinter der Oberlippe, während sein Blick wieder an mir nach oben wanderte und bei meinem Gesicht kleben blieb. Seine Haut war grob und pockennarbig und seine hellen Augen glasig, als hätte er getrunken. Würde mich jetzt nicht wundern, es störte hier draußen ja keinen. Aber vielleicht hätte er nüchtern nicht unbedingt Thors Hammer auf die Zapfsäule da draußen niederrasen lassen. Er wischte sich die großen Hände an seinem grauen, zerschlissenen Hemd ab und murmelte dabei unverständliche Dinge.

»Ich konnte die Nummer an der Zapfsäule nicht mehr richtig erkennen«, ignorierte ich seine Anmerkung, »aber es ist die, die nicht von diesem Monstertruck da blockiert wird. Haben Sie den schon bemerkt? Er wirkt ziemlich verlassen.«

Beste Frage des Tages. Er war groß wie die Titanic.

»Mh, gehört Buck. Der pennt da drin.« Offenbar beschränkte sich mein neuer Freund auf das Wesentliche. Gar nicht mal unangenehm.

Er tippte umständlich auf seiner Kasse herum, setzte sich eine verschmierte Brille auf die Nase und stierte auf das Display. Dann murrte er unzufrieden, wischte die Brille grob an seiner Jeans ab und stierte wieder.

»Macht fünfzig Mäuse.«

Ich zog mein rotes Wildlederportemonnaie mit den Silberverzierungen heraus und kramte nach einem Schein.

Er sah mir dabei zu, blickte unauffällig von mir zu meinem Auto draußen auf dem Schotter und wieder zurück. Dachte, ich würde das nicht mitbekommen. Als sei ein Ufo vor seiner Tankstelle gelandet und er müsste sich vor dem Alien, das gerade vor ihm stand, besonders diskret verhalten, um es nicht zu verärgern.

»Handgelenke dünn wie Zahnstocher«, merkte er an.

Okay, das mit dem Nichtverärgern üben wir nochmal.

»Hier draußen, das is' nichts für dich.« Wieder spuckte er. Diesmal durch den Spalt in der Scheibe. Der

Flatschen landete auf dem schmutzigen Glas. Offensichtlich nicht der erste.

»Lieb, dass Sie sich sorgen. Gibt es hier in der Nähe ein Hotel?« Ich schob ihm den Schein zu und er lachte grunzend.

»Hotel?«

»Ja, ein Hotel.« Keine Ahnung, was daran so lustig war.

Sein Gesicht wurde plötzlich düster und er lehnte sich auf der zerkratzten Arbeitsfläche so nah zu mir, dass ich seinen Zigarrenatem riechen konnte. »Keine Touristen hier draußen, Lady. Reiche Schnösel, die Nationalparks kaufen und Anlagen für Spießer bauen, alles viel weiter südlich.« Sein verwaschener Blick richtete sich auf mein Dekolleté und wurde starr. Ich ahnte, warum. Ein kleines goldenes Kreuz baumelte um meinen Hals, ein Geschenk meiner Mutter.

»Hier is' nichts, Lady. Die Gegend hier is' gottlos.«

Ich kam mir vor wie in einem verdammten Stephen-King-Roman. Wollte mein Schicksal mich eigentlich veräppeln?

»Okay, dann also kein Hotel«, schlussfolgerte ich und sah mich nach etwas Essbarem um, das noch nicht älter als Bucks fahrbarer Untersatz da draußen war.

»Bären gibt es im Wald«, versuchte mein Gegenüber erneut, mich schnellstmöglich zum Teufel zu jagen. »Nich' so nett wie die im Zoo.«

»Mister, ich bin kein Volltrottel!« Und auch kein Kleinkind. Ich war seit meinem neunten Geburtstag nicht mehr in einem Zoo. »Ich habe nicht vor, mich einem wilden Tier an den Hals zu werfen.«

Zoo ... Ich glaube, ich spinne!

»Geht manchmal schneller als man denkt und dann ... zack ...« Er wollte wieder spucken, schluckte den Speichel dann aber doch im letzten Moment. »... sitzt man in der Falle.« Seine glasigen Augen musterten mich eine ganze Weile, als sei er Nostradamus und gerade im Begriff, den nächsten Weltkrieg vorauszusagen. Er unterschätzte mich. Oh, und wie er mich unterschätzte.

»Geben Sie mir eine Flasche Bourbon«, sagte ich mit fester Stimme. »Und die Kekse da hinten noch, bitte. Die mit den Micky-Maus-Sammelbildern, ganz genau.« Ich wedelte mit dem Arm neben seinem Gesicht herum und er schüttelte nur murmelnd den Kopf.

»Bourbon is' nur Flachmann.« Er kramte unter sich herum und schob mir eine wirklich kleine und schmale Flasche zusammen mit der angestaubten Kekspackung über den zerbeulten Tresen.

»Kleine, ich kann dir nur raten, den Weg genauso schnell zurückzufahren wie du ihn gekommen bist mit deinem rosa Zuckerwattemobil.« Er starrte mich an wie ein Verrückter und ich erwiderte seinen Psychoblick unbehaglich. Vielleicht war er ja tatsächlich verrückt. Wollte mich an der nächsten Ecke im Wald aussetzen und von seinen Bären zerfleischen lassen. Einfach nur so, weil er verrückt war.

Ich schluckte und ein kalter Schauer rieselte mir über den Rücken.

»Die Kekse geh'n aufs Haus«, fügte er nicht weniger irre hinzu. »War'n Ladenhüter.«

Ich zahlte den Puppenstubenbourbon und beeilte mich, aus der vergammelten Tankstelle herauszukommen. Als ich an Bucks Truck vorbeikam, wurden meine Schritte noch etwas schneller. *Der pennt da drin* ... Klar!

Wahrscheinlich hatte er den auch schon im Wald verscharrt.

War eine super Idee mit der Wildnis, Brooke. Die beste, die du je hattest!

Bevor ich den Motor startete, schob ich mir noch eilig einen Schokokeks in den Mund und das Bild aus der Packung fiel mir dabei in den Schoß.

Mmmmh. Himmlisch! Okay, ein wenig muffig vielleicht, aber trotzdem noch himmlisch genug.

Die Sammelkarte war eine Illustration aus einem der Comics. Micky fuhr in seinem kleinen Auto neben Goofy eine dunkle Straße entlang, über ihnen flatterten kantige Fledermäuse und in einer Sprechblase stand: *Ich wähle nie den einfachen Weg, Goofy.*

»Genau«, stimmte ich mit vollem Mund zu und drehte den Zündschlüssel. »Das ist mein Micky!«

Ja, ich war erwachsen genug, um auf Micky zu stehen. Er war ja inzwischen fast schon retro. Und jeder, der auf den himmlischen Geschmack dieser Kekse verzichtete, nur weil er meinte, zu alt dafür zu sein, tat mir von Herzen leid.

Ich lenkte meinen Mini zurück auf die Straße. Der Abend graute bereits und der Himmel über British Columbia wurde zu Bronze. Was lag vor mir? Tja, keine Ahnung. Ganz viel Wald, so viel stand fest. Und ein verdammt ungewisser Ausgang dieses verrückten kleinen Trips.

Ich wähle nie den einfachen Weg, denn der führt immer nur zurück.

DREI

BROOKE

Der Himmel über den endlosen Wäldern wurde dunkler und als ich einen Blick auf mein Smartphone warf, um die Uhrzeit zu checken, verdrehte ich direkt seufzend die Augen. Der ganze Bildschirm voll mit ungelesenen Instagram-Nachrichten. Das Los einer Fashion-Influencerin. Ein lächerlicher Tag offline und ich musste direkt zwei Tage aufholen. Nachrichten beantworten, neue Bilder posten und Kooperationspartner mit Story-Posts zufriedenstellen. Es rächte sich, wenn ich mich mal für ein paar Stunden ins Offline-Leben verkroch. Immer.

Meine Ma hatte damals immer gesagt: *Starr nicht so viel in den Fernseher, sonst bekommst du viereckige Augen!*

Ob das auch für Smartphones galt? An manchen Tagen fühlte sich mein ganzer Kopf viereckig an, nicht nur die Augen. Als würde ich in diesem Ding wohnen und mich tausend Stimmen gleichzeitig anschreien.

Aber es war mein Job. Er gehörte zu mir und ich hatte hart gekämpft, um diesen Status zu erreichen.

Kopfschüttelnd kehrte ich ein paar Kekskrümel von der knallengen grünen Bluse, die so gut zu meinem Bronzehaar passte. Okay, es waren ein paar viele und die meisten landeten auf direktem Weg in meinem Ausschnitt.

Mit schmalen Augen stierte ich auf das Telefon in meiner Hand und wischte über den Screen. Mason hatte versucht, mich zu erreichen. Sein Ernst? Sieben verpa...

Moment, da war etwas auf der Straße ... Es war groß und es ...

Verfluchter Mist, was ...

»Hey!« Ich riss hektisch das Steuer herum und mein Herz schoss mir wie ein Springteufel direkt unter die Schädeldecke. Unbeholfen trat ich die Bremse. Die Reifen quietschten, der Wagen schlingerte und ich klammerte mich so fest, dass es in den Fingern schmerzte.

Kurz darauf war es auch schon vorbei. Der Puls kochte mir in den Ohren, der Motor meines Autos tuckerte überhitzt und ich stand. Schräg und halb auf den bräunlichen Nadeln, die das Moos im Wald bedeckten, aber ich stand.

Was zum Geier war das ...

Mühsam versuchte ich, wieder zu Atem zu kommen. Meine Hände zitterten wie verrückt.

»Verdammt!« Mein ganzer Körper vibrierte, als ich den Kopf drehte und hinter das Auto spähte, nur um sichergehen zu können, dass ich mir das gerade nicht eingebildet hatte.

»Verdammt!«

Hatte ich nicht.

»Verdammt!«

Da lag es. Mitten auf der Fahrbahn. Wie ein großer,

dunkler Haufen Laub, der gerade noch nicht da gewesen war. Ich hatte seine Augen gesehen, als es aus dem Wald kam. Wie glühender Bernstein.

Jetzt guckte es nicht mehr. Jetzt sah es ein bisschen tot aus. Hatte ich es etwa angefahren? Ich wusste es nicht mehr. Alles ging so schnell. Ein düsteres Grollen fiel vom Himmel auf uns herunter und vereinzelte Tropfen segelten auf meine Windschutzscheibe.

»Verdammt!«

Meine Hand öffnete die Fahrertür wie von allein und das sanfte *Bing Bing Bing*, das mich darauf hinwies, dass ich nicht angeschnallt war, verklang, als ich nach zwei Minuten immer noch dasaß und mich nicht rühren konnte. Hatte ich es getötet? Und was war es überhaupt?

Ein tiefer Atemzug hob meine Brust und ich setzte einen Fuß hinaus. Der seichte Regen auf meinem nackten Schienbein unter der Jeansshorts war seidig und kühl.

Je näher ich dem Wesen kam, desto größer wurde es. Es lag mit dem Rücken zu mir und atmete ganz offensichtlich noch.

»Hey du.« Eines seiner Ohren drehte sich in meine Richtung. Es sah aus wie ein verdammt großer Hund.

War das etwa ...

Kalte Angst rieselte mir über den Rücken, während ich um das Häufchen herumlief und erkannte, was es wirklich war.

»Oh nein.« Ich griff nach meiner Kette und umschloss sie hilflos mit den Fingern. Ein Wolf.

Und er hatte die Augen geöffnet. Starrte erschrocken zu mir herüber und hechelte.

Eine feine Blutspur zog sich bis in den Wald hinein,

aus dem er gekommen war. Okay, ich hatte ihn also nicht überfahren – das hier hatte ein anderer zu verantworten – aber er war eindeutig verletzt und hatte Schmerzen, denn er winselte kläglich. Auch wenn ich einen Heidenrespekt vor Wölfen hatte ... ich konnte Tiere nicht leiden sehen. Und dieses hier hatte gerade ganz offensichtlich mehr Angst vor mir als ich vor ihm.

»Okay, warte hier«, sagte ich wenig geistreich und ging wieder zum Wagen, um die kleine Flasche Bourbon zu holen, die der nette Tankstellenmann mir vergönnt hatte.

Als ich zurück war, hörte ich ein Knacken im Dickicht, aus dem das Tier gekommen war. Ich erstarrte und spähte durch die Büsche. Nichts. Aber die Blätter waren so dicht, dass man auch nur schwer etwas erkennen konnte. Was, wenn da ein noch viel größerer, fieserer Wolf lauerte und mich in der nächsten Sekunde ansprang und verschlang?

Das geht manchmal schneller als man denkt, und zack, sitzt man in der Falle ...

Wieder fiel der tiefe Bass eines Donners auf uns. Und da war noch etwas. Etwas Dunkles. Es rieselte über meinen Nacken, meine Arme und direkt in meinen Rücken. Diese Ahnung, dass ich wahrgenommen wurde. Dass jemand mich spürte, wie ich ihn spürte.

Ach, komm, Brooke, jetzt spinnst du aber! Wer soll sich denn hier draußen verstecken? Der Tankstellenmann hätte dir so schnell nicht folgen können, ohne dass du ihn bemerkt hättest und selbst Leatherface hätte hier draußen ermüdend wenig zu tun.

Noch einmal blickte ich skeptisch in den düsteren Wald hinein und mein Herz schlug gleich etwas schneller. Nichts! Trotzdem beeilte ich mich noch mehr, die Flasche mit dem Fusel aufzuschrauben.

Als ich mich zu dem geschwächten Tier kauerte, zog es die Lefzen hoch und knurrte. Unter anderen Umständen hätte es mir bestimmt die Kehle durchgebissen, aber daran konnte ich jetzt nicht denken. Die Wunden waren wirklich fies. Drei tiefe Löcher zogen sich von der Flanke bis zu dem dunklen Bauch und ich hatte beim besten Willen keine Ahnung, woher so etwas stammen konnte. Wie Bisse sah das nicht aus.

Ich goss meinen Bourbon darüber und der Wolf quietschte kurz hell auf. Dann beobachtete er mich nur noch aufmerksam und stellte kurz darauf sogar das Knurren ein. Es verkroch sich tiefer in seinen kraftvollen Körper und wurde zu einem unmotivierten Grummeln, das immer mal wieder aufflackerte, wenn ich zu nah kam.

Gott, er würde qualvoll hier draußen krepieren, wenn ich nichts tat.

Ich nahm einen langen Atemzug und richtete mich auf. Ratlos stemmte ich die Hände in die Hüften und sah mich um. Einen Tiernotdienst bekam ich mitten im Nirgendwo wohl eher nicht an die Leitung.

Aber mein Mini war ein Kombi und wenn ich es schaffte, den riesigen Kumpel da hineinzuhieven, könnte ich im nächsten Ort um Hilfe bitten. Nach jemandem fragen, der sich besser mit Tieren auskannte als ich.

Der Regen wurde dichter, das schwarze Fell klebte dem verletzten Wolf nass und strähnig am Körper und war fast nicht mehr von den blutigen Wunden zu unterscheiden.

Seufzend presste ich die Lippen aufeinander. Okay, das war Wahnsinn! Ich konnte kein wildes Tier in mein

Auto wuchten und es munter spazieren fahren wie *Lassie*.

Ich musste ihn hier lassen.

»Also.« Gerade wollte ich mich umdrehen und wieder zum Auto gehen, da hob er den großen Kopf und sah mich an. Ruhig und lange. Völlig abgeklärt. Aus seinen Bernsteinaugen. Und dieser Blick ging so tief, dass er mein Herz brach.

Wir waren die einzigen Seelen hier draußen auf so vielen Meilen. Beide verloren und gleichzeitig hatten wir uns irgendwie gefunden. Es war wahrscheinlich die dämlichste Idee seit dem Beginn dieses Trips, aber ich konnte ihn nicht hier draußen sterben lassen.

Da saß ich nun. Einen verdammten Wolf auf dem Rücksitz, der mein helles Leder vollblutete, nach nassem Hund roch und mit jedem Atemzug schwächer zu werden schien. Ich hatte mir fast die Arme ausgekugelt bei der Aktion. Dieses Tier war sehr viel schwerer als es aussah. Und ich war ein paar Mal fast gebissen worden, denn der Mister wurde ziemlich ungemütlich, als er realisierte, dass ich vorhatte, ihn zu kidnappen. Jetzt grollte und knurrte er dort hinten mit dem Donner um die Wette und ich konnte vor lauter Regen kaum noch die Straße erkennen.

»Gibt es hier in diesem verfluchten Wald denn keine einzige Menschenseele?«, schimpfte ich, was meinen Mitfahrer zu einer noch lauteren Hasstirade animierte. Das Wasser vom Himmel floss als Rinnsal neben uns die

Straße entlang und die Tropfen hämmerten wütend auf die Bäume ein.

Ich hatte den Verstand verloren. War vollkommen bescheuert. Durchgedreht bei dem Anblick, wie mein Freund vor meinen Augen eine andere vögelte. So musste es sein. Oder warum riskierte ich, in meinem eigenen Auto von einem verdammten Wolf zerfleischt zu werden?

Neben der Straße stand plötzlich ein Schild. Und ich war genauso erschrocken darüber wie bei der Tankstelle zuvor.

Blackwater Mountain. Ein Pfeil zeigte nach rechts in die Bäume hinein.

Auch dieses Exemplar von Schild hatte seine besten Tage eindeutig hinter sich und über dem Schriftzug prangte ein kleiner Berg mit einem dunklen See davor, sofern das einen See darstellen sollte.

Ich dachte nicht lange nach und zwang den Wagen in die Kurve. Eine unebene Schotterstraße schüttelte meinen neuen Freund und mich ordentlich durch. Von draußen sah es sicher großartig aus, wie mein motzender Wolf und ich in meinem kleinen Flamingomobil in den Wald hineinrumpelten.

Blackwater Mountain ... Das klang nicht unbedingt nach einem Wellnessresort. Und auch nicht nach einem zweiten Vancouver. Mein Navi hatte nichts Größeres hier draußen mitten im Wald angezeigt. Hoffentlich würde man mir hier in der Einöde helfen können. Der Wald, der uns umgab, mischte sich zunehmend mehr mit Laubbäumen. Und wenn man hineinsah, wirkte er endlos. Was er wahrscheinlich sogar war. Wie konnte man so verschroben sein, hier draußen zu leben? Was musste in einem Menschen vorgehen, sich so sehr von den anderen abzuschotten? Waren wir nicht tief im Herzen Rudeltiere? So wie Wölfe?

Ich räusperte mich und wischte mir übers Gesicht. Dieses Leben hier im Nirgendwo war so ziemlich das Gegenteil von dem, vor dem ich gerade floh. Man musste wirklich Mumm haben, in die Einsamkeit zu fliehen, aber noch mehr Mumm war vonnöten, um in ihr zu bleiben.

»Vor wem bist du geflohen, hm?«, fragte ich meinen undankbaren Mitfahrer, der hechelnd aus dem Fenster in den grauen Abend starrte. Ganz sicher nicht vor einem nymphomanischen Ex, aber dort draußen in den Büschen ... da war etwas gewesen. Irgendetwas, von dem ich noch jetzt eine Gänsehaut bekam, wenn ich daran zurückdachte.

Eine Weile fuhr ich an einem Fluss entlang, der sich wie aus dem Nichts plötzlich zwischen den Bäumen hervorgewunden hatte. Wie ein Fremdenführer brachte er mich direkt in den Ort mit dem einladenden Namen *Blackwater Mountain.*

Ein grimmiger alter Mann mit abgewetzten Hosenträgern und einem kantigen Gesicht saß unter dem Vordach eines windschiefen Häuschens direkt am Ortseingang und starrte mir feindselig nach. Ich sah den glühenden Punkt seiner Zigarette im Rückspiegel.

Ein verdammt unschöner Gedanke ließ mich seufzend das Gesicht verziehen. Was, wenn man Wölfe hier draußen hasste, weil sie Schafe und freche Nachbarskinder verschlangen? Was, wenn man einem kranken Tier hier noch mit einer *erlösenden* Kugel aus einem verfluchten Gewehr zu Leibe rückte? Besonders fortschrittlich erschien mir dieses *Blackwater Mountain* jedenfalls nicht und ich warf erneut einen knappen Blick in den Rückspiegel.

»Wir schaffen das schon, klar?«

Das brummende Seufzen, das ich als Antwort bekam, klang beinahe menschlich.

Die kleinen Häuser standen dicht an dicht an der einzigen Straße hier und der Fluss verlor sich zwischen ihnen in den Bäumen. Wenn das Wetter nicht so ungemütlich gewesen wäre und der Abend Kanada nicht langsam in seiner düsteren Gewalt gehabt hätte, hätte ich es vielleicht sogar ein wenig ansprechend gefunden. Wie eine Westernstadt aus einem dieser alten Filme, die man aus dem staubigen Texas direkt in den kanadischen Wald gebeamt hatte.

Ich fuhr an etwas wie einer Polizeiwache vorbei, soweit ich das in der nahenden Dunkelheit beurteilen konnte. Ein paar Meter weiter erkannte ich einen kleinen Friseursalon. Hm, lohnte sich so etwas für die paar Einwohner? Ein wirklich merkwürdiger Ort. Die Häuschen wirkten alle wie komplett aus Holz, als sei ich auf meinem Weg hierher direkt in die Arme der Vergangenheit gefahren. Während ich mich umsah, kaute ich skeptisch auf meiner Unterlippe. Sie schmeckte nach dem Lippenstift, den ich vor Stunden für diesen Chucks-Job darauf geschmiert hatte. Da vorn war *Blackwater Mountain* ganz offensichtlich auch schon wieder zu Ende, denn ich konnte hinter den Häusern die nächsten Ausläufer des Waldes erkennen.

Vor dem größten Gebäude trat ich auf die Bremse. Es war ebenfalls ganz aus Holz und eine ausladende Terrasse mit ein paar Tischen und einfachen abgewetzten Bänken zog sich unter der gesamten Fensterfront entlang.

Forest & Fellows.

Eine Bar. Da würde es zumindest mehr Alkohol für die Wunden im Pelz meines Freundes geben.

Und ich sah in den Fenstern ein paar Kerzen und warmes Licht brennen. Ohne zu zögern, sprang ich aus dem Auto und stapfte auf die Tür zu. Als ich die Terrasse erreichte, war ich bereits durchgeweicht. Dieser verfluchte Regen wurde einfach nicht weniger. Ich warf die Tür auf und stand in einem ausladenden Raum mit Holzvertäfelung und einem großen Kamin, in dem gemütlich ein Feuer knisterte. Zu meiner Rechten befand sich die Bar, auf der sich ein beachtliches Angebot an Alkoholika stapelte.

Auf einem Hocker davor saß ein hochgewachsener blonder Typ mit einem Handy am Ohr, der sofort verstummte, als er mich in der Tür stehen sah wie *Michael Myers* aus *Halloween*. Auch alle anderen Anwesenden starrten mich an wie eine Aussätzige und falls vorher noch Musik gespielt hatte, war sie in dem Moment verstummt, als ich die Tür geöffnet hatte wie in einem verdammten Film.

»Wer bist du denn?«, fragte der dickbäuchige Kerl hinter der Bar und verschränkte die Arme vor der Brust.

»Hast du dich verlaufen, Kleines?« Eine drahtige grobe Frau, die sich verdächtig nah an den Blonden schmiegte, der ungefähr mein Alter hatte und damit locker ihr Sohn sein könnte, klopfte mit langen roten Nägeln die Asche von ihrer Zigarette und legte den Kopf schief.

»Ich ...«, stammelte ich und tropfte den Holzboden unter meinen matschigen Schuhen voll, »... ich hab einen Wolf im Auto und ich glaube, er stirbt.« Klar, das machte meinen Auftritt sicher gleich viel weniger absurd.

»Ich ruf dich wieder an«, sagte der Blonde mit tiefer Stimme in sein Telefon und ließ sich von seinem Barhocker gleiten, um auf mich zuzukommen.

Er war fast zwei Köpfe größer als ich und sah verdammt trainiert aus. Anders als Mason, nicht so künstlich hochgezüchtet, eher natürlich definiert. Sicher vom Holz hacken oder was auch immer man hier draußen so trieb. Sein Gesicht war scharf geschnitten, die Augen dunkelblau wie die See, wenn ein Unwetter sie aufwühlte, und ich entdeckte eine Waffe in einem Holster über seiner Schulter und ein verfluchtes Gewehr, das am Tresen lehnte.

»Ich meine es ernst«, sagte ich mit fester Stimme, weil mich hier drin offenbar alle für geisteskrank hielten, den Blicken nach zu urteilen. Konnte man abgeknallt werden, nur weil man einen Wolf im Auto hatte? Ich schluckte und presste die Zähne aufeinander.

Der Typ kam mir um einiges zu nah für meinen Geschmack und blickte amüsiert von mir nach draußen und wieder zurück. »In diesem Ding da draußen, ernsthaft? Einen Wolf?« Er grinste und entblößte dabei eine Reihe weißer Zähne. Wirkte für einen Moment wie ein Surfer, der von einer Welle direkt in den kanadischen Wald gesprungen war.

»Sehe ich aus, als würde ich Witze machen?«, schnaubte ich und spürte, wie mein Puls wütend beschleunigte.

Okay, er wollte mich nicht abknallen, sondern mich für dumm verkaufen und das gefiel mir mindestens genauso wenig. »Das Tier braucht Hilfe, okay? Und du bist doch hier bestimmt der Town Marshal oder so etwas.« Ich deutete auf seine Pistole und der Wirt fing hinter seiner Bar brummend an zu lachen.

»Der *Town Marshal.*« Surferboy lehnte die Hand an den Türrahmen neben mir und musterte mich mit verengten Augen. »Du bist hier nicht im Wilden Westen, Süße.« Er roch nach einem herben Aftershave und sein Blick wühlte in mir.

»Hey, *Marshal*«, stieß die ledrige Frau hinter ihrer Zigarette hervor, »sieh doch mal nach, ob Rotkäppchen recht hat. Wenn es so ist, wie wir alle hier denken, solltest du ihn besser direkt wieder anrufen.«

Eine ganze Weile musterte er mich unangenehm eindringlich, dann wischte er sich über seinen Dreitagebart und zwinkerte mir zu, bevor er an mir vorbei auf die Terrasse trat. Mit langen Schritten lief er hinüber zu meinem Mini, fluchte, weil alle Schleusen des Himmels sich auf einmal über ihm entleerten und spähte durch die Scheibe. Er fuhr sich durch das wirre blonde Haar und kam kopfschüttelnd zurückgerannt, um dem Regen zu entgehen, was ihm offenbar nur semigut gelang.

Zurück auf der Terrasse verzog er das Gesicht und klopfte das Wasser von sich. Dann holte er wieder sein Handy aus der Tasche und taxierte mich mit seinem Blick, während er wartete, dass jemand abnahm.

»Da hast du dir etwas eingebrockt, Mädchen«, sagte die Frau an der Bar mit ihrer kratzigen Stimme. Ich verzichtete darauf, mich zu ihr umzudrehen, denn ich lieferte mir gerade ein weiteres Blickduell mit dem surfenden Sheriff dieser komischen Stadt. Und ich war keine, die wegsah.

»Ja, dein Ungetüm ist bei uns im *Fellows.* Du hast

wahrscheinlich ihre Spur verloren, weil sie in einem Auto hergebracht wurde, in einem *Scheißauto*. Von so einer süßen Maus aus der Stadt. Sieht zumindest nach Stadt aus, weil sie ... Ach, tatsächlich?« Er musterte mich ausgiebig von oben bis unten. »Aha.«

Ich biss so fest die Zähne aufeinander, dass es schmerzte, und schoss mit den Augen kleine Giftpfeile auf ihn ab. Die *süße Maus* konnte er sich nahtlos in den Allerwertesten schieben.

»Jedenfalls solltest du dich beeilen, ich werde mich von dem Monster ganz sicher nicht zerfleischen lassen.« Er legte den Kopf in den Nacken. »Vergiss es! Ich sagte doch ... Ja, du mich auch.« Mit diesen Worten war das Gespräch offenbar beendet, denn er nahm einen tiefen Atemzug und schob sein Telefon zurück in die Jeans.

»Gut gemacht«, brummte er, während er an mir vorbei zurück in die Bar ging. »Du hast die liebste Frau im Leben meines Bruders entführt.«

VIER

BROOKE

Seine Stiefel machten dumpfe Geräusche auf dem Holz des Bodens. »Er ist angepisst.«

»Er ist doch immer angepisst«, merkte die einzige weibliche Person in der Runde an und zuckte lapidar die Achseln.

»Lasst uns erst mal etwas trinken und dann soll die Kleine uns mal erzählen, wie sie es angestellt hat, Oona in diese Sardinenbüchse zu quetschen. Komm her, wir beißen nicht.« Sie winkte mir ausladend zu, während sie mit der anderen Hand einen Zug Teer und Nikotin in ihre Lunge beförderte.

»Aber ... wir sollten dem Wolf lieber helfen, wenn ... deinem Bruder so viel an ihm liegt«, merkte ich an, ohne mich vom Fleck zu rühren.

»*An ihr*«, korrigierte mich der Blonde, der mitten im Raum stand und zu ein paar derben Billard spielenden Kerlen in der Ecke neben dem Kamin hinüberstierte. »Der Wolf ist eine Sie. Oona. Und mein werter Bruder würde mich umbringen, wenn ich sie anfasse.«

»Oh, wow. Hat das einen romantischen Hintergrund?« Irritiert verzog ich das Gesicht. Hier draußen würde mich gar nichts mehr wundern. »Ist illegal, wenn ich mich recht entsinne.«

Mein Gegenüber starrte mich fassungslos an. »Was?«

Die rauchende Frau lachte so laut los, dass sie husten musste. »Die Kleine ist taffer als sie aussieht. Mach ihr einen *Headshot*, Herb!«

Damit meinte sie offenbar einen Drink, denn der Barkeeper holte bereits Gläser aus dem Regal.

Ich war mit Sicherheit angepisster als besagter Bruder. Denn immerhin hatte ich sein Hundchen unter Einsatz meines Lebens gefühlt durch halb Kanada gefahren, es erstversorgt, emotional aufgebaut und mir fast die Arme an ihm ausgekugelt und all das, obwohl ich nichts, wirklich rein gar nichts für Wölfe übrighatte. Und noch viel weniger für ungehobelte Wilde, die sich für John Wayne hielten.

»Sag das mit dem romantischen Hintergrund mal vor ihm, das Echo würde mich interessieren.« Möchtegern-*Billy-the-Kid* hatte Grübchen, verursacht von dem dreckigen Grinsen auf seinem Gesicht.

»Lass dich nicht ärgern, Kind.« Die Frau hielt den Drink in ihrer fleckigen Hand, der offenbar für mich bestimmt war. »Ich heiße Kelly, das ist Herb.« Sie deutete mit dem Kopf auf den Mann hinter der Bar. »Er ist der Tresenchef und Koch in dem Laden hier und ich bin sein olles Tellertaxi. Mixe die besseren Drinks, deshalb lässt er mich lieber kellnern. Hat Schiss, dass ich ihn aussteche, der kleine Drecksack. Mach mal die Musik wieder an, Herb.«

»Logan.« Der blonde Schönling schob mir den Barhocker neben Kelly zurecht wie ein tadelloser Gentleman und präsentierte ihn mir wie ein Ticket zu einem Trip, den ich mir nicht entgehen lassen durfte.

»Logan Crave.«

»Grave? Wie das Grab?« Ich griff nach dem Glas, das Kelly mir noch immer hinhielt.

»Nicht ganz.« Er ließ sich neben mich sinken und prostete mir zu. »Crave mit C wie deine dunkelste und verruchteste Sehnsucht.« Zwinkernd trank er seinen Shot in einem Zug.

Kelly lachte schallend. »Sicher, Kleiner, sicher.«

Wie verzweifelt musste die Frau sein, die er damit rumkriegte?

Ich verdrehte die Augen und trank ebenfalls.

Baaaah! Verdammte Axt, was für ein Gebräu!

Gequält unterdrückte ich ein Husten und drängte die Tränen zurück, die mir in die Augen schossen.

Herb polierte ein paar Gläser und beobachtete mich amüsiert. »Nicht so ein glatt gemixtes Hochglanzgebräu wie in deiner Stadt, was?«

»Nein«, erwiderte ich erstickt und stellte das Glas etwas zu derb wieder auf den Tresen. »Heilige Mutter Gottes.«

Mein Hals brannte wie das Höllenfeuer persönlich.

»Auf die kannst du hier draußen lange warten.« Kelly schien wirklich interessiert an mir zu sein, musterte mich von oben bis unten wie Frischfleisch für ihren Hofhund. Es war mir beinahe unangenehm.

»Wo kommst du her?«, fragte Logan und drehte mir den Oberkörper zu. Eine schmale Narbe zog sich über seine Oberlippe, die mir vorher nicht aufgefallen war. Sie stand ihm. Machte sein perfektes Äußeres ein wenig markanter. Und trotzdem, ich kannte Männer wie ihn. Gott, er war wie Mason, bekam alles, was er wollte mit einem Fingerschnippen.

»Vancouver.« Ich wischte mir ein paar feuchte Haarsträhnen aus dem Gesicht. Der Regen draußen war inzwischen so heftig, dass er gegen die Scheiben prasselte. Und ich war noch immer der Meinung, wir sollten dem Wolf … der *Wölfin* irgendwie helfen, auch wenn dieser ominöse Bruder uns dafür einen Kopf kürzer machen würde. Ich hatte dieses Biest nicht spazieren gefahren, damit es dann hier vor diesem Laden voller Freaks einfach so aus dem Leben schied.

»Okay, Vancouver.« Logan räusperte sich und griff einfach so nach meinem neuen Shot, den Herb gerade eingegossen hatte, um den auch noch zu leeren. Ich kam nicht mal zum Protestieren. Aber mir steckte ohnehin noch der erste in den Knochen.

»Wie hast du Oona in dieses Barbiemobil bekommen?«

»Ich heiße Brooke«, schmetterte ich seinen dämlichen Spitznamen ab und zog missmutig eine Braue nach oben. »Und das Tier da draußen ist halb tot, es wäre wahrscheinlich auch in den Truck von *Jeepers Creepers* gestiegen, wenn der gerade parat gestanden hätte.«

Logan musterte mich eine ganze Weile mit seinen stürmisch blauen Augen, als wüsste er nicht, ob er mich völlig bescheuert oder hinterfragenswert finden sollte. Sein Aftershave war gar nicht übel, aber glatt gelutscht wie der Mann, an dem es klebte.

»Zur Hölle, ich mag sie.« Kelly stellte eine Flasche *Moosehead* vor mir ab. Pale Ale. Faszinierend gut getroffen.

»Oona will einfach jeden umbringen, der sich ihr nähert. Jeden außer Ezra«, vertiefte Logan seine Zweifel mir gegenüber.

Was wollte er von mir hören? Dass ich sie auf Drogen gesetzt hatte? »Hat sie bei mir auch versucht, aber ich war schneller.« Jetzt war ich diejenige, die zwinkerte. *Touché!* »Und wer ist bitte Ezra?«

»Sein Halbbruder«, lenkte Kelly ein, während sie sich die nächste Zigarette anzündete. »Wirst ihn lieben. Einfach alle lieben ihn.« Oh, dieser vielsagende Gesichtsausdruck, die hochgezogene Braue ... Hieß wohl eher, dass alle Welt ihn hasste. Na, grandios! Da haben wir Häuptling Zuckerschnute und seinen grimmigen Bruder *Der mit dem Wolf tanzt*. Am besten noch ein völlig identischer Zwilling, dann wäre die Freakshow komplett.

Logan warf Kelly einen strafenden Blick zu. Okay, *er* mochte ihn ganz offensichtlich doch ein wenig.

»Und du trägst hier ein riesiges Gewehr *und* eine Pistole spazieren, einfach weil du es kannst, Logan Crave?« Mein Flaschenhals zeigte auf seine Brust und er lehnte sich seufzend ein Stück zurück. »Ich bin der Ranger hier, Vancouver.«

»Da war ich doch mit meinem Town Marshal gar nicht mal so weit entfernt. Und mein Name ist Brooke Bishop, nicht *Vancouver*, okay?«

»Bishop? Wie der Heilige?« Sein Mundwinkel zuckte.

Meine Augen wurden zu Schlitzen. Dieser Typ war schon nach den ersten Minuten anstrengend, wie sollte das dann erst nach ein paar Stunden aussehen?

Die Kerle vom Billardtisch kamen nach vorn zum Tresen, klopften auf das Holz und der Älteste legte dem

Barmann einen Schein hin. »Machs gut, Herb. Schönen Abend euch.«

»Selber, Bert.« Kelly wedelte mit ihrer Zigarette in seine Richtung.

Als sie nach draußen in den Regen verschwanden und sich die Jacken über die Köpfe zogen, sah ich, wie ein Schiff von einem Auto mit quietschenden Reifen neben meinem zum Stehen kam. Ein bulliger schwarzer Pick-up, der aussah, als könnte er meinen kleinen Mini ohne Weiteres platt walzen, wenn er wollte.

»Showtime«, seufzte Logan und nahm einen tiefen Schluck von Kellys Bier.

Ich legte meine Flasche an die Lippen und sah skeptisch dabei zu, wie die Autotür sich öffnete und ein Mann heraussprang, der nicht daran dachte, sich seine Jacke über den Kopf zu ziehen. Er zog nicht einmal die Schultern ein. Der sintflutartige Regen interessierte ihn einen Scheiß, als er mit festen Schritten in unsere Richtung kam und heftig die Tür aufstieß. Ich verschluckte mich beinahe an meinem Bier als sein Blick in meinem einschlug. Das Wasser tropfte ihm von der olivgrünen Jacke und in seinen Augen tobten Flammen. Er war ganz offensichtlich verdammt wütend.

»Wo ist sie?«, fragte er mit einer Stimme, die mir durch und durch ging.

»In ... in meinem Wagen.« Warum stammelte ich denn jetzt so dämlich?

Er sah sich suchend um. Das Wasser glänzte dabei im Kerzenlicht auf seiner Haut. *Das* sollte Logans Bruder sein? Der Kerl war doch das komplette Gegenteil von ihm. Ein gestutzter Bart rahmte seine geschwungenen Lippen ein, das braune Haar trug er kurz und diese

Aura ... Er war kaum fünf Sekunden hier und der gesamte Raum gehörte schon ihm. Der Raum und jedes Staubkorn, das sich darin befand. Ezra war attraktiv, auf eine komplett andere Art als Logan.

»Dein GMC hat ihren Smart platt gemacht, fürchte ich.« Logan sah seinen Bruder nicht einmal an, zeigte nur träge mit Kellys Bier in Richtung Tür.

»Es ist ein Mini«, merkte ich an, verstummte aber sofort, als Ezras glühender Blick wieder in meinen raste. Seine Wut war irgendwie schön, auf eine ganz verschrobene Art.

Hab ich das gerade wirklich gedacht?

»Gibst du mir heute noch den verfickten Schlüssel oder soll ich ihn mir holen kommen?« Er streckte ungehalten den Arm in meine Richtung und ich erkannte die Ausläufer eines Tattoos unter seinem Ärmel.

Bitte was? Okay, ich hatte von diesen Männern gehört, die nur anziehend waren, bis sie den Mund aufmachten.

»Ruhig, Tiger, sie hat es doch nur gut gemeint«, probierte Kelly sich an einem Beschwichtigungsversuch. Halbherzig, weil sie das ganz offensichtlich öfter tun musste.

Ich erwiderte Ezras harten Blick betont abgekühlt und nahm einen fast endlosen Atemzug.

»Schon okay.« Mit erhobenem Kinn ließ ich mich von meinem Hocker rutschen und lief an ihm vorbei auf die Tür zu. Ich spürte seinen Blick im Rücken wie reine Elektrizität. Seine Mama hatte ihn offenbar nicht lieb genug gehabt.

Einfach jeder liebt ihn ...

Mir wurde schon jetzt einiges klar.

»Ähm, es regnet«, rief Logan mir nach, aber ich ging hinaus auf die Terrasse, als würde ich nichts hören und nichts spüren, um das Monster von Gefährt herum auf meinen Mini zu. Ezra war mir gefolgt und riss meine Autotür in der Sekunde auf, in der ich entriegelt hatte.

Vertraut beugte er sich über das reglose Bündel Pelz und ich sah ihm durch den strömenden Regen hindurch dabei zu. Es war unglaublich faszinierend, wie liebevoll er ihr etwas in das große Ohr flüsterte, das ich nicht verstand. Das Wasser prasselte zu laut. In einer Bewegung packte er den dunklen Wolf, hob ihn auf seinen Arm und trug ihn zurück in Richtung Bar, wo er ihn sacht auf das Holz der Terrasse sinken ließ. Wie übel ich mich an dem Tier abgemüht hatte, im Gegensatz zu ihm ...

Er kauerte sich hinunter und untersuchte vorsichtig die Wunden, während ich einfach nur tropfend neben ihm stand wie bestellt und nicht abgeholt.

»Verfluchte Bastarde.« Ungehalten wischte er sich übers Gesicht und drehte sich zu mir um. »Alkohol. Schnell!«

Wenn es nicht um das Leben eines Tieres gegangen wäre, hätte ich ihm etwas gehustet, so mit mir zu reden.

Als ich mich gerade auf den Weg machen wollte, erschien Logan mit einer Flasche Wodka in der Tür und Oona knurrte augenblicklich tief und bedrohlich, als er sich näherte. »Jaja, du mich auch, Prinzessin.« Er reichte Ezra die Flasche und blieb auf Abstand.

Na ja, wenigstens lebte die Lady noch, so tot wie sie mittlerweile schon gewirkt hatte.

Ezra zog ein dunkles Messer aus der Jackentasche und für einen Moment dachte ich, er würde ...

»Sagt Bescheid, wenn ihr mich braucht.« Logan

verzog sich wieder nach drinnen. Mehr als ein Brummen kam nicht von Ezra. Er schnitt bereits mit der Klinge in den Wunden herum. Oona jammerte leise, aber er beruhigte sie unaufhörlich und es wunderte mich weiterhin, dass ein unhöflicher Klotz wie er zu so sanften Worten fähig war.

Klimpernd fiel eine Patrone auf den Holzboden unter uns und noch eine. Wow, jemand hatte auf sie geschossen.

»Schon gut, meine Schöne. Alles gut«, raunte er sacht und hielt schützend ihren großen Kopf.

Ich hockte mich hinunter und reichte ihm den Wodka zum Desinfizieren. Dieser Mann roch gut. Nicht nach einem künstlichen Duft wie Logan, das musste der Geruch seiner Haut sein. Schnell rückte ich wieder ein Stück von ihm weg. Als er fertig war, nahm er sie erneut auf den Arm, trug sie zu seinem Pick-up und fuhr mit ihr davon, ohne sich noch einmal umzudrehen oder sich irgendwie für meine Hilfe zu bedanken. Und trotzdem stand ich da und glotzte seinem GMC hinterher wie die letzte Idiotin.

Was zum Geier war da bitte gerade passiert?

FÜNF

BROOKE

»Vancouver, dein Bier wird schal.« Logan kam zu mir auf die Terrasse und zuckte entschuldigend die Achseln. »Sorry. Man sollte einen großen Bogen um ihn machen, wenn er sauer ist.«

»Tollen Bruder hast du da.« Ich griff nach der Flasche, die er mit nach draußen gebracht hatte.

»Halbbruder«, korrigierte er mich. Ah ja, jetzt war er plötzlich wieder der Halbbruder.

Etwas glänzte matt zu meinen Füßen. »Ein Halbbruder, der sein Messer vergessen hat.« Ich bückte mich danach. Die Klinge war schwarz und voller Blut von Oona. Eine Eule, die wie ein Schwarz-Weiß-Foto wirkte, war in den Stahl graviert. Ich hasste Waffen jeglicher Art, aber das Teil hier war schön, das musste ich zugeben.

Als Logan es mir abnahm, grollte wieder ein lauter Donner über uns am Himmel. »Du solltest so nicht weiterfahren, kleiner Townie.«

»Und was schlägst du stattdessen vor?« Skeptisch blickte ich zu ihm auf. Sein Schlafzimmer vielleicht? Das konnte er direkt vergessen.

Die Grübchen kamen zurück, als er zu mir hinuntergrinste und die Arme vor der Brust verschränkte.

»Ein Hotel? Zufällig kommt da drüben gerade eins.« Er deutete mit dem Kopf in Richtung Straße.

»Verdammte Axt, dieses Wetter«, schimpfte die wunderhübsche Dunkelhaarige mit der Stupsnase und dem Puppengesicht, die kopfschüttelnd aus dem Friseurgeschäft gegenüber auf uns zu rannte. Fluchend versuchte sie, dem Himmelszorn zu entgehen, indem sie sich die Hände über die üppige Mähne hielt.

»Ruby, mein Engel.« Logan küsste sie flüchtig auf die Lippen. Ob sie seine Freundin war? Gott, sie war unglaublich hübsch. Hatte eine Taille wie eine Schaufensterpuppe.

»Logan, mein Schöner.« Sie lächelte und klopfte sich das Wasser von dem dünnen roten Mantel. »War Ezra gerade hier?«

»Ja, so ein paar Arschgesichter haben sich Oona vorgenommen. Er hatte ihre Fährte schon, aber dann packte sie unsere Freundin Vancouver hier in ihre quietschbunte Brotbüchse und rauschte einfach mit ihr davon. Er musste zurück zum Auto und dann kam er sie holen wie ein tollwütiger Grizzly. Na ja, du kennst ihn. Das ist so ziemlich die Kurzform des Berichts. Stimmt doch, oder?« Er sah mich mit einem hochgezogenen Mundwinkel an und fuhr sich durch das blonde Haar.

»Kommt hin. Ich bin Brooke.« Ich hielt der zauberschönen Ruby die Hand hin und sie lächelte verschmitzt. Gott, sogar ihr Lächeln war unwiderstehlich. Ein Jammer, dass ich auf Männer stand.

»Was suchst du hier draußen im Nirgendwo, Brooke?« Ihre großen Rehaugen musterten mich interessiert.

Tja, wenn ich das nur wüsste ...

»Ich bin eigentlich auf der Durchreise, also ich ...«

»Lass mich raten: Du bist von dem miesen Wetter überrascht worden? Dann schlage ich vor, du bleibst über Nacht bei mir. Ich habe ein separates Zimmer da drüben in meinem Salon. Freue mich immer über neue Gesichter, ist also gratis. Und morgen kannst du frisch und ausgeschlafen weiterfahren. Was meinst du?«

»Tja, also ich ...« Meine Erwiderung wurde von einem ohrenbetäubenden Donner unterbrochen und wir zuckten alle drei zusammen.

Ruby legte den Kopf schief. »Siehst du. Sogar der Typ in den Wolken will es so. Nimmt dir direkt die Entscheidung ab. Und jetzt lasst uns etwas trinken, ich sterbe vor Durst.« Sie ging zwischen uns hindurch und betrat die Bar. Ich sah durch die Scheibe, wie Herb und Kelly sich freuten, dass sie kam.

»Ist sie nicht wundervoll?«, schwärmte Logan und sah mich mit diesem *Ich-hab-es-dir-gesagt*-Blick an.

»Deine Freundin?« Das Bier schmeckte herrlich herb und ich nahm gleich drei große Schlucke.

»Meine *Freundin*?« Er sagte es, als sei das vollkommen abwegig. »Nein! Bestimmt nicht.«

»Okay, okay. Sorry, dass ich gefragt habe.«

»Weil es dich interessiert?«

»Weil sie süß ist. Wäre doch nett, du und sie.«

»*Süß* ... Oh, Vancouver, du kennst mich kein Stück. Denn wenn du es tätest, würdest du keine Frau so leichtfertig an meine Seite wünschen. Ich bin so weit entfernt von *nett* wie die Erde vom Mond. Hier draußen ticken die Uhren anders als in deiner Zuckerwattewelt, okay? Und jetzt komm mit rein und lerne, Herbs *Headshots* zu trinken oder spring in deinen Lackschuh und fahr auf direktem Weg zurück in deine City, Towniegirl.«

Wow! Es triggerte mich extrem, dass er mir so kam. Alle Welt unterschätzte mich. Er, der tabakspuckende Wahnsinnige in der Tankstelle, sogar mein eigener Ex, mit dem ich mein halbes Leben verbracht hatte, ohne dass er mich je wirklich geliebt hatte. Ich war kein verfluchtes *Towniegirl!* Ich war Brooke Bishop! Und Brooke Bishop war kein verweichlichtes Mädchen, zur Hölle! Brooke Bishop nahm ihr Schicksal selbst in die Hand und sie pfiff auf die Meinung anderer! Und wenn ich für immer in dieser verdammten Einöde bleiben wollte, dann tat ich es eben. Keiner würde mir je wieder in meine Entscheidungen reden. Keiner!

»Du kannst mich mal, Ranger!« Ich nahm noch einen tiefen Schluck und rempelte Logan gegen den Arm, als ich an ihm vorbei nach drinnen ging.

SECHS

EZRA

Ich würde diesem Wichser das Genick brechen! Ohne eine verdammte Sekunde zu zögern. Ich hasste diesen feigen Abschaum, der sich ständig an Oona vergriff, statt es mit mir aufzunehmen. Die umliegenden Orte wussten alle, dass ich sie aufgezogen hatte. Dass sie mir folgte, seit sie ein schwacher verlassener Welpe gewesen war. Sie steckten nicht hinter dieser miesen Nummer. Oh nein, ich ahnte, wem ich diese ständigen Angriffe zu verdanken hatte. Er und seine Witzfiguren wollten mir drohen, mir schaden oder was auch immer diesen dreckigen Sackgesichtern noch so in den Sinn kam. Wenn ich herausbekam, wer genau von ihnen immer wieder den Auftrag bekam, auf meinen Wolf zu schießen, würde ich ihnen allen die verfluchte Fresse zu Brei schlagen, einem nach dem anderen!

Mein GMC röhrte unter mir, als ich in den Kiesweg hinter dem Salon einfuhr.

Beinahe hätte ich das winzige Gefährt dieser kleinen lebensmüden Städterin gerammt und stieg auf die

Bremse. Verdammt, was trieb sie denn noch hier? Es war scheiß zwei Uhr nachts. Und was zur Hölle suchte ihre Kiste auf Rubys Hinterhof?

Als ich in die beleuchteten Fenster blickte, wurde mir einiges klar. Da lief diese Fremde einfach herum, als würde sie dazu gehören. Ich atmete tief durch und umfasste das Steuer meines Wagens so fest, dass meine Fingerknöchel hervortraten.

Das passte mir überhaupt nicht.

Sie gehörte hier nicht her, sie sollte abhauen!

Auch wenn sie es geschafft hatte, Oona herzubringen, ohne dabei draufzugehen, sie war immer noch ein beschissener Townie. Wenn sie sich morgen nicht verdrückt hatte, würde ich das in die Hand nehmen müssen.

»Scheiße!« Für ein paar Minuten blieb ich im Auto sitzen, atmete tief durch und wischte mir über das feuchte Gesicht. Es regnete noch immer wie aus Kannen und würde in dieser Nacht wahrscheinlich auch nicht mehr aufhören. Gut so! Ich fühlte die Wut des Himmels wie meine eigene. Gott, ich musste mir Luft machen. Dringend!

Als ich aus dem Wagen stieg, war ich direkt wieder komplett durchnässt, aber ich spürte es nicht. Regen gehörte zum großen Ganzen wie die Wut zu einem Herzen.

Als ich über Rubys Hof auf die Tür zulief, sah mich das kleine Stadtmädchen. Durchs Fenster hindurch starrte sie mich an. Wenn sie wüsste, dass ich sie heute schon einmal beobachtet hatte. Sie hatte es gespürt. Hatte *mich* gespürt, aber ich hatte mich ihr nicht gezeigt, denn das tat ich nur, wenn ich entschied, es zu tun. Und ich hätte eingegriffen, wenn sie etwas Dummes mit Oona angestellt hätte, aber stattdessen hatte sie sie mitgenommen.

Diese kleine zarte Frau hatte einen Fünfzig-Kilo-Wolf in ihr hässliches Mädchenauto gehievt und Oona hatte es sich gefallen lassen. Ich war nicht oft beeindruckt, aber dieser Anblick hatte mich fasziniert. Deshalb hatte ich auch nur zugesehen. Obwohl Oona niemand anrühren durfte, weil sie es hasste. Jedem anderen hätte ich die übergriffigen Finger dafür abgeschnitten, aber sie wusste es nicht besser. Sie kannte die Regeln hier draußen nicht, das war auch der Grund, aus dem sie verschwinden musste!

Scheiße, am besten jetzt sofort!

Mein Blick prallte in ihren und ich ließ nicht los, während ich die drei Stufen zu Rubys Terrasse hinaufstieg. Sie auch nicht. Mutig.

Ein fester Schlag gegen die Tür reichte aus, da öffnete Ruby bereits und lächelte verrucht. Das kleine Luder wusste genau, was ich brauchte, wenn die Wut mich wieder packte.

»Ezra, ich dachte mir schon, dass du kommen würdest.« Ihr Atem roch nach Whisky. Hmmm, das machte mich scharf. »Aber heute ist es ungünstig, weil ...«

Hinter ihr erschien das Towniegirl und verschränkte die Arme vor der Brust. Das gefärbte Haar fiel ihr in Wellen über die Schultern und sie war nicht mehr geschminkt. Unter ihrem lockeren Shirt zeichnete sich die Wölbung ihres Busens ab und ihre langen Beine waren nackt. Am liebsten hätte ich sie gepackt und zur Tür hinausgeworfen. Ihr herausfordernder Blick machte mich noch hitziger.

»Ich habe Besuch.« Ruby verzog entschuldigend die vollen Lippen.

Unbeeindruckt machte ich einen Schritt nach drin.

Es roch nach Vertrautheit und Holz. »Und Türen hast du auch, oder?« Meine Hände packten fordernd ihre Taille.

»Aber Brooke kann uns doch trotzdem …«

»*Brooke*.« Mein Blick tastete sich über die zarte Schulter von Ruby und rastete in dem von *Brooke* ein. So hieß sie also, interessant. Ich hätte ja eher eine *Susan* oder eine *Megan* erwartet.

»Ganz genau. Brooke.« Sie zog eine Braue nach oben und versuchte, mich einzuschätzen. Amüsant, die Kleine. »Und du bist Ezra Crave. Gerade mal ein paar Stunden hier und schon so viel von dir gehört.« Wie forsch sie war, unglaublich. Lag sicher am Alkohol, den ich in ihren Augen sehen konnte. Noch nicht zu viel, aber genug.

Ich wischte Rubys dunkle Mähne von ihrer Schulter und sie legte seufzend den Kopf zur Seite, als ich mit den Lippen über ihren Hals fuhr und an der empfindlichen Stelle unter ihrem Ohr sanft zubiss. Brooke sah mich weiter an und ich raunte nah bei Rubys Ohr: »Ich scheiß auf sie, okay?«

Ruby seufzte hell als ich nach ihrem Hintern griff und sie heftig an mich zog. Ihr Kleid war so knapp, dass ich es ihr nicht einmal würde ausziehen müssen.

»Wie geht es Oona?«, versuchte sie, abzulenken und sich aus meinem Griff zu winden, aber ich hielt sie fest. Sonst war sie doch auch nicht zurückhaltend. Hmmm, ich mochte die verschüchterte Ruby.

»Besser«, brummte ich rau gegen ihren Hals. »Schläft jetzt.«

»Ezra, das hier geht nicht«, wimmerte sie, aber ihr Blick flackerte bereits und als ich meine Zungenspitze über ihre Lippen gleiten ließ und mich noch enger an sie presste, um sie spüren zu lassen, wie verflucht hart ich war, brach ihr Widerstand endgültig.

»Du weißt, wie Türen funktionieren, Brooke, ja?« Meine Stimme war dunkel und schwer, als ich Ruby hochhob und ihre Beine um mich wickelte.

Brookes Augen glühten, als sie sich mit ihrem kleinen, sexy frechen Körper in den Türrahmen lehnte und mich wahrscheinlich am liebsten umgebracht hätte. Von mir aus vögelte ich sie gleich mit, wenn sie es darauf anlegte.

Gott ja, ich war ein unhöflicher Drecksack, aber es war mir so egal.

Mit einem Tritt stieß ich die angelehnte Tür zum Schlafzimmer auf und legte Ruby unter mir aufs Bett.

Sie wollte nach meinem Gesicht greifen, aber ich zuckte zurück. Zur Hölle, sie wusste doch, wie sehr ich das hasste.

»Fuck, entschuldige«, flüsterte sie.

»Schon gut.« Einen Scheiß war es, aber sie ließ mich ihren Körper ficken, da war es nur fair, ein wenig freundlich zu sein.

In einer groben Bewegung schob ich ihr die Träger von den Schultern und zog den dünnen Stoff von ihren blanken Brüsten. Kein BH. Sie hatte gewusst, dass ich kommen würde, diese kleine Dirne.

Sie war schön wie ein Engel mit ihren großen Rehaugen und ihren spitzen, kleinen Möpsen. Wenn ich noch imstande wäre, zu fühlen, würde ich sie vielleicht sogar lieben. Aber Engel hatten in der Hölle nichts verloren. Ich war nichts für sie. Ich war für niemanden etwas.

Oh, verflucht, mein Schwanz wollte sie so sehr. Die

Jeans fühlte sich an wie ein Gefängnis. Es tat fast schon weh.

»Zieh dich aus«, wies sie mich an. Ich hasste Befehle, aber ich wusste auch, dass sie es mochte, mich anzusehen, während ich sie vögelte. Und wenn sie mich schon nicht anfassen durfte, wollte ich ihr wenigstens das vergönnen. Außerdem klang bei ihr jeder Befehl auch irgendwie devot und ich stand darauf, wie sehr sie mich wollte.

Ich richtete mich auf, zog mir in einer langsamen Bewegung das Shirt vom Körper und wurde die Jeans los.

»Oooh ja.« Sie ließ den Blick über meinen nackten Körper gleiten.

Und nicht nur sie.

»Ist die Tür zu?«, fragte sie, weil sie so vor mir auf dem Bett lag, dass ich mit dem Gesicht zur Tür stand und sie sicher nicht wusste, ob es das Mondlicht vom Fenster war, das in den Raum fiel, oder das kühle Licht vom Flur.

»Ja«, log ich und erwiderte Brookes Blick vollkommen ruhig.

Du verfluchte kleine Spannerin! Macht dich das etwa an? Das hätte ich dir gar nicht zugetraut.

Ihre Augen wirkten verklärt und ganz offensichtlich gefiel ihr, was sie sah. Dass sie dort stand und uns so verrucht beobachtete, machte mich gleich noch härter.

»Na warte«, knurrte ich durch zusammengepresste Zähne, zog meinen Gürtel aus der Hose und fesselte Rubys Handgelenke über ihrem Kopf, damit sie ja nicht noch einmal auf die Idee kam, mir mit ihren Händen zu nah zu kommen. Routiniert zog ich mir ein Kondom über und beugte mich wieder über sie.

»Ich würde dich so gern anfassen«, sagte sie heiser

und küsste meinen Hals. Ich hasste Küsse. Konnte überhaupt nichts mit diesem Kitsch anfangen. Ich tat es nur, weil es sie zu Butter unter meinen Händen werden ließ, und das wiederum machte mich enorm scharf.

»Du bekommst etwas anderes dafür«, flüsterte ich und tauschte einen weiteren Blick mit Brooke, die noch immer dort stand und die kleine Show genoss. Oh, gleich würde sie sich genauso winden wie Ruby. Sollte sie sich ruhig vorstellen, dass es ihr Körper war, den ich mir vornahm, wenn es sie scharf machte, mich turnte das kleine Miststück jedenfalls ungemein an. Ruhig widmete ich mich Rubys überhitztem Körper, nahm ihre blanken Brüste fest in beide Hände und rieb ihre steifen Nippel mit den Daumen. Saugte und knabberte daran, während meine Hände tiefer wanderten. Sie aalte sich unter mir und stöhnte heiser meinen Namen, während ich den Saum ihres unverschämt kurzen Kleides nach oben schob. Scheiße, ich wusste wie sich ihre Pussy anfühlte und genau diese Gewohnheit war es, die ich gerade brauchte. Wir trieben es schon so lange miteinander, dass wir funktionierten wie ein Paar. Nur ohne Liebe und den ganzen Scheiß, den keiner brauchte.

Mit einer Hand zog ich ihren knappen Slip zur Seite, packte meinen harten Schwanz und drückte meine Spitze gegen ihre warme Pussy. Sie keuchte und bäumte sich mir entgegen. Auch ich konnte mir ein tiefes Stöhnen nicht verkneifen. Aber ich würde mich nicht in sie schieben, noch nicht. Vorher hatte ich ein Geschenk für sie, weil mir danach war und weil wir Zuschauer hatten. In langsamen Bewegungen rieb ich mit meiner Spitze ihren Kitzler und leckte ihre Nippel, die mir immer wieder entgegendrängten. Als sie bereits bebte, glitt ich an ihr nach unten. Kurz protestierte sie, aber als sie statt meines Schwanzes meine Zunge in ihrer Mitte spürte, stöhnte sie so hell und gedehnt, wie lange nicht mehr. Ich leckte sie in kurzen, heftigen Bewegungen, saugte an ihrer Perle und entzog mich ihr wieder, nur um kurz darauf noch heftiger zurückzukehren. Und sie explodierte wenige Minuten später unter mir wie ein Vulkan.

Genau das war der Moment, in dem ich wieder nach oben kam, sie an den Rand des Bettes zog und mich tief und heftig in sie schob. Ihre warme, pulsierende Pussy schloss sich um meinen Schwanz und ich packte grob ihre Hüfte, entzog mich ihr und rammte mich keuchend erneut in sie. Wieder und wieder, in festen, unsanften Bewegungen bis zum Anschlag. Ruby jammerte unter mir, wie sie es immer tat, wenn ich sie so hart nahm. Aber es gefiel ihr, das wusste ich. Dabei hob ich den Kopf und sah Brooke an, in deren verklärten Augen ein Sturm tobte. Und es machte mich so verdammt an, dass ich nach weniger Stößen als üblich so heftig kam, dass ich kurz dachte, die Beine würden unter mir versagen.

Ich lehnte mich über Ruby auf das Bett und versuchte, wieder zu Atem zu kommen.

Gottverfluchte Hölle, das war großartig!

»Es war mir wie immer eine Freude, Mister Crave«, hauchte Ruby und ich erschrak tatsächlich kurz dabei. Hatte ich etwa vergessen, dass es sie gewesen war, die ich gerade gevögelt hatte und nicht die großschnäuzige Spannerin, die offensichtlich nicht wusste, was gut für sie war?

Als ich aufblickte, war sie verschwunden. Hatte sogar die Tür geschlossen. Wusste offenbar doch, wie die

Dinger funktionierten ... Mit meiner Selbstbeherrschung kam auch die Wut zurück. Was nahm sich dieses kleine Biest eigentlich heraus? Sie meinte vielleicht, sie sei mutig und unerschrocken, aber in Wirklichkeit war sie nichts als leichtsinnig. Sie wagte es, in meinem Kopf herumzumanipulieren, obwohl sie kaum zwei Sekunden hier war. Uns zu bespannen, obwohl ich es ihr nicht gestattet hatte.

Scheiße, das gefiel mir alles nicht.

Wenn sie wirklich so dumm war, länger zu bleiben, würde sie mich noch kennenlernen.

Ruppig zog ich mir das Kondom ab und warf es in den Mülleimer in der Ecke. Mein Unterleib stand noch immer in Flammen. Ich löste den Gürtel um Rubys Handgelenke und küsste sie flüchtig auf die Stirn.

»Schmeiß diese Brooke raus, sobald es geht, ja? Ich hasse alles Fremde in unserer Stadt.« Meine Finger zählten die Scheine, die ihr zustanden und legten sie neben sie aufs Bett.

»Du kannst nicht vertrauen. Nichts und niemandem.« Sie stützte sich auf die Ellbogen, zog sich das Kleid wieder über die Brüste und griff nach dem Zigarettenetui in ihrem Nachtschrank. »Das ist dein größtes Problem. Du kannst es einfach nicht. Aber Menschen müssen anderen Menschen trauen.«

Ich verengte die Augen und zog mir die Jeans über meinen gereizten Schwanz. Jetzt wusste ich wieder, warum ich sie nur vögelte und nicht mit ihr ausging. Dieses gutgläubige Gerede machte mich krank.

»Vertrauen ist etwas für Idioten, die eine Kugel im Kopf wollen, sobald sie sich umdrehen.«

»Du bist grässlich, Ezra Crave. Eine schwarze Seele.«

Sie zündete ihre Zigarette an und nahm einen tiefen Zug. »Aber du fickst wie ein Gott.«

Ihr Make-up war verschmiert. Ich liebte es, wenn ich sie zerstörte. Ich zerstörte Dinge. Das war, wozu ich geworden war. Etwas anderes konnte ich nicht mehr.

SIEBEN

BROOKE

F*uck! Fuck! Fuck!*

Bebend saß ich in dem kleinen Zimmer, das Ruby mir überlassen hatte und fragte mich ganz ernsthaft, was, *zur Hölle*, da bitte gerade passiert war.

Mein Puls vibrierte hinter meinen Schläfen und mein ganzer Körper fühlte sich an, als würde heftiger Strom hindurchfließen. Und das lag nicht an den etlichen Shots vorhin bei Herb.

In dem dunklen Raum standen ein schmales Bett und ein Schrank, für mehr fehlte der Platz. Ich hatte das Licht ausgemacht. Am liebsten würde ich eins werden mit der Dunkelheit, die mich umgab. Einfach verschwinden.

Puff. Weg!

Als Ezras Schritte draußen an meiner Tür vorbeigingen, hielt ich die Luft an und mein Herz pochte so heftig, dass ich Angst hatte, er könnte es durch das Holz hören.

Dieser ungehobelte Mistsack hatte mich hypnotisiert, anders konnte ich mir nicht erklären, warum ich heute schon das zweite Mal zwei Menschen beim Sex bespannte.

Zweimal, Brooke Bishop! Du musst dich dringend behandeln lassen!

Aber das da war so verdammt ästhetisch gewesen. Wie ein Tanz. So echt und ungezügelt, einfach nur ... Ich vergrub das Gesicht in den Händen. Mein Magen fühlte sich ganz heiß an und ich versuchte, dieses pochende Gefühl aus meinen Lenden zu vertreiben, aber es wurde nur schlimmer.

Ezra Crave war ein rücksichtsloser Klotz, aber sein Körper eine verfluchte Augenweide. Die Tattoos an seinen trainierten Unterarmen. Auf dem rechten hatte ich in schwarz-weiß schattiert eine fliegende Eule erkannt, die aussah wie die auf seinem Messer. Er war nicht perfekt, ganz und gar nicht. Ich hatte sogar von der Tür aus ein paar Narben ausmachen können, hinter denen mit Sicherheit einige düstere Geschichten standen, aber das hatte mich eben gerade fasziniert. So wild und roh wie sein Sex. Und er hatte sich mir vollkommen ungehemmt gezeigt, als wäre es das Normalste der Welt, dass ich ihn anstarrte, während er bis zum Anschlag in einer Frau steckte.

Aber das Allerschlimmste, das *Fatalste* an der ganzen Sache war sein Blick. Dieser verfluchte Blick. Deshalb hatte ich nicht aufhören können. So intensiv, als wäre alles um uns herum bedeutungslos. Er hatte mich gefesselt, ohne mich auch nur anzurühren. So etwas hatte ich noch nie erlebt.

Ich drehte den Kopf und sah ihm durchs Fenster dabei zu, wie er im Regen wieder in seinen Pick-up stieg. Natürlich ohne sich noch einmal umzudrehen. Obwohl Ruby auf der Terrasse stand und rauchte.

Aber ich konnte nicht ... Ich konnte nicht ...

Meine Finger glitten zwischen meine Beine unter den Slip. Ich lehnte mich im Bett zurück und legte den Kopf in den Nacken. Draußen heulte der massige Wagen auf, bevor er sich über den Kies entfernte, wo auch immer hin.

Gott, ich hatte so verdammt lange keinen Sex mehr gehabt.

Und das hier war die pure Hexerei. Ezra Crave musste irgendein Voodoo-Priester oder so etwas sein. Ich schloss die Augen und sah noch einmal seine Stöße, hörte sein Keuchen und sein Blick glitt so verflucht tief in mich. Tiefer als es ein Schwanz je könnte.

Mein Reiben wurde fester und schneller und ich seufzte gedämpft, damit Ruby mich nicht hören konnte. Keine Ahnung, wie dünn die Wände hier waren.

Gott, Brooke, machst du es dir tatsächlich gerade auf einen Blick?

In dem Moment explodierte ich wie ein Feuerwerk, bäumte mich im Bett auf und presste mir die Hand auf die Lippen. Tja, das ging schnell. Zu schnell. Und zu heftig.

Atemlos sank ich zurück in die Kissen und mein hämmernder Herzschlag wollte sich gar nicht mehr beruhigen.

Vielleicht hatte Mason ja recht. Vielleicht konnte unverbindlicher Sex ohne jede Konsequenz tatsächlich befreiend sein.

»Brooke, bist du noch wach?«, fragte Ruby vor meiner Tür leise. Ich zog erschrocken die dünne Decke über mich. »Ähm ... ja, ist alles gut?« *Außer, dass du gerade von dem grimmigsten Kerl in allen umliegenden Orten und Städten zusammen durchgenudelt wurdest ...*

Die Tür öffnete sich einen Spalt und dieses wunderschöne Wesen blickte lächelnd zu mir herein. Sie sah zerzaust aus. »Ja, ich springe nur noch schnell unter die Dusche. Wollte dich gern für morgen zum Frühstück drüben im *Fellows* einladen. Dann kannst du danach gestärkt wieder die Straßen unsicher machen. Wir essen immer einmal die Woche zusammen.«

»Klar, gern.« Ich erwiderte ihr Lächeln.

»Oh, und entschuldige das eben. Er kann sehr ... fordernd sein und es ist ja mehr oder weniger mein Job.«

Fordernd ... Was du nicht sagst.

»Schon okay.« Es stand mir überhaupt nicht zu, sie in ihren eigenen vier Wänden zu maßregeln. Aber vielleicht hätte sie in einem Nebensatz andeuten können, dass ihre Bleibe auch gleichzeitig so etwas wie ein Bordell war. Nur der Vollständigkeit halber.

»Schlaf gut, ja?« Sie zwinkerte mir zu. Man zwinkerte offenbar gern hier draußen in *Blackwater Mountain.*

»Du auch.«

Als die Tür sich wieder geschlossen hatte, atmete ich tief durch. Okay, was war mein Resümee des Tages? Eine Trennung, die schon ewig überfällig gewesen war, ein halb toter Wolf in meinem Auto, unzählige Höllentränke in einer Bar mitten im Wald, im Wetttrinken gegen eine wunderschöne Prostituierte verloren, einen Mann gegen mich aufgebracht, der die Dunkelheit in Person war, ihn verdammt nochmal beim Sex bespannt und mich von seinem Höllenfürstenblick mit Haut und Haar auffressen lassen.

Konnte ein Schicksal auch so etwas wie kaputt sein?

ACHT

BROOKE

Die Nacht war unruhig. Ich wälzte mich hin und her, kam mit mir selbst nicht klar und das Unwetter war so heftig, dass ich stellenweise dachte, der Regen würde meinen Mini aus Rubys Einfahrt spülen.

Und dann musste ich doch irgendwie geschlafen haben, denn als ich die Augen öffnete, schien die Sonne durch das Fenster auf mein Gesicht und der kanadische Sommer zeigte sich plötzlich wieder von seiner besten Seite. Für ein paar Sekunden starrte ich orientierungslos vor mich hin, dann hatte mein Gehirn die Zusammenhänge endlich verknüpft. Ruby. Blackwater Mountain. Mitten im Nirgendwo. Und ...

»Oh mein Gott, ernsthaft.« Stöhnend rieb ich mir die schmerzende Stirn. Was war nur in diesen *Headshots* von Herb gewesen? Auf jeden Fall machten sie ihrem Namen alle Ehre. Und so wie ich mich gestern aufgeführt hatte, musste da Crystal, Kokain oder irgendein anderer chemischer Dreck hineingepanscht worden sein.

Solange du nicht lernst, Herbs Headshots zu trinken ...

Schon klar, Logan Crave, schon klar ...

Zum Glück hatte Ruby nicht mitbekommen, wie ich sie bespannt hatte. Und Ezra vor meiner Abfahrt noch einmal zu begegnen, stand definitiv nicht auf meiner Liste.

»Guten Morgen, Schlafmütze.« Ruby klopfte an meine Tür. »Bist du bereit für das große Fressen?«

»Denke schon«, brummte ich verschlafen in mein Kissen.

»Was sagst du?«, fragte sie durch das Holz. Warum öffnete sie das Ding nicht einfach?

»Wer da alles kommt, frage ich«, rief ich etwas lauter. »Mein Kopf platzt jeden Moment.«

Die Tür öffnete sich einen spaltbreit. *Danke!*

»Ja, Herbs Drinks schaffen einen ganz schön, was? Besonders, wenn man neu hier ist. Aber man gewöhnt sich dran, glaub mir.« Sie grinste. Sogar ungeschminkt war sie eine echte Schönheit.

»Eigentlich hast eher du mich geschafft.« Immerhin war sie diejenige gewesen, die mich zum Kapitulieren gebracht hatte. Und ich hatte nicht vor, mich daran zu gewöhnen. Eigentlich wollte ich nach dem Frühstück direkt wieder auf der Straße sein. Auch wenn ich nicht wusste, wohin ich überhaupt auf dem Weg war. Und mein Kopf mir die Fahrt ganz sicher nicht leicht machen würde.

»Ach je, armes Baby. Ich hole dir gleich eine Schmerztablette. Und zu dem Brunch kommen immer die üblichen Verdächtigen. Becky aus dem Lebensmittelladen vorn am Fluss, Kelly, Herb, Oscar, das Dorfurgestein, meine Wenigkeit, Logan, die Jungs von der Forstarbeit und ab und zu ein paar Gäste im Ort wie du heute.«

»Logans Bruder?«, fragte ich einfach frei heraus, weil

ich dann vielleicht auf das Rührei mit Bacon verzichten und mich direkt auf die Flucht machen würde.

»Ezra?« Sie zog lachend die Brauen nach oben. »Wohl kaum. Er hat Probleme mit Menschen.«

Was du nicht sagst, merkt man gar nicht ...

»Und du lässt sie wirklich alle regelmäßig in dein Bett?« Wurde ich da gerade wieder übergriffig? Ich setzte mich auf und sah sie entschuldigend an, aber sie grinste nur, verschränkte die Arme vor der schmalen Brust und lehnte sich in den Türrahmen. »Ja klar, jeden, der gut zahlt. Was ist schon dabei? Es ist doch nur mein Körper, den ich ihnen gebe. Nur ein Körper auf einem Körper, nichts weiter.«

»Aber auch ihn? Auf mich wirkt er so unfassbar grob und kalt.« Ich sprach von Ezra und sie wusste es sofort.

Ihr Grinsen wurde hintergründig. »Er ist mir fast der Liebste von allen. Mit ihm ist es unfassbar intensiv. Er mag seine Macken haben, aber er ist ein Gentleman.«

»Ein *Gentleman?*«, prustete ich. *Klar!* Deshalb hatte er gestern auch so viel Rücksicht auf mich genommen.

Ruby legte den Kopf schief und starrte nachdenklich ins Nichts.

»Kann mir vorstellen, dass du das nicht glaubst, aber er ist es. Außerdem stehe ich auf kaputte Dinge, ist so ein Spleen von mir. Und seine Seele, die ist das kaputteste Ding, das ich kenne.«

Wow ...

Für ein paar Sekunden starrte ich sie nur prüfend an und wartete, ob noch etwas dazu kam, aber sie erwiderte meinen Blick nicht.

»Und jetzt los, bevor Herb die Jungs alles ohne uns verputzen lässt!« Sie tätschelte mit der flachen Hand den

Türrahmen. »Hab dir eine frische Zahnbürste ins Bad gestellt.«

Ich hatte mir ein enges, dunkles Shirt und die zerfetzte stonewashed Jeans übergeworfen, für die ich mit zwei Fotoshootings vor dem Vancouver House den Monatslohn eines Büroangestellten verdient hatte. Apropos ... Ich musste wirklich dringend meine Mails checken. Waren ganz sicher ein paar Hasstiraden diverser vernachlässigter Sponsoren dabei. Konnte es kaum erwarten. Sofern es hier draußen überhaupt Handyempfang gab ...

Als Ruby und ich das Haus verließen, war die Luft die pure Erholung. So frisch, nach Bäumen und Wald duftend, ich musste direkt kurz stehen bleiben und tief durchatmen. Unglaublich.

»Ja, die Natur hier draußen schmeichelt der Seele«, kommentierte Ruby meine Minute des Genießens.

»Bist du eigentlich wirklich Friseurin?«, fragte ich, als sie mit wiegenden Hüften an mir vorbeilief.

Sie drehte sich keck zu mir um. »Hab es nie gelernt, aber wenn es drauf ankäme, könnte ich es bestimmt.«

Vollkommen verrückt, dieser Ort. Aber war verrückt immer schlecht?

So im Sonnenlicht war Blackwater Mountain tatsächlich fast ein wenig ansehnlich, wie schon vermutet. Vielleicht auch etwas mehr als ein wenig.

Die Sonne glitzerte auf den Pfützen, die sich während der Nacht überall gebildet hatten. Ich hörte das Rauschen des Flusses und den sachten Wind in den dichten Bäumen, die den Ort umgaben. Und jetzt, wo der Himmel nicht mehr so dicht verhangen war, konnte ich erkennen, dass wir uns direkt am Fuße eines gewaltigen Berges befanden, der im grellen Sonnenlicht des Morgens wirkte wie eine künstliche Kulisse.

Für einen Moment überkam mich ein merkwürdiges Gefühl. So etwas wie ein Kribbeln im Bauch. Kein Mason mehr, keine Großstadt, die mich zwischen ihren steilen Wolkenkratzern einzwängte. Nur der Wald, die Berge und der Wind. Nichts weiter.

»Hat was, oder?« Ruby folgte meinem faszinierten Blick. »Was ist denn dein nächstes Ziel?«

»Eigentlich ...« Ein paar Vögel flatterten zwitschernd über unsere Köpfe. »Weiß ich es nicht. Ich hab nicht die geringste Ahnung.«

»Ruby, schönste aller Bergblumen.« Ein älterer, dickbäuchiger Mann näherte sich uns mit ausgebreiteten Armen, als wir in Richtung *Fellows* gingen.

»Ach, komm, du alter Schmeichler.« Ruby ließ sich von seinen Wurstfingern um die Hüfte fassen und von seinen wulstigen Lippen einen Kuss aufdrücken.

Puh, ihr Job wäre so absolut nichts für mich.

Und wie sie all das mit Charme und Souveränität hinnahm und sogar noch etwas zurückgab. Sie faszinierte mich. Wie so einiges hier draußen ...

»Und du? Die nächste Schönheit in unserem verlorenen Örtchen? Wie kommen wir zu der Ehre?« Ehe ich mich versah, war der Kerl an meiner Seite und drückte auch mir einen feuchten Kuss auf die Wange.

Ruby lachte in sich hinein. Ich war Städterin und mochte Distanz viel lieber als körperliche Herzlichkeit. Zu nah war für mich immer gleich anzüglich und ich entschied, wen ich mich anbaggern ließ, nicht irgendein speckiger Kerl aus dem Wald.

»Das ist Brooke. Sie ist nur auf der Durchreise.«

»Auf der Durchreise. Na ja, vielleicht kann Rubys Charme dich ja noch etwas länger hier halten, der hat uns alle schon rumgekriegt. Neben ihrem netten kleinen Hintern.« Er grinste dreckig, hob aber sofort beschwichtigend die Hände, als er Rubys strengen Blick bemerkte.

»Scher dich zurück zu deinem Frühstück, Freundchen, verstanden? Sonst trete ich dich hin.« Rubys Stimme klang gefährlich schneidend.

Ihr Gegenüber stammelte etwas Unverständliches und glotzte plötzlich überrumpelt wie ein Karpfen im Netz. »Verzeihung, Ma'am. Du weißt, es geht ab und zu mit mir durch.« Er lüftete den nicht vorhandenen Hut und verdrückte sich kleinlaut.

»Man muss sie nur im Griff haben, dann lebt man wie eine Königin«, flüsterte Ruby mir hinter vorgehaltener Hand zu und reckte das Kinn in die Luft wie eine Amazone. Ich schüttelte beeindruckt den Kopf.

Herb hatte bei dem herrlichen Wetter die Tische draußen auf der Terrasse eingedeckt und beinahe jeder war besetzt. Alle plauderten und scherzten wie eine liebende große Familie. Für einen Moment blieb ich stehen und sah mir die Idylle an. Ein Brunch unter freiem Himmel, an dem der ganze Ort teilnahm vor der Kulisse eines saftig grünen Waldes und im Schatten eines urigen Berges.

Alle wirkten so eingeschworen und gelöst. Nicht einer hatte ein Smartphone oder Tablet vor der Nase.

»Mädels.« Kelly winkte uns von den Stufen aus zu und hatte schon wieder eine Zigarette zwischen den Fingern. »Leute, hört mal alle zu. *Hey, Leute*!« Als keiner wie gewünscht reagierte, pfiff sie grell durch die Zähne und die ganze Gesellschaft verstummte.

Alle Augen folgten ihr, als sie in unsere Richtung kam und den dünnen Arm um meine Schultern legte. Sie roch nach kaltem Zigarettenqualm und Haarspray.

»Das hier ist Brooke. Die Kleine ist ein Traveller und wird heute mit uns essen. Also benehmt euch, verstanden?« Ihre Stimme klang kratzig und ihr warnender Blick glitt von einem zum nächsten.

Die Menge brummte bestätigend. Ein paar grüßten mich freundlich, dann wurde weiter geschlemmt.

»Guten Morgen, mein Schatz.« Kelly drückte Ruby einen Lippenstiftkuss auf die Wange. »Herb hat sich an Eiern Benedict versucht. Tut einfach, als ob es schmeckt. Ihm zuliebe, okay?«

Sie strich mir übers Haar wie eine Mom und schob uns die Stufen hinauf in Richtung Ecktisch, an dem bereits Logan saß.

»Morgen!« Genüsslich verdrückte er eine riesige Menge Spiegelei auf Toast. Na ja, in einen großen Mann wie ihn passte bestimmt auch einiges hinein. »Na, gut geschlafen, Vancouver?« Heute trug er eine graue Uniform und hatte sein blondes Haar etwas gebändigt. An seinem Stuhl lehnte ein Gewehr. Was zur Hölle tat ein Ranger eigentlich? Hüpften diese Kerle nicht munter im Wald herum und verarzteten kranke Bäume? Ich musste das schleunigst googeln. Logan wirkte wirklich nicht wie ein Baumverarzter auf mich.

Ruby fiel auf den Stuhl ihm gegenüber und ließ seufzend den Kopf auf die Tischplatte sinken. »Kaffee! Intravenös, bitte!«

Ich setzte mich neben sie und sah Logan dabei zu, wie er sie musterte. Ein verschlagenes kleines Grinsen hob seinen Mundwinkel, während er weiter an seinem Festmahl kaute.

»Ezra außer Rand und Band, was?«, fragte er mit eindeutigem Unterton und tunkte seinen Toast in die Lache Ketchup in der Mitte seines Tellers.

Ruby streckte nur den Mittelfinger nach oben, ohne den Kopf zu heben.

»Und du?« Logans Augenfarbe wirkte heute noch viel kräftiger. Als würde man eine blaue Murmel gegen die Sonne halten. Er taxierte mich mit schief gelegtem Kopf und ich spürte, wie mir die Hitze ins Gesicht stieg.

»Tja ... Auch nicht viel geschlafen.«

»Interessant.« Seine Grübchen kamen wieder zum Vorschein, als er von mir zu Ruby und zurückblickte. »Was ist da drüben bei euch los, Mädels? Ich sollte das wohl besser in Augenschein nehmen.«

»Logan, bitte!« Ruby hob das Gesicht vom Holz und lehnte sich genervt in ihrem Stuhl zurück. Der schmierige Kerl von vorhin kam auf seinen kurzen Beinen angeeilt. Ich sah ihn aus dem Augenwinkel und dachte für einen kurzen Moment, er sei endgültig lebensmüde, aber dann erkannte ich die Kaffeekanne in seiner Hand und die leichte Röte auf seinen glänzenden Wangen.

»Schön schwarz und stark, wie du ihn magst.« Er hatte sogar eine Tasse dabei, stellte sie vor Ruby und goss das duftende, heiße Gebräu hinein.

»Und hier noch eine Tasse für die andere Lady. Herb ist drin mit seinen Eiern Beni... Benny... ihr wisst schon, den Eiern von Benny beschäftigt. Hat ja gerade keinen mehr zum Helfen. Ist echt viel los.« Der Becher, den er mir hinstellte, war ziemlich abgewetzt, aber ich bedankte mich trotzdem höflich.

Als er verschwunden war, zuckte Ruby vielsagend mit den Augenbrauen. »Na, was hab ich dir gesagt?«

Logan schmunzelte in sich hinein, als wüsste er alles. Tat er wahrscheinlich sogar. Ich konnte mir nicht vorstellen, dass ausgerechnet er als Einziger nicht mit ihr ins Bett stieg. Zurückhaltend musterte ich Rubys müdes, blasses Gesicht.

Ich hatte noch nie zuvor eine Prostituierte kennengelernt. Sie sah aus wie eine wunderhübsche zarte Elfe. Eine Elfe, die dem Ranger des Ortes den Finger zeigte, trank wie ein Seeräuber und fluchte wie ein Bauerntölpel, aber genau so war sie wahrscheinlich richtig. Zumindest hatte ich den Eindruck. Richtig für sich selbst. Und alles andere spielte sowieso keine Rolle.

NEUN

BROOKE

Herbs Eier Benedict, *Bennys Eier,* wie Rubys Fan so schön zu sagen pflegte, waren absolut versalzen und die Getränke dauerten eine halbe Ewigkeit. Die Gäste waren nicht besonders glücklich mit der Situation, aber keiner traute sich, etwas zu kritisieren. Herb schien mir ein beliebter Mann im Ort zu sein und wahrscheinlich wollte ihn einfach keiner verletzen.

»Er hat wirklich viel zu tun seit Buck mit dem gebrochenen Bein außer Betrieb ist, was?« Logan kaute noch immer genüsslich, während ich mit einer verbogenen Gabel in meinem Kohletoast stocherte. Hatte ich den Namen Buck nicht schon einmal gehört?

»Wem sagst du das«, erwiderte Ruby besorgt. »Kelly hilft ihm zwar und ich tue auch, was ich kann, aber das ist nicht dasselbe. Es fehlt einfach eine vollwertige Kraft. Oder noch besser zwei.«

»Na ja, Buck hat jetzt nicht unbedingt für zwei gearbeitet, oder? Einer würde schon reichen.«

Nachdenklich beobachtete ich Logans große Hände dabei, wie sie einen unverbrannten Toast von seinem

Teller auf meinen hinüberschoben. Wenn jemand unbedingt einen Gentleman in Blackwater Mountain finden wollte, sollte er die Suche wohl am besten bei Logan Crave beginnen.

Ich betrachtete das blasse Brot ein paar Atemzüge lang.

»Also, ich hab an diversen Bars gearbeitet, bevor ich …« Oh Mann, ihnen jetzt zu erzählen, dass ich Influencerin war, fühlte sich so fehl am Platz an wie ein Lachs in der Wüste. Schön, wie ich zu meinem Job stand.

Aber egal jetzt, diese Leute nahmen mich hier auf, gaben mir für die wütende Nacht ein Dach über dem Kopf, tischten mir ein Festmahl auf und hatten mich mit offenen Armen empfangen. Ich schuldete ihnen etwas.

»Was genau möchtest du uns sagen, Vancouver?« Logan wischte sich den Mund mit einer Serviette ab und faltete die Finger.

»Dass ich ein paar Jungs hier jetzt die Getränke servieren werde, auf die sie schon zu lange warten.« Tatkräftig sprang ich auf und verdrängte den heftigen Kopfschmerz, der sofort wieder hinter meinen Schläfen pochte. Sicher würde die Tablette von Ruby bald wirken. *Bitte!*

Ein alter Mann neben uns am Tisch fixierte mich in einer Mischung aus Skepsis und Erstaunen und stieß den bärtigen Kerl neben sich an. Diese starren, kalten Augen und die ledrige dunkle Haut kannte ich doch. Das war der mürrische Greis, der mich gestern von seinem Haus aus angestiert hatte wie einen verlausten Eindringling. Das musste Oscar sein, das Urgestein. Er wirkte wie ein kanadischer Ureinwohner, aber hießen kanadische Ureinwohner *Oscar*? Wie auch immer … Da hatte ich wohl gerade etwas laut geprahlt. Hoffentlich versprach ich nicht zu viel.

Kelly, Herb und ich waren so perfekt zusammen, dass es wirkte, als hätten wir noch nie etwas anderes getan, als gemeinsam in dieser Bar zu arbeiten. Herb hatte seine Küche wieder im Griff, Kelly wirbelte mit dem Tablett umher und ich zapfte Bier wie ein Weltmeister. Die *Bier-vor-Vier*-Regel spielte hier draußen offensichtlich keine große Rolle. Ich kreierte sogar einen neuen Drink für Becky aus dem Lebensmittelgeschäft mit Kirschlikör, Minze, Rum und Bananensaft. Herb kostete ihn und brummte knapp. Kelly meinte, das sei seine Art, Begeisterung auszudrücken. Einer nach dem anderen kam schließlich vor dem Gehen hinein, um sich bei uns zu bedanken und persönlich zu verabschieden. Ein wirklich nettes Völkchen.

Am Ende stand die Mittagssonne bereits hoch am Himmel und Herb und ich spülten Gläser, während Kelly draußen aufräumte.

»Gutes Mädchen, Brooke«, lobte mein neuer Barchef mich wie ein altes Pferd und tätschelte mir grob den Rücken mit seiner schwieligen Hand. »Warst mehr als einmal an 'ner Bar. Merkt man.«

Ja, so hatte ich Mason vor vielen Jahren kennengelernt. Beim Kellnern während des Studiums. Er kam in seiner VPD-Uniform hinein und hatte mich noch am selben Abend am Haken. Die Blonde, die er auf unserem Küchentresen gevögelt hatte, war ihm ganz sicher noch schneller verfallen. Ich presste die Lippen aufeinander, bis sie ganz taub wurden und musste aufpassen, dass ich das Weinglas in meiner Hand nicht vor Wut sprengte.

»Ich habe da gerade eine ganz grandiose Idee«, platzte Ruby hervor, während sie Kelly half, die Teller auf dem Tresen zu stapeln. »Brooke, Herb, du ...« Sie neigte den Kopf in Kellys Richtung, die mit hochgezogenen Brauen neben ihr stand. »Ihr funktioniert wie ein Uhrwerk, kein Scheiß. Niemand hier kann das leugnen.« Ihre großen Augen strahlten mich an.

»Und weiter?« Logan kam zu uns hinein und hing sich lässig sein Gewehr über die Schulter.

»Du hast es auch gesehen, Logan, komm schon.« Sie strich ihm vertraut über den Arm.

»Ja, hab ich«, brummte er mit tiefer Stimme und betrachtete mich auf eine Art, die mir nicht gefiel. »Hab ich absolut.«

»Und was hast du dabei gedacht, Ranger?« Ruby und er wirkten wie ein altes Ehepaar mit ihren Kommentaren und komischen Gesten, die offenbar nur sie beide verstanden. War so etwas nicht Pärchenkram? Und gestern hatte sie noch mit seinem Bruder ... *Oh Gott ...*

Ich schluckte schwer und polierte das Glas gleich ein wenig fester.

»Brooke, wo wolltest du gleich nochmal hin? Ein dringendes Ziel hattest du nicht wirklich, oder?« Ruby sah plötzlich verschlagen aus, wie eine Katze, die einer Maus im Keller auflauerte.

Ich sagte nichts. Hatte das Gefühl, alles, was ich jetzt sagen würde, konnte nur falsch sein. Was hatte dieses Weibsbild vor?

»Bleib doch noch ein wenig. Nur solange bis Bucks Bein verheilt ist. Wir planen ein kleines Fest für die umliegenden Orte und könnten dabei wirklich jede helfende Hand gebrauchen.« Sie schien absolut überzeugt von ihrer Idee und ganz ehrlich ... So übel fand ich sie auch nicht. Ich mochte es hier draußen auf irgendeine verschrobene Art und ich war aktuell eine City-Influencerin ohne City. Ich brauchte einen Job, die Bar hatte ich immer geliebt. Ein paar der Jungs aus dem Forst tranken an der Ecke des Tresens ihr letztes Bier. Bei Rubys Worten verstummten sie direkt, um mich aus großen Augen anzustarren. Völlig entgeistert, als hätte ich plötzlich eine Waffe gezogen.

Dabei hatte ich doch noch gar nichts dazu gesagt.

Sehr ominös!

»Tja, also, ich ...« Die Blicke dieser Kerle brachten mich völlig aus dem Konzept und als sie es merkten, senkten sie schnell die Köpfe und starrten schweigend auf das dunkle Holz der Bar.

Auf Kellys Stirn bildete sich eine steile Falte und sie stellte ihr Gestapel ein, um die Arme vor der Brust zu verschränken und Ruby strafend zu fixieren wie eine strenge Stiefmutter. »Klasse Idee, Einstein.«

»Was denn? Mein Gott, es ist nur ein Job an einer Bar. Ihr braucht Hilfe hier«, bäumte ihr zartes Gegenüber sich auf, dabei hatte ich doch noch nicht einmal Ja gesagt.

»Ich finde die Idee gut«, mischte Logan sich ein, aber ich konnte sehen, wie seine Kieferknochen arbeiteten. Wow, es fiel der Bande hier ja offensichtlich unheimlich schwer, jemand Neuen in ihrer heiligen Runde aufzunehmen. Auch Herb wirkte reichlich besorgt.

»Lasst sie doch einfach selbst entscheiden.«

»*Natürlich.*« Kelly warf entnervt die Arme in die

Luft. »Klar, lass sie doch einfach selbst entscheiden, ob sie wie ein ...«

»Sch«, fuhr Logan ihr über den Mund und sie verstummte. Was war hier eigentlich los?

Ratlos blickte ich von Herb über Kelly, die meinem Blick auswich und sich eine Zigarette anzündete, zu Ruby, in deren Augen ich fast ein wenig Triumph zu erkennen glaubte und schließlich zu Logan, der vollkommen gelassen wirkte. »Also?«, fragte er ruhig.

»Na ja, ich ... ich hab nichts anderes vor und wenn ihr mich hier braucht, bin ich die Letzte, die das Angebot ablehnen würde. Immerhin habt ihr mir auch geholfen. Das ist dann meine Gegenleistung. Ein paar weitere Tage in *Blackwater Mountain* werden mich sicher nicht umbringen.«

Die Kerle an der Bar ließen den Rest ihres Bieres im Glas und verdrückten sich kleinlaut.

»Oh Baby! Ich hatte so gehofft, du würdest das sagen«, jubilierte Ruby.

Kelly stöhnte kopfschüttelnd.

»Na ganz wunderbar. Verdammtes Tollhaus!« Was war denn plötzlich los mit ihr? Beschloss sie gerade, mich doch nicht mehr zu mögen?

»Schön. Dann willkommen in der Familie, Vancouver.« Logans Lächeln machte mir eine Gänsehaut und ich wusste selbst nicht so genau, warum. »Ich bin auf dem Revier.«

»Ganz genau. Scher dich raus«, schimpfte Kelly ihm nach, während er sich umdrehte und entspannt zur Tür hinausschlenderte.

»Bist du dir wirklich sicher, Kleine?«, wandte sie sich schließlich an mich, als der Ranger verschwunden war.

»Na, warum denn nicht? Ich habe Erfahrung. Und ich möchte euch gerne helfen. Also was spricht dagegen?«

»Du weißt ganz genau, dass man in dieser Bar nicht einfach nur arbeitet«, zischte sie jetzt Ruby zu, als hätte sie sie beleidigt. »Mit ein paar süßen Kirschcocktails und einem netten Lächeln ist es hier nicht getan. Dieser Laden gehört Ezra.«

Was?! Ich konnte quasi fühlen, wie mir das Gesicht einschlief. *Schön das Pokerface wahren, Brooke! Komm schon!*

War gar nicht so leicht, wenn einem das Herz mit einem Schlag bis auf den Hosenboden rutschte. Hatte ich das gerade richtig verstanden? Am liebsten würde ich laut *Stopp* schreien und direkt zurück auf Anfang rudern, aber das wäre mehr als feige und noch dazu peinlich.

Shit! Fuck! Verdammt!

Das Weinglas in meiner Hand blitzte längst, aber ich polierte trotzdem weiter daran herum, als hinge mein Leben davon ab.

Gebunden an Ezra Crave ... Gott, nein! Nein! Nein! Nein!

»Na und?« Ruby zwinkerte mir frech zu. Dieses kleine Biest hatte das gewusst und mich direkt in die Falle laufen lassen. »Man muss ihn einfach nur im Griff haben, stimmts?«

Mein gequältes Lächeln schmerzte im Gesicht. Ich bezweifelte sehr stark, dass sie Ezra Crave im Griff hatte – dass ihn *irgendjemand* im Griff hatte.

Gott, hatte ich wirklich gerade zugesagt, in der Bar dieses Wilden auszuhelfen? Klar, Herb war der Tresenchef, das machte ihn aber noch lange nicht zum Eigentümer dieses Ladens.

Mit einem netten Lächeln ist es hier nicht getan?

Was zur Hölle sollte das heißen?

Je länger ich dieses schon seit einer Ewigkeit glänzende Glas polierte und das gestörte, künstliche Grinsen nicht mehr vom Gesicht bekam, desto klarer wurde mir eine Sache:

Ich war erledigt.

Absolut erledigt!

ZEHN

EZRA

»Na, Ez, wie geht's Oona?« Logan klang wie das blühende Leben. Und er war nie das blühende Leben, außer er heckte etwas wirklich Übles aus.

»Hm.« Mehr bekam dieser kleine Saftsack dazu nicht von mir. Er hasste Oona und rief ganz sicher nicht an, weil ihn ihr Befinden interessierte. Ich kippte einen Schwapp Whisky in meinen Kaffee und ging nach draußen auf meine Terrasse. Dieser verflucht schöne Blick auf den See, die Berge und den endlosen Wald. Gott, ich war so gemacht für das hier. Nur hier draußen konnte ich richtig atmen. Und wenn nicht alles so beschissen wäre, könnte ich es vielleicht sogar als Geschenk sehen, so zu leben. Aber es war beschissen. Und das Leben schenkte einem einen Scheiß.

»Ezra, bist du noch dran?«

»Was willst du?« Der Kaffee war zu heiß, ich trank trotzdem und starrte mich an diesem tröstlichen Panorama fest, das mich immer wieder ein wenig aus meiner Hölle zerrte. Bis es mich auf direktem Weg wieder hineinstieß. Knurrend stellte ich die Tasse auf dem Tisch ab.

»Wow, entzückend wie immer.« Logan schnaubte. »Du hättest dich heute ruhig mal im *Fellows* blicken lassen können. Es haben sich interessante Dinge ergeben. *Sehr* interessante Dinge.« *Aha!* Da war es! Und sein Unterton gefiel mir überhaupt nicht. Der gehörte dem verschlagenen Logan. Dem würde sogar ich ab und zu gern die Fresse polieren.

Seufzend schloss ich die Augen und sog die Illusion von Freiheit tief in mich hinein, die diese Luft verströmte.

»Gar nicht neugierig?«, bohrte mein verkommener Halbbruder und es war, als hätte ich sein zynisches Grinsen dabei direkt vor mir.

»Willst du 'ne ehrliche Antwort?« Gemächlich krempelte ich mir die Ärmel meines Shirts hoch, rieb mir über die Tattoos, griff wieder nach meinem Kaffee und wollte mich gerade in meinen Terrassenstuhl sinken lassen, da sagte er völlig unvermittelt: »Das kleine Towniegirl arbeitet ab sofort in der Bar.« Ich verschluckte mich so heftig an dem nächsten Schluck, dass ich husten musste und mich gar nicht wieder einkriegte.

Was?!

Zur Hölle, hatte er das gerade tatsächlich gesagt?

Der verfluchte Whisky brannte mir in der Luftröhre und hatte wahrscheinlich auch schon meine Ohren zerfressen, oder warum hörte ich Logan da gerade so einen Haufen Bullshit erzählen?

»Ez? Du musst nicht gleich krepieren.«

»Entschuldige, ich dachte wirklich, du hättest eben gesagt, diese Fremde würde in meiner verdammten Bar arbeiten. Ich glaube, ich bin übernächtigt.«

»Tja, wenn du Ruby seltener das Hirn rausvögeln würdest wie ein sittenloser Wilder, hättest du auch mehr

Zeit für deinen Schönheitsschlaf. Und genau das hab ich gesagt. *Diese Fremde wird in deiner verdammten Bar arbeiten.*« Sein letztes bisschen Verstand musste ihn gerade auf einen Schlag verlassen haben. Anders konnte ich mir nicht erklären, was hier passierte.

»Hör zu«, redete er auf mich ein. »Ich habe das ja nun wirklich nicht geplant, aber sie hat quasi darum gebettelt. Du hättest es sehen sollen. Sie ist eine zierliche Frau mit dem Willen eines Bären. Klingelt da irgendetwas bei dir? Genau das haben wir uns immer gewünscht. Sie wickelt die Kerle um den Finger wie eine schöne, rothaarige Sirene. Wir können so unsagbar viel mit ihr anstellen und so etwas wie bei Buck wird ihr ganz sicher nicht passieren. Du kannst sie einbinden, wie auch immer du willst. Sie wird es tun, weil sie meint, sie schuldet uns etwas. Diese demütige Opferrolle macht mich ja tatsächlich ein bisschen scharf, du kennst mich. Und *er* hat es gefordert, weißt du noch? Er meinte, wir sollen eine Frau finden. Eine *Frau,* Ez. Und da ist sie. Als wäre sie vom Himmel gefallen, direkt vor unsere Füße. Das erste Mal ist es vielleicht schiefgegangen, aber mit ihr wird es anders.«

Je mehr er redete, desto heißer kochte mir das Blut durch die Adern. Aufgebracht lief ich auf dem Holz der Terrasse hin und her und presste so fest die Zähne aufeinander, dass es mir in den Ohren rauschte.

»Und wenn du sie einmal geformt hast«, brodelte er weiter wie der verschissene Columbia River, »dann kannst du …«

»*Einen Scheiß kann ich*«, unterbrach ich ihn schneidend, »und einen Scheiß werde ich, verstanden? Er sprach von einer Frau, das ist mir schon bewusst, ist ja nicht das erste Mal, aber doch nicht von einer wie ihr. Du weißt, was er mit ihr anstellen wird. Was sie alle mit ihr anstellen werden. Wenn du die Kleine ficken willst, dann tu es doch einfach, aber erspar mir das hier!«

»Ich sehe Potenzial in ihr.« Gott, er meinte das tatsächlich ernst ... »Und mach mal halblang! Noch wird keiner irgendetwas mit ihr anstellen, wenn du es nicht zulässt. Seit wann hast du überhaupt ein Gewissen, *großer, böser Jäger der finsteren Wälder*, hm?«

»*Logan.*« Ich blieb stehen, hatte das Gefühl, jeden Moment spontan in Flammen aufgehen zu müssen wie der verfluchte brennende Busch aus der Bibel. »Du und ich mögen verkommene Bastarde sein und das hier stemmen, ohne den Verstand zu verlieren, aber das heißt nicht, dass wir das Recht zu *so etwas* haben, okay? Diese Brooke hat absolut keinen Schimmer von unserer Welt.«

»Sie hat es von sich aus vorgeschlagen. Sie möchte Kelly und Herb helfen. Nur solange Buck außer Gefecht gesetzt ist. Ich gebe einen Scheiß auf Schicksal und all den Müll, aber *das* ... Mann, das ist brillant. Sieh hin! Sie wirft sich uns quasi an den Hals.«

Ich traute meinen Ohren nicht. »Kelly und Herb helfen? Was bist du jetzt? Der verschissene barmherzige Samariter? Dir geht es einen Scheiß um ihre Hilfe beim Bierzapfen. Du willst sie ausnutzen, genau wie die Kleine vorher. Und du weißt, verfickt nochmal, wie es das letzte Mal ausging. Du willst sie den wilden Bestien zum Fraß vorwerfen, nur weil du meinst, es würde der Sache zugutekommen.«

»Es *kommt* der Sache zugute!«

»Sie ist eine Fremde. Was, wenn sie Fragen stellt? Was, wenn sie nicht zufällig hier ist, hm? Was, wenn dir dein fantastischer Plan auf die Füße fällt?« In ruppigen tiefen Zügen trank ich den Kaffee aus und der Whisky fühlte sich herrlich warm in meinen Venen an. Was redete ich da? Spielte ich gerade tatsächlich erneut die Szenarien durch, die Logan da beschrieb? Begann ich etwa tatsächlich, darüber nachzudenken? Wankte mein *Nein* schon? Oh, er hielt diese Brooke offenbar für wahnsinnig geeignet, ich sah das vollkommen anders.

»Sie wird keine krummen Dinger drehen, weil du sie im Auge behältst. Und sollte sie zu neugierig werden, weißt du ja wohl am besten, was zu tun ist. Du kannst es leugnen, wie du willst, aber du weißt ganz genau, was ich meine, denn du denkst das Gleiche.«

»Sie würde da niemals mitmachen. Zumindest nicht bei dem ganzen Spiel.« Nachdenklich wischte ich mir übers Gesicht. Ich dachte nach. Gott, er hatte mich schon fast wieder auf seiner Seite, dieser kleine, durchtriebene Sack. Ich wollte das nicht. Es war nicht richtig. Sie wusste nicht, worauf sie sich einließ.

»Sie wird«, erwiderte Logan eindringlich. »Sie tut es doch bereits. Und für den Rest: ab sofort gehört sie dir. Mach einfach das Beste draus. Und entspann dich, Casanova. Sie will es, okay?«

»Wie viel weiß sie?«

»Nicht mehr, als dass sie für den grimmigen Ezra Crave arbeitet und dabei mit Herb und Kelly Gläser poliert bis ihr die hübschen Finger bluten.«

»Eine Chance bekommt sie noch«, sagte ich monoton und starrte mich an dem überirdisch blauen See fest, der mir zu Füßen lag. »Eine Chance, das Richtige zu tun. Wie wir alle sie hätten bekommen sollen.«

»Was?« Er lachte, als hätte ich einen Witz erzählt.

»Sie gehört mir, richtig? Also werde ich dafür sorgen,

dass sie läuft. Wenn sie es tut, ist sie so klug wie ich denke und wenn nicht …«

»Du willst sie verjagen? Wo wir doch gerade beschlossen haben, sie zu behalten? Bist du verwirrt?«

»Sie soll selbst entscheiden. Ich will sie hier nicht, du offensichtlich schon, also werden wir sehen, auf wessen Seite sie steht, wenn ich mit ihr fertig bin.«

»Du hast schon verloren, Ez.« Seine Stimme nahm einen gefährlichen Säuselton an. Manchmal fragte ich mich, ob er hier draußen vielleicht tatsächlich bereits den Verstand verloren hatte. »Ich kenne die Menschen. Sie wird bleiben.«

»Du bist ein so verkommenes Arschloch!« Ich hasste es, wenn er mit seinem Scheiß recht behielt. Und wenn ich nicht wusste, was ich denken sollte. Ihre Aktion letzte Nacht hatte mir eindeutig gezeigt, dass mehr in ihr steckte als nur das naive Mädchen aus der Stadt.

Die kleine, verruchte Brooke konnte uns am Ende vielleicht wirklich nützen. Vielleicht hatte er recht und sie war brauchbarer als unser erster Versuch. Wenn sie sich nicht zum Teufel jagen ließ, hatte sie eventuell wahrhaftig den Schneid, den Logan in ihr spürte. So oder so, ich würde sie testen, ich liebte es, in Menschen zu wühlen. Auch wenn ich es sacht und mit Fingerspitzengefühl beginnen müsste.

Immerhin dachte sie, sie würde einfach nur in einer Bar anfangen. Wusste nicht, dass in Blackwater Mountain rein gar nichts *einfach nur so* war. Nicht einmal die urige Saufkaschemme meines Großvaters. Alles hier war Teil des Zahnrades, mit dem das große Ganze am Laufen gehalten wurde. Diese ganze verdammte Hölle mit all ihrer Teufelsbrut.

»Noch eine Bedingung«, brummte ich düster.

»Immer raus damit«, erwiderte Logan gierig. Er wusste genau, dass er mich bereits im Boot hatte. Keine Ahnung, wie er das immer wieder schaffte.

»Falls sie dumm genug ist, zu bleiben, lasse ich sie vorerst nur das Nötigste tun, nennen wir es eine Probezeit, und wenn sie gehen will, lassen wir sie gehen. Auch du, kapiert?«

»Von mir aus«, erwiderte Logan diplomatisch. »Dann pass besser auf, dass sie es noch kann.«

Das stimmte. Ich würde sachte anfangen. Sie durfte nicht gleich *zu* tief in der Scheiße versinken, denn sonst kam unweigerlich der Punkt, an dem ich sie nicht mehr gehen lassen konnte. Weil genau das meine Aufgabe war.

Es war mein verdammter Job.

Und für meinen Geschmack hatten schon zu viele diesen Punkt erreicht.

Ich erledigte meine Aufgabe.

Immer.

Weil es keine andere Option gab, aber ein unschuldiges Mädchen aus der Stadt ... Das war nicht, was ich sonst tat.

Zur Hölle mit Logan und seinen dämlichen Ideen!

»Ich bin immer noch dagegen, verstanden?« Meine Stimme war dunkler, als ich beabsichtigt hatte. »Und jetzt bring sie her!«

»Du Lügner! Ich weiß, wie es klingt, wenn mein Bruder etwas nicht will.« Ein diabolisches Schmunzeln klang in seiner Stimme mit.

Logan Crave war so ein schlechter Mensch.

Und diese kleine Show hier bewies wieder einmal:

ich war auch kein Stück besser.

ELF

BROOKE

Jedes einzelne Glas dieser Bar glänzte inzwischen wie die königlichen Kronjuwelen, denn ich hatte so lange daran gerubbelt, bis ich Krämpfe in den Fingern bekam, während ich Logan beim Telefonieren auf der Terrasse vorm *Fellows* beobachtete. Sein komischer Gesichtsausdruck bereitete mir stellenweise wirklich Sorgen.

Gott, Brooke, in was manövrierst du dich da gerade wieder hinein?

»Ist das deine Definition von Arbeit?«, brüllte Kelly zur Tür hinaus und Logan zuckte nur die Achseln und deutete auf sein Telefon. Sie ahnte offenbar, dass er da draußen etwas ausfraß. Als wäre er ihr missratener Sohn.

»Ich weiß es wirklich zu schätzen, dass du uns helfen willst«, wendete sie sich im Anschluss an mich und legte mir sanft die Hand auf den Arm. »Aber *Blackwater Mountain* ist ein rauer Ort, der sich einen feuchten Dreck um Gesetze schert.«

»Aber ... Logan«, warf ich ein. Machte er nicht auf Gesetzeshüter hier?

»Logan ist offiziell Ranger. Inoffiziell ist er auch unser Cop, okay? Keine große Sache. Hat sich so ergeben.« Ihr Blick haftete sich an Besagten, der ihr unschuldig winkte wie eine kleine Rotznase auf dem Schulhof. Eine zwei Meter große Rotznase mit der durchtrainierten, sehnigen Statur eines Kriegers. War er ein Krieger? Und was hieß bitte *inoffiziell*? Tat er, als sei er Cop? Aber es gab doch ein Revier. Wo war denn der richtige Cop hin?

»Muss ich mich denn prostituieren oder so was, wenn ich euch helfe?« Misstrauisch beobachtete ich Ruby dabei, wie sie die Speisekarten zusammenstapelte.

»Himmel, nein«, rief Kelly lachend. »Ich meine nur, dass jeder Fremde, der hier einen Job anfängt, in unseren Ort einheiratet. Wir schreiben Loyalität sehr groß und wir haben gelernt, zu schweigen. Wenn du dazu bereit bist, stehen wir alle hinter dir, ganz besonders er.« Sie deutete mit dem Kopf in Richtung Logan, der das Telefonat inzwischen beendet hatte und wieder zu uns hineinkam. »Redest du schon wieder zu viel, liebste Kelly?«

»Na, die kleine Perle muss doch wissen, worauf sie sich hier einlässt, oder nicht?«

»Die kleine Perle ...« Logan musterte mich sinnierend. Und seine Grübchen kamen wieder zum Vorschein, als er grinste.

Wenn du schweigst, stehen wir alle hinter dir ...

Und wenn nicht?

Was, wenn nicht?

»Und er ist eindeutig der beste inoffizielle Cop, den ein Ort haben kann«, flüsterte Kelly mir noch schnell ins Ohr.

»Was?«, fragte Logan streng und zog eine Braue nach oben.

»Hat dir keiner beigebracht, dass man Mädchen nicht beim Lästern unterbricht? Welche ahnungslose Hure hat dich nur erzogen, Logan Crave?« Kelly schlug über den Tresen hinweg mit dem Poliertuch nach ihm und er wich lachend aus.

Für eine Sekunde nahm ich einen liebevollen Blick zwischen den beiden wahr, den ich nicht einordnen konnte. Aber es ging mich auch nichts an. Ich hatte gerade ganz andere Probleme. Ich musste mir sehr gut überlegen, ob ich in einem Ort bleiben wollte, in dem ein Kerl den Gesetzeshüter spielte, der gar keiner war. Sollte das hier draußen in der Einöde etwa so üblich sein oder waren die am Ende vielleicht doch alle wahnsinnig?

»Ich fahre jetzt in den Wald«, ließ Logan uns wissen. »Und ich nehme die kleine Perle mit.«

Das wurde ja immer besser ... Meine Hände krallten sich in den Lappen, mit dem ich die Zapfhähne reinigte.

»Dann sei gefälligst lieb zu ihr oder du wirst mich kennenlernen.« Kelly stellte sich schützend vor mich? Hatte sie mir nicht gerade eben noch gedroht? Oder klangen gut gemeinte Ratschläge hier draußen so? Ich sollte lernen zu schweigen, wenn ich bleiben wollte ... Puh, ich war mir ganz und gar nicht mehr sicher, ob ich das hier wirklich noch wollte. Aber ich hatte zugesagt und eine Brooke Bishop nahm ihr Wort nicht zurück. *Komm schon, dein Auto steht vor der Tür, du kannst jederzeit abhauen.*

Mein Stolz war mein höchstes Gut. Ich würde nie wieder klein beigeben, nur weil ich die Hosen voll hatte.

Wäre das hier ein Film oder ein Buch, war ich wahrscheinlich die dümmste Figur aller Zeiten.

»Fragst du auch noch die Perle oder hat die jetzt

schon kein Mitspracherecht mehr?« Ich verengte die Augen und legte den Kopf schief. Angriff war die beste Verteidigung. Immer. Und dieser kleine Fake-Cop würde mich bestimmt nicht zum Mäuschen degradieren, nur weil er meine Zweifel spürte.

»Na, aber sicher. Jetzt mehr denn je.« Er lächelte zufrieden, fuhr sich durch sein blondes Haar und rückte sein Gewehr zurecht. »Lust, deinen neuen Boss besser kennenzulernen?«

»Oh, ich kenne ihn schon«, sagte ich abfällig und hätte die Worte am liebsten im gleichen Moment wieder hinuntergewürgt.

»Soll ich mitkommen?«, fragte Ruby mitfühlend vom Schrank neben der Tür aus.

So weit kommt es noch! Auf gar keinen Fall!

»Von dem kleinen Intermezzo mit dem Wolf? Ach warte, nein, er war ja gestern Nacht noch bei euch, stimmts?« Logans Blick fraß sich in meinen. »Ich würde zu gern wissen, was ihr kleinen versauten Luder da mit ihm getrieben habt. Oder vielleicht doch besser nicht? Was meinst du, Vancouver?«

Sein Blick schmerzte und meine Wangen glühten. Gott, es war mir so unangenehm, was da passiert war und wahrscheinlich würde ich einfach zerbröseln wie zu lange gekochte Nudeln, wenn ich meinen Gang der Schande vor Ezra antrat.

»Keine Angst, ich bin schon groß«, antwortete ich auf Rubys Frage, ohne Logan aus den Augen zu lassen. »Starten wir dann, Ranger? Oder willst du hier festwachsen? Alles Arbeitszeit, richtig?«

»Oho, die kleine Mieze fährt die Krallen aus, na dann los.«

»Ganz genau.«

Ich blieb, weil ich Kelly und Herb helfen wollte, nicht, damit er mit mir umspringen konnte, wie er wollte.

Er mochte es, zu spielen?

Von mir aus gern!

Ich fand auch gerade Gefallen daran.

Logan besaß einen Jeep in Tarnfarben. Keine Ahnung, ob jeder Ranger so etwas hatte oder ob er das Teil auch dem Cop geklaut hatte, der wahrscheinlich Hals über Kopf aus diesem Ort geflohen war, auf jeden Fall fühlte ich mich schön blöd, als ich mich auf seinen Beifahrersitz schob.

Hat dir deine Mami nicht beigebracht, dass man nicht zu fremden Männern ins Auto steigt, Brooke Bishop?

»Die Pakete auf der Rückbank sind eine Lieferung für ihn. Wirst du ihm dann in Zukunft mitbringen«, sagte Logan wie nebenbei als er sein Gewehr verstaut hatte und den Wagen startete.

Eine Lieferung?

Ich drehte mich um und wollte in eines der braunen Päckchen spähen.

»Na, na, na, Vancouver!« Logan packte meinen Arm und sah mich schneidend an. »Regel Nummer eins: Finger weg! Er kann echt unbequem werden, wenn jemand seinen Kram anfasst. Briefgeheimnis und so. Wenn das klappen soll, musst du lernen, die Privatsphäre anderer zu respektieren. Er zahlt im Gegenzug nämlich echt gut.«

»Ich bin nicht als seine Leibeigene hier. Ich arbeite in der Bar.«

»Man arbeitet hier nicht einfach nur irgendwo. Man ist bei uns oder man ist es nicht, Kätzchen.« Logan sah mich verschmitzt aus dem Augenwinkel an.

»Sag mir einen Grund, warum ich nicht direkt in mein Auto springen und abhauen sollte!« Schweigen, ominöse Päckchen, welche Lektion käme als nächstes? Ab 23 Uhr musste ich täglich nackt im dunklen Wald auf Ezra Crave warten und mich von ihm nehmen lassen? Ich bekam eine Gänsehaut. Und ärgerte mich unsagbar über mich selbst, dass sie nicht aus kaltem Schauer bestand, sondern sich prickelnd in Richtung meiner Lenden bewegte. Was war nur los mit mir?

»Sag du ihn mir«, erwiderte Logan amüsiert. »Wenn du das wolltest, würdest du jetzt nicht in meinem Jeep sitzen, sondern in deinem quietschbunten Rollschuh. Also sag mir: Warum bist du noch hier, Brooke?«

Tja ... da hatte er wohl recht. Ich würde bis zu diesem Fest bleiben, keinen Tag länger, danach war mein Stolz befriedigt und dieser ominöse Buck hoffentlich wieder einsatzbereit.

»Keine Angst«, sagte mein Fahrer versöhnlich. »Die meiste Zeit wirst du natürlich in der Bar sein. Und er nicht. Oder sagen wir selten. Hat sie eigentlich nur übernommen, damit die Jungs etwas zum Spielen haben. Wirst ihm nicht allzu oft über den Weg laufen müssen, dem alten Griesgram.«

Okay ... Gedankenverloren betrachtete ich die Bäume, durch die wir fuhren. Das Licht der Sonne fiel in breiten Streifen hindurch und ein paar Insekten tanzten unbedarft in ihrer Wärme. Ab und zu sagte Logan ein paar Dinge wie »Hier an dem abgerissenen Schild musst du immer links« oder »Siehst du den Baum, der aussieht wie ein Revolver? Da rechts vorbei.« Die Straße war nicht mehr wirklich eine Straße und manchmal blitzten die leuchtenden Berge durch die Stämme. Es war so ruhig und friedlich. Wie sollte etwas so Schönes nicht vertrauenswürdig sein? Das bescheuerte Gefühl machte sich in mir breit, etwas würde mich hier draußen beschützen. Als müsste es genauso sein. Als sei ich richtig, obwohl eigentlich alles dagegensprach. Und dass ich dem großen, bösen Wolf ab und zu etwas Kuchen und Wein brachte, würde mich höchstwahrscheinlich nicht umbringen.

»Wo wohnt er denn?«, fragte ich, als wir nach fünfzehn Minuten immer noch durch den Wald rumpelten.

»So weit weg von uns wie es ihm möglich war«, antworte Logan lachend. »Nein, Spaß. Sind gleich da.«

Das Auto roch nach seinem herben Parfum.

Wir fuhren ein Stück bergauf und hinter dem Hügel tat sich ein riesiger See auf. Zwischen die Berge und Bäume gebettet, azurblau und glitzernd, wie direkt aus einem übersinnlichen Märchen entsprungen.

»Wow«, entfuhr es mir. Es war atemberaubend hier.

Keine Ahnung, ob ich je zuvor einen so schönen Ort gesehen hatte.

Logan zog einen Mundwinkel nach oben, folgte einer Kurve und hielt ein Stück entfernt vor einer Hütte aus massivem Holz wie man sie eigentlich nur aus Dokus über unser Land kannte.

»So, da wären wir.« Er sah sich um und spähte alarmiert in die Bäume hinein. »Sag mir nur Bescheid, falls dieser verfluchte Wolf sich nähert. Er hasst mich. Deshalb bin ich auch nicht derjenige, der ihm seinen Kram bringt. Hast du das hier gesehen? Das Vieh ist mir direkt ins Gesicht gesprungen.«

Wahrscheinlich zeigte er auf seine Narbe über der Lippe, aber ich hatte gerade keinen Blick dafür. Wie wahnsinnig schön war es bitte hier draußen? So schön, dass ich es kaum schaffte, Luft zu holen, als ich aus dem Auto stieg und mich umsah.

»Wahnsinn«, stammelte ich verblüfft und blickte einem Vogel nach, der über die Hütte hinwegflog und über dem See kreiste. Ich hatte nicht gewusst, dass solche Orte tatsächlich existierten. Dachte immer, das sei nur eine Wunschvorstellung überarbeiteter Bürofuzzis.

Ich kündige und ziehe in eine kanadische Blockhütte.

Genau das hier war dieser unerfüllte Traum. Genau das. Die Luft. Dieses Flair. Die Farben des Wassers. Der pure Frieden.

»*Hier* wohnt er?« Ich konnte das überhaupt nicht glauben. Wie konnte man ein so düsteres Gemüt haben wenn man *so* lebte? Das war doch verrückt.

»Ist das so unfassbar für dich?« Logan holte die Pakete von der Rückbank.

»Schon irgendwie.«

»Weil es schön ist und er nicht?« Da waren wieder die Grübchen.

»Das hab ich nicht gesagt.« Und auch nicht einmal ansatzweise gemeint.

»Es ist einsam, das ist alles, was für ihn zählt.« Logan ging an mir vorbei auf das Haus zu und ich folgte ihm, noch immer völlig benebelt von dieser Umgebung.

Wir kamen an einem Hackklotz vorbei und liefen um die Hütte herum auf die Tür zu.

»Ez, die Post ist da«, rief Logan, noch bevor er geklopft hatte. Dann sah er zu mir hinunter und zwinkerte mir zu. »Und das kleine Kätzchen, was?«

Ich warf ihm einen warnenden Blick zu, da öffnete sich die Tür vor unserer Nase und Ezra musterte uns, als kämen wir verdammt ungelegen. Wahrscheinlich, weil er einfach immer so guckte. Seine Aura griff schon wieder nach meiner, so etwas hatte ich noch nie zuvor erlebt. Er war so unfassbar vereinnahmend und abweisend zugleich. Und der Anblick seines nackten Körpers war mit einem Schlag wieder vor meinem inneren Auge. Wenn dieser Mann nicht schön war, wusste ich auch nicht weiter. Nicht perfekt schön wie Logan, eher ungeschliffen und ungreifbar.

»Bring das Zeug rein. Wir reden später« Ezra öffnete die Tür ein Stück weiter für Logan und dann traf mich sein Blick wie ein schneidender Windzug. Okay, *ich* kam ihm offensichtlich sehr wohl ungelegen. Und mein Körper kochte innerlich vor Scham wegen letzter Nacht. Wenn er das ansprach, würde ich wahrscheinlich einfach zu Staub zerfallen wie ein Vampir, der in einen Sonnenstrahl gestolpert war.

»Und die Bestie aus der Hölle?«, fragte Logan, bevor er sich nach drinnen bewegte.

»Neben dem Kamin. Kaum fitter als gestern, also mach dir nicht in die Hose.« Ezra atmete tief ein und blickte kurz zum Wald hinüber. Dann richtete er das Wort an mich, ohne mich anzusehen: »Lass uns nach vorn gehen.«

Ich folgte ihm auf eine Terrasse wie aus einem Hochglanzkatalog. Ein hölzerner Tisch, zwei Stühle, eine Bank und dieser Ausblick. Noch immer kribbelte es überall, wenn ich auf diesen See hinausblickte. Und das Innere seines Hauses, auf das ich gerade einen kurzen Blick erhaschen konnte, war auch mehr als ansehnlich. Stilvoll. Kein Chaos oder lumpige benutzte Dinge, wie man es von einem Eremiten wie ihm vielleicht erwarten würde.

»Du hast es verdammt schön hier, Ezra Crave«, sagte ich, während der Wind sacht in den Bäumen rauschte. Ein kleines Blitzen huschte durch seinen festen Blick, ich hatte es genau mitbekommen. Auch, wie er es sofort zurückdrängte, um weiter den mürrischen Öhi markieren zu können.

»Willst du etwas trinken?« Seine Stimme war rau und ich betrachtete interessiert die fliegende Eule auf seinem Unterarm.

In Schwarz- und Grautönen und realistisch wie ein Foto. Offenbar war sie kurz davor, Beute zu schlagen, denn sie streckte ihre riesigen Krallen aus und hielt den Blick kalt nach unten gerichtet.

»Danke, nein.« Ich sah ihn an und er mich. Es war ganz merkwürdig. Ich war es nicht gewohnt, jemanden einfach nur anzusehen, ohne etwas zu sagen. Da bevorzugte ich doch eher den Bildschirm meines Smartphones. Das war weniger ... persönlich. »Machen wir jetzt einen Vertrag oder so etwas?« Unbehaglich wich ich seinem Blick aus. »*Ab sofort gehört Brooke Bishop Ezra Crave und ganz Blackwater Mountain.* Unterschrieben wird mit Blut und wir trinken auf die Bruderschaft der verschwiegenen Wälder oder so etwas.« Gott, was zur Hölle faselte ich da nur? Und er sagte nicht einmal etwas dazu. Klar, was sollte man dazu auch sagen? *Meine Güte, Brooke ...*

Er war so schnell bei mir, dass ich keine Chance hatte, zurückzuweichen. Seine Hand packte meinen Arm und er starrte mir so fest in die Augen, dass ich nicht mehr wagte, zu atmen.

»Ich will dich hier nicht, klar?« Seine Worte waren wie Peitschenhiebe. Sein Gesicht meinem so nah, dass unsere Nasenspitzen sich beinahe berührten.

Atemlos erwiderte ich seinen Blick, der sich mit meinem verhakt hatte, fühlte mich für einen Moment wie gelähmt. Und dann sah ich etwas in seinen Augen ... In diesen graugrünen wütenden Augen, die mich so unfassbar anzogen und gleichzeitig mit aller Macht von sich stießen. Ich kannte, was ich da sah. Eine Emotion, etwas Schattiges von ganz tief unten und er spürte es auch. Gott, ich konnte schwören, er spürte das auch. Es machte mich wütend und ich wusste nicht einmal, warum.

Ruppig befreite ich meinen Arm. »Tja, so ist das Leben wohl, Ezra Crave. Ich wollte auch nie mit einem Bastard zusammen sein, der mich nicht liebt oder mit einem Kerl durch den Wald fahren, der so tut, als sei er ein Bulle. *Gott* ...«

Sein Blick tastete sich zu meiner Kette und wurde düster. »Dein Gott wird dir hier draußen nicht helfen.«

»Mein *Gott* ist die Bestimmung, okay?« Flammen tobten durch meinen Magen. Was war denn plötzlich los? Warum war ich jetzt nur so wütend? Was hatte mich denn so provoziert? »Und die hat mich auf direktem Weg hierhergeführt. Ich weiß noch nicht, warum, aber ich werde es herausfinden. Also, gibst du mir jetzt einen Vertrag oder soll ich Logan fragen, ob er da drin einen findet?« Was sollte der Scheiß? Sorgte er sich um mich? Das glaubte ich kein Stück. Also was lief hier?

»Hier gibt es keine Verträge. Du arbeitest mit uns oder du tust es nicht.« Seine Stimme war so dunkel, dass sie mir durch und durch ging. Und der betörende Geruch, der von seiner Haut ausging ... Dieser Kerl war die pure Versuchung. In jeder verdammten Hinsicht. Er versuchte meine Beherrschung, meinen Willen, meinen Mut, meine Überzeugung. Und noch etwas tief in mir, von dem ich noch nicht einmal verstand, was es eigentlich war.

»Und wenn du es tust« Er unterbrach sich und sah mit mahlendem Kiefer auf den See hinaus. »werde ich dich im Auge behalten. Und sollte ich merken, dass du ein falsches Spiel spielst, lasse ich dich leiden, verstanden?«

Logan kam zu uns hinaus und reichte seinem Bruder das schwarze Taschenmesser, das er auf der Terrasse vergessen hatte. »Seid ihr fertig?«

Mein Körper bebte, während Ezra einen Schritt von mir weg machte und sein Mitbringsel entgegennahm. Er drohte mir also. *Na warte!*

»Ich weiß nicht. Sind wir?« Seine hellen Augen waren verengt, als er mich wieder ansah und dabei die Arme vor der Brust verschränkte.

»Noch lange nicht«, erwiderte ich kühl und glaubte, etwas wie Herausforderung in seinem Gesicht zu erkennen. Machte ihm das hier etwa Spaß?

»Erst wenn deine *Bestimmung* meint, wir sind es, was?« Provokanter Mistsack!

»Ganz genau.«

»Oh, du hast nicht die leiseste Scheißahnung, in was diese Bestimmung dich da gerade hineinreitet, Kleines.«

ZWÖLF

EZRA

Es tat mir wirklich leid um die Kleine. Sie trug die gleichen verteufelten Dämonen in sich wie ich.

Ich hatte es genau gesehen.

Während ich den beiden dabei zusah, wie sie wieder in Logans Jeep kletterten, presste ich fest die Zähne aufeinander.

Logan behielt wahrscheinlich recht. Sie war stark. Hatte *Potenzial*, wie er es so schön ausgedrückt hatte. Und sie würde sich nicht abwimmeln lassen, nicht einmal mit Drohungen.

Bestimmung ... Scheiße, sollte es wirklich eine Bestimmung geben, hatte sie einen mächtigen Tritt in den Arsch verdient.

Noch bestand Brooke vielleicht hauptsächlich aus Licht, aber dieser Ort würde sie brechen. Und durch die Risse würden Schatten hineinströmen. Mehr und mehr, bis sie daran erstickte. Zur Hölle, ich wusste, wovon ich sprach. Hatte mein ganzes trauriges Leben hier verbracht.

Ich würde sie einfach raushalten, genau das würde ich tun. Und nach der Feier, auf der sie laut Logan ja so wahnsinnig gern mithelfen wollte wie eine verkappte Mutter Theresa, würde sie einfach wieder abhauen. Als wäre sie nie hier gewesen.

Was hatte ich Logan immer gesagt?

Keine Fremden in Blackwater Mountain!

Und jetzt hatten wir die Bescherung. Er posaunte es überall herum, als sei das Mädchen seine verschissene Kriegsbeute.

Das war nicht richtig. Vor allem nicht, weil sie eine verflucht scharfe Kriegsbeute war. Was, wenn die zahnlosen Bastarde aus dem Nachbarort kamen und sie mit ihren schwieligen Fingern befummelten? Oder noch schlimmer ... Knurrend wischte ich mir mit den Händen übers Gesicht.

Was, wenn *er* kam ... *Er* brachte nur Ärger und war schon eine Weile nicht mehr hier aufgetaucht. Ein ganzes Jahr, um genau zu sein. Eigentlich könnte das auch gern so bleiben, aber er würde sich sein neues potenzielles Spielzeug ansehen wollen. Davon war ich überzeugt.

Und ich wusste noch immer nicht, ob ich das zulassen konnte. Immerhin hatte er das letzte Mal ... Verdammt! Am liebsten hätte ich ihm schon viel eher den Arsch aufgerissen, aber ich war kein Idiot. Skrupellos und verkommen, ja, wahrscheinlich, aber nicht dämlich.

Trotzdem wollte ich nicht, dass er die kleine Brooke mit den sinnlichen Lippen und der großen Klappe bekam.

Aus Prinzip.

Weil ich ihm nichts gönnte.

Und das würde Probleme geben.

Einen riesigen Haufen Probleme.

DREIZEHN

BROOKE

Herb und Kelly zeigten mir alles, obwohl ich den Großteil der Bar ja bereits in Aktion kennengelernt hatte. Kelly redete, rauchte und redete und Herb brummte in regelmäßigen Abständen bestätigend dazu. Es gab den großen Kamin, der das Zentrum der Räumlichkeit darstellte, ein paar Dartsscheiben, eine kleine Bühne, einen abgewetzten Billardtisch, über dem der Kopf eines Elchs hing. Das Ding sah reichlich verstaubt aus, war wahrscheinlich aus dem letzten Jahrhundert. Mit einer Schiebetür vom Rest der Bar getrennt, wurde mir noch eine ausladende Nische mit einem großen, ovalen Tisch und merkwürdigen roten Möbeln präsentiert. Kelly meinte, sie sei für geschäftliche Gespräche und solle immer priorisiert behandelt werden. In die Tür waren FBI-mäßige längliche Scheiben eingebaut, durch die man von innen in die Bar blicken konnte, die von außen jedoch wie Spiegel wirkten.

Wow! Irgendwie ... strange.

Dass sich ein paar Anzugträger hier raus verirrten, kam mir jetzt nicht unbedingt wahrscheinlich vor, aber ich nickte nur knapp, als sie mir davon erzählte. Einfach alles bestand aus Holz und überall waren Kerzen. Das war also jetzt mein Platz für die nächste Zeit. Gemütlich. Und auch reichlich skurril, aber ich konnte ein wenig Abenteuer und Weite vertragen nach so vielen Jahren in einem wahnsinnig kleinen und engen Leben. Abwechslung ... Vielleicht war es das, was mein Schicksal mir sagen wollte.

Jetzt wird erst einmal das komplette Gegenteil deiner alten Welt gelebt. Deiner alten Welt, die sich nur um einen Kerl drehte, der dich nicht geliebt hat.

Gott, warum hatte ich Ezra das erzählt? Das ging diesen ungehobelten Mistkerl doch einen Scheiß an.

Aber es war einfach so aus mir herausgekommen, als wollte ein Teil von mir ihm trauen.

Klar, nachdem er dich bedroht hat und zum Teufel jagen wollte. Bravo, Brooke! Du bist offiziell geisteskrank.

Ich versuchte, nicht mehr daran zu denken, half Herb ein wenig in der Küche, stellte mich ein paar neugierigen Männern aus dem Umland vor, die extra wegen mir einen weiten Weg auf sich genommen hatten, wenn ich das richtig verstand, und kam noch schneller in meinen neuen Job hinein, als ich gehofft hatte.

Als der Abend graute, nahm die Anzahl der Gäste beachtlich zu und Kelly sah mich unentwegt vielsagend von der Seite an.

Was plante diese Bagage hier nur schon wieder hinter meinem Rücken? Logan schneite herein wie das blühende Leben, gemeinsam mit Ruby. Er trug ein dunkles Hemd, das über seinen Muskeln spannte, das blonde Haar zurückgegelt und unter einem hochgekrempelten Ärmel erkannte ich auch bei ihm das fotorealistische

Tattoo eines Vogels. Bei ihm war es ein Rabe mit ausgebreiteten Schwingen.

»Na, gut eingelebt, Vancouver?« Er legte den Arm um Ruby und küsste sie auf den Haaransatz. Wie immer sah sie feengleich aus. Trug ein blaues Kleid mit Troddeln über den Oberschenkeln und die Locken gebändigt in einem Schleifenband. Warum waren sie so chic?

Ich warf Kelly einen fragenden Blick zu, aber sie zwinkerte nur keck. »Sie macht das ganz großartig. Vielleicht behalten wir sie direkt für immer.«

»Mach ihr keine Angst!« Ruby lachte und griff nach meiner Hand. »Wir sind so glücklich, dass du da bist, Schatz.«

Ah, jetzt war ich schon der Schatz. Ob sie mich wirklich für immer behalten wollten? Oder sagte sie das nur, weil sie es zu jedem sagte?

»Sind die Jungs schon unterwegs?«, richtete Kelly an Logan, der in seinem Hemd, der dunklen Jeans und mit diesem Grinsen aussah wie ein perfekter Dandy.

»Müssten jeden Moment hier auftauchen.«

»Gut, dann übernehme ich für heute und du gehst rüber und ziehst dir etwas Hübsches an.« Ruby kam um den Tresen herum, nahm mir die Schürze ab und band sie sich über das Kleid.

»Was ...«, stammelte ich nur, aber sie drückte mir den Schlüssel zu ihrem Salon in die Hand und starrte mich verschwörerisch an. »Keine Widerrede! Geh an meinen Schrank.«

»Ich würde ihr besser nicht widersprechen«, warnte mich Logan. »Ist doch nur eine kleine Willkommensfeier für dich, mach dir nicht den Spitzenslip voll, Vancouver.«

Eine Feier ... Für mich hatte noch nie jemand eine

Feier geschmissen. Ratlos blickte ich von einem zum anderen. Wie sie alle lächelten. Mann, mir wurde ganz warm im Bauch. Wie nett sie mich hier aufnahmen ... Okay, bis auf eine Ausnahme vielleicht, aber den würde ich schon noch in den Griff kriegen.

In dem Moment schoben sich ein paar Jungs mit Hüten, Banjos und Gitarren zur Tür hinein, in der sich mehr und mehr Leute zusammendrängten.

Wahnsinn, wie voll es hier gerade wurde.

»Geh schon.« Logan schob an mir und ich machte mich aufgeregt auf den Weg zu Rubys Salon.

In ihrer Tür musste ich kurz Halt machen, weil mich die Bilder wieder trafen, wie intensiv Ezra Ruby hier besessen hatte. Es steckte so viel Feuer in ihm. Seinen Augen, seinem ganzen Sein. Oh, es kribbelte in meiner Mitte, wenn ich an ihn dachte und ich ärgerte mich selbst darüber. Er war absolut verkommen und trotzdem bekam ich die Vorstellung nicht aus dem Kopf, dass er sich mich nahm. Nur einmal. Hier an der Wand. Nicht sanft oder liebevoll, nein. Kurz und heftig.

Brooke, du warst eindeutig zu lange abstinent!

Reiß dich zusammen!

Ich räusperte mich fest und bog in Rubys Zimmer ab, mied den Blick zum Bett. Diese Fantasien mussten entweder aufhören oder ich setzte sie in die Tat um. Es gab nur eine von beiden Optionen. Ich dachte an Mason. Wütend. Rachsüchtig. Es würde sich anfühlen, als könnte ich ihn damit verletzen, wie er mich verletzt hatte. Der Gedanke gefiel mir. Für mich selbst. Meine persönliche Revanche. Aber ich war kein Flittchen und One-Night-Stands waren absolut nicht mein Ding. Das musste die Wildnis hier draußen sein. Es war, als würde sie in mich kriechen und mich fremdsteuern. Schluss! Ich wählte die Option *Schluss mit dem Unsinn!*

Staunend betrachtete ich Rubys Kleidersammlung. Es war tatsächlich für jeden Geschmack ihrer Freier etwas dabei. Sogar ein Hausmädchenkostüm. Ich verkniff mir ein Grinsen. Dann zog ich mich bis auf die Unterwäsche aus und warf mich in ein kurzes, grün kariertes Kleid, das mir passte wie angegossen. Dazu schlüpfte ich in ein Paar kniehohe braune Stiefel und betrachtete mich in ihrem Schminkspiegel. Mein Bronzehaar harmonierte perfekt mit dem Grünton, der fast genauso wirkte wie meine Augenfarbe. Mit meiner Figur hatte ich nie Probleme gehabt. Ich war ständig mit Mason im Studio gewesen, mein Bauch war flach, die Haut straff. Der Busen vielleicht etwas groß, aber das ließ sich schlecht wegtrainieren. Meine Augen fand ich zu schmal und die Nase zu groß, leider waren auch das Dinge, die ich ohne OP schlecht ändern konnte und ich würde keinen je mit einem Scheißmesser an meinen Körper lassen, nur weil ich gern aussehen würde wie Angelina Jolie. Ich war Brooke Bishop und solange das für mich okay war, hatte es das auch für andere zu sein.

Ein wenig Schminke und Lippenstift und dann wieder zurück zum *Fellows*, in dem die Band sich gerade auf der Bühne niederließ und Kelly am Mikro stand. Wollte sie etwa singen?

Als ich zur Tür hereinkam, wedelte sie mit dem Arm in meine Richtung und sagte: »So, ihr verkommenen Hinterwäldler. Hallo! *Haaallooo.*« Die Leute murmelten und tranken unbedarft weiter und erst als das Mikrofon ohrenbetäubend fiepte, verstummten alle Anwesenden mit schmerzverzerrten Gesichtern. Kelly nutzte die Gunst der Sekunde sofort.

»Diese bezaubernde junge Lady dort ist Brooke.« Sie lächelte mir stolz zu, als hätte ich gerade eine Million Dollar für ihren Ort gespendet. Alle drehten sich zu mir um, während sie weitersprach. »Sie war auf der Durchreise, aber jetzt hat sie beschlossen, noch ein wenig zu bleiben und zu helfen. Wie ihr ja wisst steht einiges an in Blackwater und wir können jede helfende Hand gebrauchen.«

Einer älterer Mann in Boots und einem Hemd, das ihm über dem Bierbauch spannte, hielt johlend seinen Arm nach oben, an dem vom Gelenk an die Hand fehlte. Die Meute brach in Gelächter aus und sein Nachbar hieb ihm zustimmend auf den Rücken.

»Jaja, deine besonders.« Kelly winkte ab. »Auf jeden Fall sind wir der Kleinen sehr dankbar und hoffen, sie wird es mit euch dreckigen Hunden aushalten bis das Fest vorbei ist. Applaus für Brooke, Leute! Danke, dass ihr hier seid.«

Die Menge klatschte und jubelte und ich war ganz verlegen und froh, als endlich die Band anfing.

»Du siehst Bombe aus, Vancouver«, empfing mich Logan und pfiff durch die Zähne. Dann zeigte er auf einen kleinen Tisch in der Ecke, an dem der Dorfälteste saß und mit seinen glasigen Augen in meine Richtung starrte. »Erste Station: Wetttrinken mit Oscar. Tradition für jeden hier im Ort, der länger als eine Woche bleibt.«

»Ich vertrage nichts. Kann ich ihm gleich sagen«, merkte ich an, während Logan mich durch die Gäste in seine Richtung schob.

»Lass ihn keine Schwäche spüren, das wittert er wie

ein hungriger Grizzly«, säuselte der Ranger mir zu und setzte mich auf den Stuhl wie eine leblose Puppe.

»Hi.« Ich hob überflüssigerweise die Hand und zwang mich zu einem kleinen Lächeln. Das änderte den Ausdruck in Oscars faltigem Gesicht kein Stück. Er saß da wie ein erboster hundertjähriger Indianerhäuptling. *Ohne* die Friedenspfeife.

»Wählt eure Waffen«, moderierte Logan und lockte damit ein paar Kerle an, die sich schaulustig um uns versammelten.

»Whisky, Wodka, Headshots oder Ahornlikör.« Er zeigte auf die Flaschen und Schnapsgläser in der Mitte des Tisches. Joa, Likörchen klang doch eigentlich ganz nett.

»Ich wähle Armdrücken«, sagte ich frei heraus mit einem Seitenblick auf Oscars dürre Ärmchen und knackte mit den Knöcheln. Die Leute um uns herum lachten, während der Banjomann auf der Bühne begann, wilde Countrymusik zu dudeln und sich die freie Fläche zwischen Bar und Tischen mit Tanzenden füllte.

Oscar schüttelte nur grimmig den Kopf und starrte mich weiter an.

»Tja, dann wohl den Likör.« Ich fragte es eher, als dass ich eine Aussage traf und schon hatte Logan eingegossen. Oscar wählte natürlich die Headshots, der alte Angeber, und Herb musste sie extra von der Bar kommen lassen.

Die Menge jubelte, während wir uns einen Shot nach dem anderen in den Hals kippten und der harmlose Likör stellte sich als potenzieller Genickbrecher heraus, aber ich wollte nicht nach einem halben Glas schon aufgeben, also tat ich es nach dreien, als Oscar offensichtlich gerade erst warm wurde. Mein Bauch fühlte sich heiß an und ich war gut angeheitert, das musste reichen. Wäre ja schön blöd, wenn ich bei meiner ersten eigenen Party direkt besoffen unter dem Tisch lag.

Oscar rang sich sogar zu einem kleinen Schmunzeln durch, reichte mir die Pergamenthauthand und die Menge johlte erneut. Dieser Mann musste wirklich uralt sein.

Logan trank im Stehen noch ein paar Shots mit ihm und ich sah durch die Scheibe der Bar draußen im Dunkeln Ezras Pick-up vorfahren. Na, der Menschenhass war dann offenbar doch nicht groß genug, um einer Feier mit reichlich Whisky und Musik zu widerstehen. Ein kleines Grinsen stahl sich in mein Gesicht.

Eine Sängerin war plötzlich auf der Bühne aufgetaucht, die ich durch mein Intermezzo mit dem Dorfurgestein gar nicht bemerkt hatte. Sie stimmte mit rauchiger Stimme *Only When You're Gone* von Madrugada an und fuhr sich mit den Händen dabei über ihren kurvigen Körper. Ihr schwarzes Haar fiel ihr locker über den Rücken und ihre vollen Lippen waren grell rot geschminkt. Logan glotzte sie hemmungslos an. In mich hineinlachend schob ich mich an ihm vorbei in Richtung Toiletten. Kerle ... Wir Frauen hatten so ein leichtes Spiel mit ihnen, wenn wir wollten.

»Huch.« Unbeholfen stolperte ich über das Holz vor dem Kamin und irgendein Typ hielt mich, um zu verhindern, dass ich stürzte.

»Vorsicht, du hübsches kleines Ding.« Sein Atem roch wie eine ganze Schnapsfabrik und er hielt mich viel länger fest, als er müsste.

»Danke, ich kann jetzt wieder alleine laufen.« Unsanft schüttelte ich ihn ab und er stierte mir alkoholschwanger auf die Möpse. »Schon gut, Püppchen. Schon gut.« Logan blickte alarmiert zu uns herüber. Der Typ bemerkte das auch und verdrückte sich kleinlaut.

»Pfff«, machte ich und wischte die Situation von meinem Kleid. Logan zwinkerte mir zu. Etwas kälter als sonst, aber es sollte mir trotzdem sagen, dass er da war. Und das fühlte sich gar nicht mal übel an. Einen Moment beobachtete ich ihn noch dabei, wie sein Blick sich wieder zu der Sängerin tastete. Vielleicht hatte Kelly recht. Er achtete auf seine Leute, auch wenn er kein richtiger Cop war. Aber wem er traute, den beschützte er auch. Und trotz seines netten Auftretens war mit Sicherheit absolut nicht mit ihm zu spaßen. Das konnte ich fühlen.

Ich drängelte mich durch die Tanzenden hindurch und schlüpfte durch den Hinterausgang, um kurz frische Luft zu schnappen. Die Musik der Band wurde leise und dumpf, als ich die Tür schloss, und ich lehnte mich an die kühle Wand, um durchzuatmen. Hier hinten begann direkt der Wald und über den Baumkronen glitzerte ein endloses Meer aus Sternen. Unglaublich, wie schön dieses Fleckchen Erde war. Mattes Licht von einem der Toilettenfenster fiel zu mir hinaus und irgendein Tier schrie tief im Wald. Ein Fuchs, wenn ich mich nicht irrte. Die klangen manchmal, als würde gerade ein Mensch abgestochen werden. Ein mulmiges Gefühl ergriff mich mit einem Mal, während ich so in das tiefschwarze Dickicht blickte. Eine alte Angst, die ich einfach nicht überwinden konnte. Eine Angst, die mich immer wieder fühlen ließ wie ein hilfloses, kleines Mädchen. Albern eigentlich. Das hier war, woher wir kamen. Die Menschen. Jedes

Lebewesen. Aus der Natur. Und trotzdem fühlten wir uns nur in unserem künstlichen Licht und unseren Festungen wirklich sicher. Der Likör strömte warm durch meine Adern, die Grillen zirpten und ein kleiner Wind kam auf.

Okay, Zeit, wieder hineinzugehen, Brooke. Genug geatmet.

Gerade als ich mich umdrehen wollte, griff etwas von der Seite nach mir, ich prallte unsanft mit dem Rücken gegen die Wand und befand mich nicht einmal zwei Sekunden später in einer ausweglosen Klemme. Ich hatte ihn nicht kommen sehen, alles ging viel zu schnell. Mein Herz raste wie ein Propeller und das Blut kochte mir heißer durch die Adern, als Likör es je bewirken könnte.

»Und jetzt?«, raunte Ezra Crave gegen meinen Mund und die Schatten der Nacht fielen auf sein Gesicht, während er meinem so nahe war, dass ich seine Wärme spüren konnte. Sein Körper nagelte meinen fest und dieser Blick ging mir unfassbar tief unter die Haut.

Ich erschauerte. Mein ganzer Körper bebte.

»Was soll der Scheiß?« Als ich versuchte, mich zu befreien, packte er nur fester zu. Wie ein Raubtier.

»Was, wenn ich jetzt einer dieser notgeilen Bastarde da drin wäre, hm?« Seine Augen ließen meine nicht los. Er fesselte mich auf allen Ebenen und ich roch den Duft seiner Haut. Er drang genauso tief in mich wie dieser alles vereinnahmende Blick.

»Bist du nicht?«, provozierte ich ihn und meine Brust hob und senkte sich atemlos an seinen gespannten Muskeln. Erschreckenderweise fühlte es sich gut an, wenn sein Körper meinem so nah war. Wahnsinnig gut.

Einer seiner Mundwinkel zuckte und sein Blick

wurde für einen Augenblick weicher, der Griff aber kein Stück.

»Dieser Job ist nichts für dich, du bist mir blind in die Falle gelaufen. Also los, wehr dich! Was würdest du tun?«

Es war wie ein Reflex, den ich nicht kontrollieren konnte. Eine Übersprungshandlung. Vollkommen bescheuert. Das wahrscheinlich bescheuertste, was ich je im Leben getan hatte und je tun würde, aber ich tat es.

Ich küsste ihn. Legte einfach meinen Mund auf seinen und spürte, wie all seine Muskeln an mir für einen Moment noch fester wurden. Seine Lippen fühlten sich wundervoll an. Als würden sie perfekt zu meinen passen. Wie zwei Puzzleteile, die widerstandslos ineinander glitten. Ich spürte, wie er kurz zurückzuckte, aber ich ließ ihn nicht weg, vereinnahmte ihn mit meiner Zunge, den Lippen und allem, was ich hatte. Gott, war das gut. Er schmeckte wie etwas, dass ich ewig gesucht hatte. Endlich wurde sein Körper weicher, nur damit er mich im nächsten Moment noch enger gegen das Haus drängen konnte, um den Kuss tief und innig zu erwidern, als gäbe es nichts mehr außer dem hier. Keinen nächsten Tag, keine anderen Menschen, keinen Wald. Nur das hier. Nur diesen Wahnsinn. Hitze brodelte wild durch mich hindurch, prickelnd bis in meine Mitte und dann hörte er abrupt auf. Starrte mir atemlos in die Augen, als wüsste er selbst nicht, was hier gerade passiert war. Seine Brauen zogen sich zusammen und er knurrte. »Falsche Antwort.« Dann ließ er mich los und ging an mir vorbei durch die Tür in die Bar.

Ich hielt für ein paar Sekunden die Luft an, fuhr mir

kopfschüttelnd mit den Fingerspitzen über die Lippen und musste fast lachen.

Was zur Hölle war das denn bitte?

Meine Knie waren noch immer weich, das Herz schien mir jede Sekunde aus der Brust zu springen, so sehr hämmerte es gegen die Rippen. Das war viel zu gut gewesen. Viel besser, als ich es mir je hätte ausmalen können.

»Verdammt!«

Es war eindeutig Zeit für mehr Likör.

Sehr viel mehr Likör!

VIERZEHN

EZRA

Sie tanzte jetzt schon seit einer Ewigkeit mit diesem Spinner. Mein Bruder wusste, wie man die Frauen um den Finger wickelte. Mit dieser langweilig-perfekten Sonnyboy-Visage und der netten Fassade, unter der genauso viel verdorbener Dreck steckte wie unter meiner. Sie dachte, er sei ein lieber, sanfter Typ. Jede dachte das, weil er es so wollte. So bekam er sie ins Bett. Das war seine Masche.

Und warum, zur Hölle, saß ich immer noch hier, sah ihnen zu und umklammerte mein Bier wie ein armer heimatloser Trottel? Eigentlich hatte ich Kelly nur ein paar Flaschen Whisky bringen wollen, weil sie mich darum gebeten hatte. Kelly konnte man keine Bitte ausschlagen, weil sie eben Kelly war. Eine davon hielt jetzt Brooke in der Hand und trank immer wieder daraus, während sie lachend tanzte und sich im Kreis drehte. Der Whisky lief ihr übers Kinn und sie kicherte, als Logan ihn ihr mit dem Ärmel wegwischte.

Knurrend lehnte ich mich mit dem Rücken gegen die Bar und ließ den Blick zu der Sängerin wandern, die gerade *Bang Bang* von Nancy Sinatra zum Besten gab und das gar nicht mal übel. Sie hatte runde Hüften und Haare, die ihr bis zu ihrem ausladenden Arsch reichten. Vielleicht hätte ich sie für einen Blowjob mit zu mir genommen, an einem anderen Tag.

Aber heute hatte Brooke es gewagt, ihre süße Zunge in meinen Mund zu stecken und das war so unsagbar dumm von ihr gewesen. Diese kleine Irre musste völlig übergeschnappt sein. Ich hasste es, wenn jemand Dinge tat, die ich nicht kommen sah.

»Hey, Brummbär.« Ruby stellte ein Glas *Pike Creek* neben mich und rückte näher an mein Ohr, um leise zu sagen: »Glotz doch nicht einfach nur, tanz mit ihr!«

Ich drehte den Kopf und sah sie an, als hätte sie den Verstand verloren. Wahrscheinlich hatte sie das auch. Sie verloren alle langsam den Verstand hier, inklusive mir.

Brookes Wangen waren gerötet, ihre runden Brüste wippten unter dem engen Kleid auf und ab, wenn sie tanzte. Ihr katzengleicher Körper bewegte sich geschmeidig, trotz der Trunkenheit, die ab und zu in ihren Augen glänzte, das sah ich von hier. Rubys Titten waren fast etwas zu klein, die von Brooke perfekt, soweit ich das unter dem dünnen Stoff einschätzen konnte. Dieser Stoff ... viel zu dünn.

Reiß dich zusammen, Mann!

Ihr Blick traf meinen und sie senkte die Lider.

»Ich hau ab«, ließ ich Ruby wissen, die direkt neben mir einen Shot zusammengoss. Brummend richtete ich mich auf und stürzte den Whisky herunter.

Ruby kam hinter der Bar vor, wackelte rüber zu Logan und tanzte ihn an wie ein Gogo die Stange.

Da war Brooke auch schon bei mir.

Fuck! Klar. Jetzt kam die Retourkutsche für vorhin.

Ihre Nähe brachte meine Muskeln dazu, sich zu versteifen. Und sie war nah. Viel zu nah.

»Was ist los mit dir, Ezra Crave, hm?« Sie lehnte sich auf den Barhocker neben dem, auf dem ich gerade noch gesessen hatte. Wusste sie, dass ihr Ausschnitt so tief war, dass ich fast ihre Titten sehen konnte? Wollte sie das etwa? Ihr Atem roch nach Whisky und als sie die halb volle Flasche neben mir auf die Bar stellte, streifte sie mit ihrem zarten Gesicht fast meines. Jede Sehne in mir wurde fest wie Stein. Was wollte dieses durchtriebene kleine Biest nur von mir? Ihre grünen Augen sahen mich an, nachdenklich, wissend. Direkt in mich hinein. Ich mochte das nicht. Normalerweise trauten die Leute sich nicht, mich so anzustarren und das war auch besser so. Aber Brooke war anders. Anders reizte mich und das war nicht gut für sie.

»Willst du tanzen?« Sie war eindeutig betrunken. Sah ich aus wie ein Typ, der tanzte? Fast hätte ich gelacht.

»Wohl eher gerade gehen«, erwiderte ich knapp und wollte an ihr vorbei, aber sie ließ mich nicht. Ihre Lippen glänzten feucht und ihr Haar war zerzaust von ihrer halben Orgie da gerade mit Logan.

Gott, sie war sexy! Und der aufgeheizte Duft ihres zarten Körpers weckte Wünsche in mir, die ich nicht haben sollte.

»Du drohst mir, damit ich ja schnellstmöglich abhaue und jetzt sitzt du hier und starrst mich an, als würdest du mich so vögeln wollen wie du sie gevögelt hast.« Ihr funkelnder Blick glitt gefährlich tief in meinen und sie deutete mit dem Kopf hinüber zu Ruby, die sich an Logan rieb wie eine läufige Hündin. »Ja, ich habe euch zugesehen, erinnerst du dich?« Sie lächelte fast unmerklich. Durchtrieben. Verrucht. Als wüsste ich nicht, dass sie uns beim Ficken beobachtet hatte, diese verdorbene Spannerin. Die Erinnerung daran kostete mich noch immer jede Beherrschung.

Sie beugte sich ein Stück in meine Richtung und berührte mit ihren Lippen fast mein Ohr.

»Und du hast mich da draußen geküsst wie ein ausgehungerter Löwe.« Ihre Worte trafen warm und duftend auf meine Wange. Oh, bitte nicht! Sie machte mich nicht gerade wirklich an? Erst dieser Kuss, und ich hasste verfluchte Küsse, und jetzt das ... Sie beging da gerade den größten Fehler ihres unschuldigen, kleinen Lebens. Diese heisere, sexy Stimme, ihr heißer Atem auf meiner Haut, der feine glänzende Schweißfilm auf ihrem üppigen Dekolleté, und als wäre all das noch nicht genug, biss sie sich auf die volle Unterlippe, die ich gerade noch geschmeckt hatte. Oh Fuck, das machte mich schwach. Gänsehaut rieselte über meine Arme. Sie bemerkte es und grinste verschmitzt. Mein Kiefer verkrampfte sich, wurde zu purem Zement. Was hatte sie nur an sich, dass so ein paar Worte mich dermaßen manipulierten? Dass ein verfickter Kuss – *und ich hasste Küsse* – mich dazu trieb, ihn zu erwidern, als sei ich ewig abstinent gewesen. Am liebsten würde ich dieses kleine Miststück unsanft gegen den Tresen pressen, ihr viel zu enges Kleid nach oben schieben und mich langsam und genüsslich in ihr versenken. Ihr Haar packen, mich so tief wie möglich in ihre Pussy drücken bis ihre verdorbene Stimme meinen Namen stöhnte. Ich wollte sie so heftig durchnehmen, bis sie mir freiwillig nie wieder zu nahekam.

Gott, ich wurde steinhart bei der Vorstellung.

»Du hast zu viel getrunken«, brummte ich und rang mit Macht um Fassung. Was quatschte ich da für einen Bullshit? Es gab kein *zu viel*. In Wahrheit wollte ich jetzt einfach nur weg. Denn das hier machte etwas mit mir, das mir nicht gefiel. Es nahm mir die Kontrolle und ich hatte mich verdammte Hölle nochmal *immer* im Griff. Ich fickte eine Frau, weil ich es wollte, nicht, weil sie es darauf anlegte.

Mein Blick zuckte hinüber zu Ruby. Am liebsten hätte ich sie am Arm gepackt, mitgenommen und das hier an ihr ausgelassen, aber sie war mehr als beschäftigt mit meinem schönen Bruder.

Brooke stand mir noch immer im Weg, ich konnte nicht glauben, wie mutig dieses freche Luder war.

»Also, wenn du nicht tanzen willst, Ezra Crave, sag mir: Was willst du dann?« Ihr Schritt war meinem gefährlich nah und sie roch viel zu gut. Das freche Biest gehörte eindeutig übers Knie gelegt.

In einer Bewegung packte ich ihren festen Apfelhintern und zog sie eng an mich, damit keiner um uns herum hören konnte, was ich ihr jetzt sagte: »Hör zu, Kleines.« Ihr Arsch fühlte sich zu gut an. Ich musste mich kurz sammeln. Sie sah mich mit glänzenden, großen Augen an und ihre heiße Mitte an mir brachte mich fast um, aber so lief das nicht.

Sie konnte hier nicht tun und lassen, was sie wollte. »Alles in meiner Nähe brennt restlos nieder und zerfällt zu toter, kalter Asche.« Jetzt war ich derjenige, der die Gänsehaut über ihren Hals rieseln sah. »Weil ich einen Pakt mit dem verschissenen Teufel geschlossen habe. Also überleg dir gut, ob du je wieder riskieren willst, mir so nah zu kommen wie in diesem Moment!«

Sie legte den Kopf ein wenig schief. Tiefe Atemzüge hoben und senkten ihre herrlichen Möpse.

»Ich bin nicht dein Kleines.« Sie bewegte die Hüfte eng an mir, es war, als säße sie direkt auf meinem Schwanz und ich packte ihren Hintern aus Reflex noch fester. Scheiße, das war hart an der Grenze des Erträglichen.

»Und deinen Teufel kannst du behalten. Aber brennen will ich. Das wollte ich immer. Nur deshalb bin ich auf der Straße. Ich will brennen.« Ihre wilden Augen taten etwas mit mir, das weiter ging als nur bis zu meinem Schwanz. Was für eine Scheiße war das hier? Offenbar war ich derjenige, der zu viel getrunken hatte. Oder warum wurde ich sonst gerade zu so etwas wie einem mitleidigen Muttersöhnchen? Sie befreite sich aus meinem Griff, ging an mir vorbei, um sich ihre Flasche wieder vom Tresen zu angeln und mir ein schmales Lächeln zuzuwerfen. Diesmal nicht mehr verrucht, nein. Es war traurig. »Und wenn ich danach zu Asche zerfalle, war es das wert.«

Ich wusste sehr genau, wovon sie sprach.

Sie war traurig, weil sie sein musste, was sie war.

Und das kam mir bekannt vor.

Sehr bekannt.

FÜNFZEHN

BROOKE

Die Kopfschmerzen am nächsten Morgen übertrafen die nach Herbs Headshot-Orgie bei Weitem.

»Oh Shit …« Ich verbarg mein Gesicht hinter den Händen vor der Sonne. Und dann kam plötzlich alles zurück, was ich getan hatte. »Shiiiiiiit.« Ich wälzte mich auf dem Bett herum wie ein Käfer. Jammernd und schimpfend. Was stimmte nur nicht mit mir? Was machte dieser Ort mit mir? Was machte dieser Kerl mit mir?

Das war ich doch überhaupt nicht. Oder war ich es eben gerade?

»Alles gut hier drin?« Ruby steckte zerzaust den Kopf zur Tür herein.

»Nein«, wimmerte ich und verzog das Gesicht. »Ich war viel zu besoffen. Hatte mich überhaupt nicht mehr unter Kontrolle und …«

»… wolltest Ezra vögeln«, beendete sie meinen Satz eiskalt und ich zog mir einfach nur die Decke über den Kopf und wollte sterben. Jetzt sofort. *Bitte!*

»Wollte ich nicht«, empörte ich mich aus meinem Versteck.

»Fühl dich nicht schlecht deshalb. Du hattest echt viel Whisky und er macht eben etwas mit den Frauen. Vergiss es einfach, okay? Er vergisst es auch schnell, glaub mir.«

»Vergiss was?« War das Logans Stimme?

Ich linste aus meinem Deckenversteck und da stand er. Mit freiem Oberkörper, das blonde Haar völlig durcheinander und die Hände in die Hüften gestemmt.

Auf seiner Brust prangte das Tattoo eines großen, verzweigten Baumes, der in einen Schwarm davonfliegende Vögel überging. Mehr sah ich nicht, denn ich versteckte mich jammernd wieder in meiner Festung aus Scham.

»Also, ich würde mich ja geehrt fühlen, wenn du mich anbaggerst, Vancouver. Aber ich könnte leider nicht darauf eingehen, weil mein Bruder …«

»Verschwinde und mach Kaffee«, zischte Ruby und ich hörte ihn murmelnd und sich rechtfertigend aus dem Raum verschwinden.

Dann spürte ich, wie die Matratze neben mir nachgab und eine zarte Hand über meinen Rücken strich.

»Was soll ich sagen, meine Schöne? Ich hab schon mit dem ganzen Ort gevögelt und verstecke ich mich deshalb im Bett und weine?«

Ich zog mir die Decke vom Kopf und sah sie skeptisch an. War das echt ein Argument? Es war ihr Job.

»Hier draußen gelten keine Regeln wie in deiner Stadt, okay? Hier kannst du tun, was immer du willst. Keiner wird dich dafür verurteilen und am wenigsten er. Ezra ist speziell und manchmal auch etwas gruselig, aber er wollte dich bestimmt nicht verletzen. Eher schützen, auf seine eigene, schräge Art.« Ihre Logik rührte mich irgendwie. Schützen ... klar.

Hier kannst du tun, was immer du willst ... Das hörte sich herrlich frei an. Was hatte ich ihm da gestern im Suff vorgefaselt? Ich wollte brennen? Tja, Kinder und Betrunkene waren immer ehrlich, so hieß es doch. Und das traf ziemlich genau das, wonach ich mich schon mein Leben lang sehnte.

Brennen.

Am besten jeden Tag.

»Ich werde jetzt einfach nur meinen Job machen und hoffen, dass er das gestern nie wieder anspricht. Und dass es sonst keiner mitbekommen hat, außer ihm da drüben und dir.« Ich zeigte mit dem Finger auf sie und sie entblößte ihre weißen Zähne hinter einem breiten Grinsen. »Kann ich nicht versprechen. Ein bisschen Stoff weniger und ihr hättet ineinandergesteckt. Die Leute haben ja Augen im Kopf. Aber sie werden nicht reden. Keiner redet gern über Ezra, weil er Gerede hasst. Und jetzt komm. Logan, der Schatz, macht uns Frühstück.«

»Ich werde euren Alkohol nie wieder anrühren«, murrte ich, als ich aus dem Bett kletterte. Mein Schädel war kurz vorm Platzen und ich musste mich kurz zurück auf die Kante setzen, weil mir ganz komisch wurde. »Da ist doch irgendetwas drin, gibs zu. Warum sollte ich so etwas sonst tun? Warum?«

»Komm schon.« Sie half mir auf und legte ihren schlanken Arm um mich. »Ein Kaffee wird dich wieder auf die Beine bringen.«

Ich blieb stehen und zog die Brauen zusammen.

»Er ist wirklich speziell.« Sinnierend starrte ich aus dem Fenster und schluckte schwer. »So etwas hab ich noch nicht erlebt. So etwas wie ihn …« Ein ungläubiges Lachen verließ meine Kehle. Was faselte ich hier nur schon wieder?

Ruby betrachtete mich besorgt. »Ich sage ja, er hat diese Wirkung auf Frauen. Aber sei vorsichtig. Geh von mir aus mit ihm ins Bett. Er vögelt absolut grandios, aber dann lass es auch gut sein. Ezra lebt in einer dunklen Welt. Wer so viel Dunkelheit um sich hat, wird eines Tages selbst zu ihr.«

SECHZEHN

EZRA

Ich wischte mir das Blut von den Händen, wie ich es so oft tat. Sie hatten den Typen ein ganzes Stück weiter nördlich aus dem Wagen geworfen und mich auf ihn losgelassen wie einen trainierten Rottweiler.

So war es immer. Schon zu lange.

Ich hatte ihn bis zum Morgengrauen gejagt und dann hierhergeschleppt. Matt schloss ich die Augen und nahm einen Schluck Whisky. Ich versuchte, mir ihre Gesichter nicht zu merken, denn keiner von ihnen war es wert. War auch nur einen Gedanken wert. Aber ich spielte mit ihrer Angst und das bewusst. Ein angstverzerrtes Gesicht vergisst man nicht so schnell. Das Schlimmste daran war, dass *meine* Angst mit jedem Mal mehr verschwand. Ich sah sie alle vor mir und es machte nichts mehr mit mir.

Ich war zu einem skrupellosen, kalten Wichser geworden.

Zu einer Maschine.

Und jetzt saß ich voller Blut auf der verfallenen Kirchenbank und sah den Pflanzenranken dabei zu, wie sie diesen Ort nach und nach in Beschlag nahmen. Diese

Kirche, die Gott schon vor langer Zeit verlassen hatte. Kopfschüttelnd sog ich Luft in meine Lungen, bis es nicht mehr ging, um zu spüren, ob ich überhaupt noch lebte. Die vergilbte Glasflasche in meiner Hand war voller brauner Schlieren.

»Sie sind in zehn Minuten da«, sagte Logan von der Tür aus, aber ich sah ihn nicht an. Mein Blick hing an den zerschlagenen Buntglasfenstern fest, von denen ich inzwischen jedes Detail kannte. Ein Jesus, dem Efeu durch ein Loch in der Brust wuchs, ein Engel, dem das komplette Gesicht fehlte. Nur Maria war noch intakt. Und sie verurteilte mich. Wieder und wieder.

»Alles okay?« Logan kam zu mir herüber und nahm mir die Flasche aus der Hand, um selbst einen Schluck zu nehmen. »Ganz schöne Sauerei diesmal, was?« Er blickte an mir auf und ab und schob mir den Fusel wieder zu. »Hat sich mehr gewehrt als gut für ihn war, was?«

Ich sagte nichts. Starrte nur düster vor mich hin.

In dieser Nacht hatte ich mehr Menschlichkeit verloren als in jeder zuvor, versuchte gerade, einfach nur zu existieren.

»Ist der kleine Wichser etwa tot?«, fragte Logan erschrocken.

Wieder antwortete ich nicht. Weil ich es nicht wusste. Es war nicht der Deal gewesen, ihn zu killen, aber die Sache war außer Kontrolle geraten. Ich hatte das Schwein gekannt. Und das nicht auf eine gute Art. Er hatte mich mit Dingen provoziert, mit denen kein Mensch einen anderen provozieren sollte.

»Scheiße, Ezra, wenn er tot ist, wird das Ärger geben«, stellte Logan fest und ich hätte ihm dafür eine auf die Fresse gegeben, wenn meine Fingerknöchel nicht so zerschunden gewesen wären. Das wusste ich selbst. Ich wusste all das selbst.

Vielleicht würden sie mich dafür abknallen, dann hätten wir es endlich hinter uns.

»Mann, Fuck!« Logan fuhr sich mit den Händen in den Nacken und trat wütend gegen eine alte Statue, von der nur noch die löcherigen Beine übrig waren. »Ich sehe nach.«

Und damit verschwand er in den Keller. Er war endlich weg. Ruhe. Das war es, was ich jetzt brauchte.

Aber noch würde ich sie nicht bekommen. Draußen fuhr der altbekannte schwarze SUV vor und ich umgriff die Flasche in meiner Hand fester. Meine Muskeln waren zum Zerreißen gespannt, alles in mir begann zu brodeln, aber ich durfte dem jetzt nicht nachgeben.

Zwei Typen in legeren Chinos kamen herein. Sie sahen aus wie verdammte Touristen. Nur die Knarren in ihrem Hosenbund verrieten sie. Ich scannte sie beide bedächtig mit dem Blick. Jasper und Sully, seine Schergen. Feige, missratene Wichser! Wahrscheinlich hatte einer von ihnen auf Oona geschossen. Sie waren die Art Typen, denen so etwas Spaß machte. Sully folgte Logan direkt nach unten, Jasper kam auf mich zu, ein schmieriges Grinsen im Gesicht. Er trug einen lächerlichen kleinen Zopf, war eine solche Witzfigur.

»Hey, Ezra, Kumpel, wie war deine Nacht?« Der blanke Hohn. Ich war kurz vorm Implodieren. Mein Atem ging flach, die Hände, in der ich die Flasche hielt, zitterten.

Und wenn er nicht der Dämlack wäre, als den ich ihn kannte, würde er jetzt besser die Schnauze halten.

»Weißt du, du hast dir das alles selbst zuzuschreiben«, säuselte er mit der Stimme einer Muschi. »Wenn du auch nur einmal …«

Mit einem Krachen schlug meine Flasche neben ihm in der Wand ein und er ging fluchend in Deckung.

Verfickter Abschaum!

Eine ganze Weile starrte ich ihn nur an mit dem Hass einer Tausendschaft im Blick. Dann knurrte ich bitter, tief aus all dem Sturm, der gerade durch mich fegte: »Bleib mir fern!«

Für eine Sekunde dachte ich, er würde jeden Moment davonlaufen, der erbärmliche kleine Pisser, aber dann drückte er seine Hühnerbrust wieder heraus und wagte es doch tatsächlich, in meine Richtung zu spucken. »Du bist nichts als sein Schoßhund, kapiert?«

Gerade, als ich mich aufgerichtet hatte und das Gewitter frei lassen wollte, das in mir donnerte, kam Logan mit dem anderen Kerl aus dem Keller zurück. Sie hatten meiner Beute einen fleckigen Sack über den Kopf gezogen und hielten seinen schlaffen Körper aufrecht, während sie ihn in Richtung Tür schoben. Er stöhnte und Logan warf mir einen vielsagenden Blick zu. Warnend, aber auch erleichtert. Der Typ lebte. Obwohl er es nicht verdient hatte.

»Wolltest du noch irgendetwas sagen?«, fragte Mädchenpferdeschwanz provokant und legte den spitzgesichtigen Kopf schief. Er sah aus wie eine hässliche Maus, die ich am liebsten unter dem Stiefel zermalmt hätte, aber stattdessen nahm ich nur einen schier endlosen Atemzug und grollte ein tiefes Knurren hervor.

»Gut«, sagte er zufrieden, während seine eiskalten, dunklen Augen mich fixierten. »Denn das Leben ist kein

Ponyhof, wie du weißt, und er wird das hier erfahren müssen, so leid es mir tut.«

Damit lief er seinem Kumpanen und Logan nach. Etwas zu schnell für seine coole Gangsterfassade. Besser für ihn, denn ich hatte so große Lust, ihm all seine dürren Gliedmaßen zu brechen wie Zweige.

Wütend ließ ich mich wieder zurück auf die Bank sinken.

Nicht einmal unverbindlicher Sex mit Ruby würde mich heute reparieren können. Bedeutungslos. Nutzlos.

Die protzige Karre draußen fuhr davon und Logan kam wieder herein, lehnte sich aufatmend gegen die kühle Kirchenwand unter der Maria.

»Das war verflucht knapp, Mann. Willst du uns umbringen?«

»Ich muss Sam anrufen.« Ich richtete mich auf und wollte an ihm vorbei, aber er hielt mich am Arm zurück. »Was hat das jetzt bitte mit ihr zu tun?«

Machte er Witze? Einfach alles hatte mit ihr zu tun und er wusste das genau.

»Dieser Kerl ... Ich kannte ihn, Logan. Er hat Sam ... Gottverfluchte Hölle, er hatte die Abreibung verdient und noch so einiges mehr«, brummte ich ungehalten. Noch immer kochte es in mir. Noch immer brauchte ich ein Ventil.

»Aber zu welchem Preis?« Sein Gesicht kam meinem verschwörerisch nah. »Sag es mir! Zu welchem Preis? Ich weiß ja, dass du rot siehst, wenn es um Sam geht, aber bitte! Lass sie in Frieden, Ezra! Sie hat das hier nicht verdient. Absolut nichts davon.«

»Scheiße!« Bebend vergrub ich das Gesicht in den Händen. Er hatte recht. Wie immer. Eine ganze Weile sah er mich noch an. Auf diese Art, die ich hasste, weil er zu klug war und ich zu impulsiv.

»Das alles hier geht langsam zu weit.«

»Was meinst du?« Er zog fragend die Brauen nach oben.

»Du weißt verdammt genau, was ich meine.«

»Ach ...« Ein amüsiertes Blitzen zuckte durch seinen Blick. »Die kleine Vancouver? Scheiße, bist du verknallt, oder was? Du weißt genau, dass es nie ein *zu weit* gibt, außer er sagt es.« Dieser Lappen hatte gut reden! Er war nicht derjenige, der in einem blutverschmierten Pullover hier saß und nächtelang durch den Wald jagen musste.

»Du weißt genau, dass ich dir das gern abnehmen würde«, spuckte er große Töne. *Glatte Lüge!* »Aber ich bin der Mann für die Planung. Du der Fährtentyp. Hab einfach kein Auge für zertretenes Moos und diesen ganzen Rockyscheiß, okay?«

»Wir sollten jetzt keine Fremden hier haben. Das ist zu riskant«, ignorierte ich sein Rechtfertigungsgefasel.

»Ganz im Gegenteil.« Seine blauen Augen strahlten. »Sie wird so viel Druck aus der Sache nehmen mit ihrem blumigen, naiven Wesen. Es ist brillant. *Sie* ist brillant. Und noch dazu scharf auf dich. Dein Glückstag, Bruder, also zieh nicht so ein Gesicht und fick sie endlich, damit du auf andere Gedanken kommst. Sonst ficke ich sie vielleicht. Und oh.« Er schlug sich gespielt empört die Hände vor den Mund. Sie waren sauber und feingliedrig. Nicht so schmutzig und braun verkrustet wie meine. »Nicht, dass ich damit noch deine kleinen Gefühle verletze.«

»Du bist so ein verdorbener Wichser, Logan.«

»Hab ich von dir, großer Bruder.« Er zwinkerte und

seine dämlichen Grübchen kamen wieder zum Vorschein.

»Und jetzt geh das abwaschen und sei wieder du, Ezra Crave. Denn das ist mehr als das hier, okay?« Dann ging er zu der Orgel hinüber, die durch die Risse und Löcher in den Wänden schon überwuchert und halb von dem Wald, der die Kirche umgab, in Beschlag genommen war, und begann flüssig wie der Komponist selbst *Für Elise* von Beethoven zu spielen. Das Instrument hatte ein paar hohle Töne, war aber bei Weitem nicht so verstimmt, wie man es vielleicht erwartet hätte. Und er liebte das Teil, dieses kleine psychopathische Wunderkind.

Ich hasste ihn.

Und würde gleichzeitig alles für ihn tun. Denn er war mein Halbbruder. Wir hatten einander verdient. So war es und so würde es immer sein.

SIEBZEHN

BROOKE

Es war eine absolute Herausforderung, mich an der Bar zu konzentrieren mit diesen hässlichen Kopfschmerzen und den Erinnerungen an diese abgefuckte vergangene Nacht. Ich würfelte alles durcheinander wie ein hoffnungsloser Anfänger, warf das Glas mit den Strohhalmen um und eigentlich überhaupt alles, was mir so in die Quere kam. Kelly musterte mich ständig komisch von der Seite, wenn sie dachte, ich würde es nicht mitbekommen, und Hölle, das machte es nicht besser.

Ich hatte Ezra geküsst und da war etwas in diesem Kuss gewesen, über das ich offensichtlich nicht hinwegkam. Etwas, das mich mehr interessierte, als es sollte. Es sah ja wohl ein Blinder im Finsteren, dass dieser Mann Gift war. Und trotzdem erzählte ich ihm ständig Dinge über mich, die ihn überhaupt nichts angingen und mit Sicherheit auch noch einen feuchten Dreck interessierten. Immerhin hatte er mich gestern eiskalt abblitzen lassen. Also, was zum Teufel war los mit mir?

Was ist nur los, Brooke Bishop? Was?

Na ja, zum Glück ging diese Schicht nicht mehr

lange und draußen krabbelte bereits die erschöpfte Wärme des späten Nachmittags durch die Bäume.

»Brooke, bist du so gut und wischst die Karten nochmal durch? Wir erwarten morgen einige Gäste.« Kellys starrer Blick hing an der Tür, während sie mich ein Stück in Richtung Tresen-Ausgang schob.

»Aber ich hab doch vorhin gerade ...«

»*Viele Gäste morgen*!« Sie sagte es mit so viel Nachdruck, dass ich es nicht wagte, noch einmal zu widersprechen. Verstohlen folgte ich ihrem Blick. Da kam ein Typ über die Terrasse, ja, passierte in einer Bar. Und er sah jetzt auch nicht unbedingt bedrohlich aus für meine Begriffe. Zahnstocher zwischen den Zähnen, dunkles Hemd, schlank, nicht besonders groß, Bluejeans und staubige Schuhe. Und er trug ein Paket unter dem Arm wie der letzte DHL-Bote der Einöde. Wie *Ghostrider* wirkte er jetzt nicht unbedingt, deshalb verwirrte mich der Zirkus gerade.

Kelly warf mir einen strengen Blick zu, offenbar weil ich mich für ihren Geschmack nicht schnell genug zum Kartenschrank trollte.

»Herb«, zischte Kelly alarmierend, bevor das Glöckchen in der Tür erklang, und ich platzierte mich hinter dem schmalen Schrank, griff halbherzig nach einer welligen Karte und spähte um die Ecke wie ein Stalker.

Herb kam mit seiner verschmierten Schürze aus der Küche und der Kerl trottete gemächlich herein, wie Logan es immer tat, blieb direkt vor Herb stehen und warf das Paket unsanft direkt vor ihn auf die Bar.

War das da eine Pistole in seinem Gürtel? Okay, vielleicht war der Knilch doch auf Ärger aus.

Er ließ besonnen den Blick durch den Raum

schweifen und kaute dabei sichtbar auf seinem Zahnstocher.

Ich duckte mich in den Schatten des Schrankes und rubbelte übertrieben vertieft auf dem Plastikumschlag herum, in den die Speisekarte gewickelt war. Kein Schimmer, ob der Typ mich gesehen hatte. Auf jeden Fall wirkte er zufrieden, dass die wenigen Gäste im hinteren Bereich saßen und mit sich beschäftigt zu sein schienen.

»Schon was Neues von Buck?«, fragte der Zahnstocher wie ein alter Freund und fuhr sich durch sein zurückgegeltes Haar.

»Keine Waffen in meiner Bar«, grollte Herb und seine Wangen begannen wütend zu glühen, während er Kelly in einer Bewegung hinter sich schob.

Der Typ seufzte übertrieben. »Hab ich immer dabei, Herb. Und heute besonders, weil ich nett fragen will, wo die Lieferung von Buck bleibt, weil diese Wichser sonst meine Stadt auseinandernehmen. Aber nett ist nicht so meins, weißt du?«

»Wir haben eine Weile nichts von Buck gehört«, mischte sich Kelly ein, streckte die Brust heraus und trat vor Herb, als könnte die wütende Kriegerin in ihr absolut nicht hinnehmen, dass ein Mann sie hinter sich versteckte. »Und kein Schimmer, wo die Lieferung steckt. Eigentlich geht's dich ja auch einen feuchten Dreck an. Oder bist du neuerdings einer von *ihm*?«

»Teufel, nein.« Er drehte den Kopf und spuckte braune Brühe auf das frisch gebohnerte Holz des Bodens. Das war offenbar ihr Ding hier draußen. »Aber wie du weißt, macht *er* uns die Hölle deswegen heiß. Die Rechnung ist einfach, dürftest sogar du verstehen: Buck sollte liefern, hat er nicht getan und er ist einer von uns, also müssen wir auch für ihn büßen, okay? Ihr zieht uns alle in diesen riesigen Haufen Scheiße mit rein, Kelly. Und ich beschütze mein Zuhause, genauso wie du deins beschützt, verstanden?«

»Er hatte Probleme mit dem Bein. Hat sich freigenommen. Sieh doch mal bei ihm zu Hause nach. Er wohnt immerhin bei euch drüben und nicht bei uns. Wie du schon sagtest: *Einer von euch.*« Kellys Augen waren nur noch schmale Schlitze.

»Verkauf mich nicht für dumm, du blöde Fotze!« Ich sah nur seinen Rücken, aber die Blicke von Herb und Kelly verhießen absolut nichts Gutes.

»Wie hast du sie genannt?« Herb riss sich die Schürze vom fülligen Leib und wollte um den Tresen herumkommen, aber Kelly hielt ihn zurück.

»Ist schon gut.« Nichts war gut. Sicher würde sie ihm dafür dick und klumpig in den Kaffee spucken, wenn er das nächste Mal hier auftauchte. »Wir sind aktuell alle etwas aufgebracht. Aber es wird schon werden. Wir halten euch seine Kerle vom Leib, okay?«

»Das will ich schwer hoffen. Und findet Buck, verstanden? Mel ist ganz außer sich. Sie denkt, ihr Arschlöcher würdet ihren Mann in irgendeinem Keller verschimmeln lassen.« Der Typ steckte sich das Hemd tiefer in den Bund der Jeans und ich tauschte einen Blick mit Kelly. Ich sah seine Waffe von hier. Und auch, wann er sie zog, falls er das vorhatte.

»Und warum zum Geier sollten wir das tun?«, fragte Herb, noch immer auf einhundertachtzig.

»Weil ihr verschissene *Blackwaters* seid, deshalb. Verkommenes Teufelspack. Das ganze Umland redet über euch und wenn ihr mich fragt, haben sie mit allem recht, was sie sagen. Geldwäscher, Fotzenlecker und Hurenböcke.« Wieder wollte er spucken, aber es blieb ihm im Halse stecken, weil Kelly urplötzlich ein Gewehr hinter dem Tresen hervorgezogen hatte, es geräuschvoll lud und auf ihn richtete.

»Behalt deine dreckigen Körpersäfte bei dir und mach, dass du rauskommst!«

»Genau.« Er lachte schmutzig. »Das ist es, was ihr seid. Feige Typen, die sich hinter dem Lauf einer Waffe verstecken, huh? Soll dich dennoch von Mel grüßen, Kelly. Falls ihr Alter nicht in deinem Keller verrottet, meine ich.«

»Negativ.« Kelly nahm das Gewehr höher. »Und Grüße zurück. Hab das Kuchenrezept für sie, nach dem sie gefragt hat.«

»Geht klar. Also dann ...« Der Typ trat näher und klopfte verabschiedend auf die Bar, als wäre Kelly nicht gerade kurz davor, ihm das Hirn rauszublasen. Danach drehte er sich auf der Hacke, verschwand lässig nach draußen und stieg in einen alten weißen Land Rover, um einfach so davonzufahren.

Was zum Henker ...

Kelly seufzte und verstaute ihre Waffe wieder unter der Bar. »Darf ich vorstellen, unsere nette Nachbarschaft«, erklärte sie entschuldigend in meine Richtung.

»Der Teil, der nicht zu unseren Essen eingeladen ist«, fügte Herb angefressen hinzu. »Ich verabscheue diesen güllespuckenden Trottel.«

»Er achtet nur auf seine Stadt. Logan ist auch ab und zu ein Trottel.« Verteidigte Kelly das da etwa gerade? Ich würde diese Einöde wahrscheinlich nie verstehen, aber es hatte mich gerade so etwas wie persönlich getroffen, als er die Einwohner von Blackwater Mountain beleidigt hatte. War ich vielleicht einer Gehirnwäsche unterzogen worden? In Form von Herbs Headshots? Das würde einiges erklären. Vielleicht sogar alles ... Unter anderem, dass ich nicht sofort die Polizei gerufen hatte, als dieser nette Nachbarschaftsbesuch in eine handfeste Streiterei mit Gewehren in anderer Leute Gesichter ausgeartet war. Andererseits ... Welche Polizei? Logan, der den Cop spielte und ein Revier besetzte, das ihm nicht gehörte wie King Louie aus dem Dschungelbuch? Oder der andere Kerl gerade, der wahrscheinlich in einem Nachbarort das Gleiche tat und alle Welt als Fotzenlecker und Speichelfresser beschimpfte oder was nicht noch alles Blumiges aus ihm herausgekommen war?

Mann, Mann, Mann!

Und trotzdem hatte ich einiges gehört, das ich so nicht stehen lassen konnte ... Ob mit oder ohne Cop.

»Was genau meinte er mit Buck und diesem Keller? Ich dachte, er hat ein gebrochenes Bein?« Mit verschränkten Armen kam ich aus meinem provisorischen Versteck und sah prüfend von Herb zu Kelly und zurück.

Die beiden warfen sich einen Blick zu, der mir nicht entging, auch wenn er nur eine Sekunde dauerte.

»Hat er«, sagte Kelly empört, als hätte ich sie angegriffen. »Was wissen wir denn, wo der alte Bastard steckt. In irgendeinem Bordell wahrscheinlich.«

»Buck stammt aus *Springfall Hills*. Kommt nur zum Arbeiten her. Und wie schon gesagt, hier draußen achtet man auf seine Leute«, fügte Herb ganz selbstverständlich hinzu.

Entschuldigten sie jetzt beide, was hier passiert war?

Oder wollten sie mich vielleicht gerade für blöd verkaufen?

»Und von was für einer Lieferung hat er gesprochen, hm? Oder diese Typen, die ihr von ihm fernhalten wollt? Wer sind die?« Vielleicht wagte ich mich ein Stück zu weit vor, aber es war ja wohl legitim, zu fragen, falls hier ständig solche Irren hereinschneiten.

»Merk dir eins, Herzchen.« Kelly lehnte sich gegen das Schnapsregal und überkreuzte die Beine wie ein Kerl. »Je weniger du in deiner Zeit hier weißt, desto besser ist es für dich. Mach einen großen Bogen um den Ärger, dann hast du ein friedliches Leben. Mach es einfach wie Ruby und alle sind glücklich und zufrieden.«

Skeptisch zog ich eine Braue nach oben. Okay, sie wollten mich eindeutig für dumm verkaufen.

»Herb, kannst du das hier zu Ezra fahren?« Kelly deutete auf das Paket auf dem Tresen, ohne mich aus den Augen zu lassen.

»Hab noch ein paar Außer-Haus-Essen«, brummte Herb in seinem tiefen Bariton und heftete den Blick leer auf die dunkle Pappe.

»Dann tu es danach.«

»Ich kann das machen.« Okay, das war jetzt wirklich aus meinem Mund gekommen, ja?

»Sicher?« Kelly presste die Lippen zusammen. Süß, wie sie mich vor mir selbst schützen wollte. Aber ein wenig frische Luft würde mir guttun und die Kulisse um Ezras Haus würde sich gut auf meinem Account machen. Ich wollte das noch einmal sehen. Durch meine Linse. Diese Weite. Das Glitzern auf dem Wasser. Und vielleicht konnte ich ja sogar mehr über das herausfinden, in das ich hier hineingeraten war. Um dann entscheiden zu können, ob ich nicht doch besser weiterfuhr.

Die Gehirnwäsche war offenbar mächtig stark, denn jeder normale Mensch würde schon lange wieder im Auto sitzen, aber ich wollte einfach nicht gehen ... Und ich verstand selbst nicht, warum. Wie gesagt: dümmste Buchfigur aller Zeiten. Ein Buch über diesen skurrilen Zirkus hier wäre sicher unterhaltsam. Sollte ich vielleicht doch noch anfangen, zu schreiben? *Die verschissenen Blackwaters – Der neue Bestseller von Brooke Bishop.* Ich schmunzelte in mich hinein. Aber ein ganzes Buch ... Geduld war so gar nicht mein Ding. Ein paar Fotos und Posts von Ezras schönem See würden wohl reichen müssen. Meine Follower und Sponsoren waren ohnehin schon erbost, dass ich nichts von mir hören ließ.

»Hier, nimm Logans Jeep, der macht sich besser draußen im Wald.« Kelly warf mir die Schlüssel zu, die ich nur fing, weil ich Reflexe wie ein Panther besaß. »Steht vor dem Revier.«

Logan war vorhin beim Frühstück einfach so verschwunden, nachdem er leise im Badezimmer telefoniert hatte. Keine Ahnung mit wem, aber es schien wahnsinnig wichtig zu sein, denn er hatte sich nicht mal verabschiedet, bevor er davongestürmt war.

»Also, dann bin ich mal weg, ihr gottverfluchten Blackwaters.« Ich klemmte mir das Paket unter den Arm und klopfte auf den Tresen, genau wie der massiv unfreundliche Dorfnachbar vorhin.

Kelly warf Herb einen Blick zu, der fast stolz aussah. Er erwiderte ihn bang, als wollte er sie fragen: *Hältst du das alles hier wirklich für eine so gute Idee?*

ACHTZEHN

BROOKE

Ich hielt mich genau an die Wegbeschreibung von Logan, als ich mit seinem klobigen Gefährt über Stock und Stein rumpelte. Das Teil soff mir ein paar Mal hoffnungslos ab und ich schimpfte derb dabei. Vielleicht mutierte ich ja langsam selbst zu einem *gottverfluchten Blackwater* ... Es hatte den schönen Fakesheriff nicht einmal interessiert, als ich mir seine Kiste nahm. Er winkte mir nur von seinem gestohlenen Schreibtisch aus zu und telefonierte mit ernster Miene weiter. Er war echt eine Nummer, dieser Logan Crave. Irgendetwas schlummerte in ihm. Unter seinen düsteren tätowierten Vögeln und dieser perfekten Schwiegersohnfassade. Jede andere Frau würde ihm wahrscheinlich 24 Stunden am Tag sabbernd hinterherkriechen, mir war er zu skurril. Wie ein missratener Kumpel, der etwas zu gern mit dem Feuer spielte und in der Schule immer alle Streiche anführte. Aber sein Bruder ... der schaffte mich. Er reizte mich. Vielleicht war das der Grund dafür, dass ich gerade in diesem Auto saß und mir meinen Weg durch die dichten

Bäume bahnte. Auf dieses herrliche Paradies zu, in dem die Dunkelheit persönlich wohnte.

Brooke, du sitzt in diesem Auto, weil du einem Job zugesagt hast. Nicht wegen eines dahergelaufenen Mannes. Du brauchst keinen Mann. Nicht mehr!

Das stimmte. Ich brauchte Feuer. Aber ob das mit einem Mann in Verbindung stand oder nicht juckte mich herzlich wenig. Feuer ... ich hatte so wenig davon gehabt in den letzten Jahren. Viel zu wenig. Ich brauchte es, damit es die Schatten in mir verjagte. Für einen Moment klammerte ich die Finger fester an das Steuer. Nicht nur Ezra Crave wurde ab und zu von Dunkelheit beherrscht, auch ich hatte meine Dämonen. Und ich lief vor ihnen davon, seit ich denken konnte. Allerdings kam ich nie irgendwo an.

Durch die Bäume hindurch sah ich bereits das übernatürliche Blau des Sees und stoppte den Motor, um ein paarmal durchzuatmen. Dieser Ort war so schön. So tröstlich. Ob Ezra das auch so sah? Sein Kuss prickelte mir noch immer auf den Lippen. Dieser Mann konnte küssen ... Unglaublich! Und wenn er das schon so gut konnte ... Ich wollte mehr von seinen Flammen, von allem, was da in ihm brodelte. Aber seinen Teufel fürchtete ich.

Verstohlen betrachtete ich das Paket auf dem Beifahrersitz.

Mach es auf! Los!

Ich wollte so gern. Einfach nur kurz hineinsehen, aber was, wenn er es merkte? Was dann?

Ach, egal! Du fährst den Scheiß hier für ihn herum. Ein Blick wird ja wohl erlaubt sein.

Noch bevor ich weiter darüber nachdenken konnte,

nestelten meine Finger schon an der Ecke des Pakets herum. Da war ein kleines Loch an der Ecke, an dem die Pappe ein Stück auseinanderklaffte. Nur ein klein wenig größer machen ... Ein klitzeklein wenig.

Was? Ich? Ich doch nicht. Das war schon so ...

Ich zog mein Handy aus meiner Jeans und leuchtete mit der integrierten Taschenlampe in den Spalt hinein, als er groß genug war. Ein breites Grinsen breitete sich auf meinem Gesicht aus.

»Ahaaaaaa. Ihr kleinen schmutzigen Verbrecher.«

Das waren Zigarettenschachteln. Eingeschweißt. Der ganze Karton voll. Schmuggelten sie hier etwa Kippen von Ort zu Ort? Und ich dachte schon sonst etwas ... Ts, das würde Mason nicht gefallen. Ich war in einen Ort voller Schmuggler geraten. Na ja, nur weil ich Ezra einen Karton davon brachte, steckte ich ja noch lange nicht mit in ihrem illegalen Unsinn drin. Das hatte Kelly gemeint, als sie sagte, ich solle mich aus dem Ärger raushalten. Ja, das hatte ich vor. Definitiv! Zigarettenschmuggler ... Das war zwar kriminell, aber ich hatte ehrlich gesagt weitaus Schlimmeres erwartet und fühlte mich fast ein wenig erleichtert. Mit welchem Teufel hatte Ezra denn seinen Pakt geschlossen? Dem Marlboro-Mann?

Hämisch lachte ich in mich hinein, drückte die Ecke der Pappe notdürftig wieder zusammen, nahm die Lieferung unter den Arm und machte mich auf den Weg zum Haus.

Dieser Geruch hier draußen erfasste sofort wieder jede Faser meines Körpers. So frisch und sauber. Wie ein unschuldiges neues Sein, das noch nicht vom Leben beschmutzt wurde.

Gerade wollte ich auf die Terrasse abbiegen, da

stockte ich in der Bewegung und duckte mich schnell zurück in den Schatten der Ecke, um die ich gebogen war. Ezra saß auf dem kurzen Holzsteg vor seiner Bleibe, mit dem Rücken zu mir, und blickte hinaus auf die Berge. Die tiefe Sonne glitzerte auf den winzigen Wellen zu seinen Füßen und ich sah Wassertropfen auf seinem Gesicht glänzen, als er den Kopf zu Oona drehte, die direkt neben ihm saß wie die beste Verbündete, die ein Mensch haben konnte. Ihr schwarzes Fell bewegte sich im Wind und sie schien konzentriert zu lauschen, als Ezra ihr leise etwas ins Ohr sagte. Zu gern hätte ich es verstanden, aber ich war zu weit weg. Die Wölfin stieß ihm unbeholfen den großen Kopf in die Seite und er schimpfte scherzhaft und schob sie ein Stück weg. Sie tat es wieder und er lachte tief und herzlich, während sie mit ihrer riesigen Zunge sein Gesicht beschlabberte. Ich legte vorsichtig die Ware ab, zog mein Smartphone hervor und machte wie paralysiert ein Foto. Ezra und seine Wölfin vor dieser Kulisse … und er lachte auf eine Art, die mir den Bauch ganz warm werden ließ. Keine Ahnung, ob ich je etwas Schöneres als das hier gesehen hatte. Eine so bedingungslose und tiefe Zuneigung. Dieser Anblick berührte mich zutiefst. Und ich wusste nicht, warum es mich so traurig und glücklich zugleich machte. Ein Moment, so voller Liebe, ich wünschte, er würde nie vorbei gehen. Aber wie alles im Leben tat er es. Oona neigte den Kopf und starrte mit ihren Bernsteinaugen in meine Richtung. Sie knurrte nicht, aber sie legte die Ohren an und brummte, als würde sie jedem Menschen auf der Welt misstrauen, außer Ezra.

Der drehte sich zu mir um und sah mich ein paar Atemzüge lang an wie einen Eindringling. Dann seufzte er und drückte sich nach oben, um über das Holz auf mich zuzukommen. Er trug keine Schuhe, die Beine seiner zerrissenen Jeans waren nass und sein bedrucktes Shirt fleckig. Er war sicher gerade aus dem Wasser gekommen. Mann, in diesem See zu schwimmen musste sich anfühlen wie eine Reinigung.

Oona starrte mich unheimlich und feindselig an. Jetzt, wo sie wieder auf den Beinen war, machte sie mir Angst, wie jeder andere Wolf auch. Auch wenn ihr Bauch noch verbunden war und sie humpelte. Es reichte mir schon, dass sie mich anstarrte und auf mich zukam. Wahrscheinlich war mein Blick nicht, wie ich eigentlich geplant hatte, die eiskalte Miene von Dwayne *The Rock* Johnson, sondern eher *Der Schrei* von Edvard Munch, denn Ezra bedeutete seiner Gefährtin sacht, dass sie sich trollen sollte und sie drehte in Richtung ewige weite Wälder ab. Noch etwas ungelenk, aber sie war definitiv über den Berg.

»Tiere stecken so ein paar Kugeln besser weg als wir«, sagte Ezra und sah mich mit seinen undurchschaubaren Augen an, die jetzt in der Sonne eher grau wirkten. Gestern im Kerzenlicht waren sie sattgrün gewesen. Ein Mysterium, wie der ganze Mann.

»Ezra«, stammelte ich, weil seine Nähe mich schon wieder ganz wirr im Kopf machte. Er duftete wie ein frischer Seewind. »Das da gestern. Ich hatte echt viel Whisky und ich ...«

»Ich will, dass Herb die nächsten Pakete bringt«, unterbrach er mich gentlemanlike wie immer und ging so nah an mir vorbei, dass sein Arm meinen streifte. Ungehalten.

»Aber Logan meinte«, begann ich.

»Logan kann mich mal! Herb wird das in Zukunft erledigen. Sag ihm, ich habe das so beschlossen!« Der gelöste Zustand von vorhin auf dem Steg fiel komplett aus seinem Gesicht und es wurde wieder hart wie Zement.

Ich schluckte schwer und blickte ihm nach, wie er mit festen Schritten an mir vorbeiging, mit seinen schönen großen Händen, die gestern noch so fordernd meinen Hintern gepackt hatten, das Paket griff und nach drinnen verschwand.

Ich blieb allein zurück. Wie ein einziges Fragezeichen.

Da stand ich nun und presste ratlos die Lippen aufeinander. Vom ersten Tag an wollte er, dass ich abhaute und wie immer wusste ich nicht, was sein verdammtes Problem mit mir war. Kopfschüttelnd sah ich auf den See hinaus und ging zu dem Steg hinüber, auf dem er gerade noch gesessen hatte. Ich ließ mich neben der Wasserpfütze nieder, die er darauf hinterlassen hatte. Am liebsten wäre ich auch direkt in das kalte Nass gesprungen. Dieser Sommer war zwar recht warm für unsere Verhältnisse, aber das kanadische Wasser meist die reinste Arktis. Vor allem hier draußen in den Bergen. Trotzdem genoss ich die Aussicht, machte ein paar Fotos und postete eines für meine Follower. *Habe Das Dorf der Verdammten von John Carpenter gefunden. Schöner als ihr alle dachtet, oder?*

Ich hatte schon ein Bild des endlosen Waldes gepostet, aber kaum Likes dafür bekommen und direkt Follower verloren. Klar, die Leute wollten die Stadt und eine immer strahlende Frau in knappen Shorts oder noch besser Bikini. Wie es hinter dem Lächeln und der glitzernden Fashionwelt aussah, interessierte kein Aas. Das erste Mal seit vielen Jahren nervte mich diese Tatsache. Eigentlich hatte ich noch nie auf diese Art darüber nachgedacht. Social Media wollte eben, was es wollte. Aber auf einmal ... Vielleicht lag es an dem Abstand, der anderen Luft hier draußen, keine Ahnung. Seufzend beantwortete ich einen Bruchteil der Unmengen an Nachrichten und löschte achtzehn Anrufversuche von Mason. Ich würde ihn schon noch zurückrufen, Himmel Herrgott! Aber nicht heute! Er hatte keinen Anspruch mehr auf mich. Den hatte er sich verspielt. Schon vor sehr, sehr langer Zeit.

»Was meinst du, was du da tust?«, dröhnte Ezras Stimme plötzlich direkt hinter mir und ich fuhr zusammen wie ein hoffnungsloser Amateur. *Was zur Hölle,* war der Typ Dracula oder so etwas?

»Meinen Job. Ich stelle Dinge ins Internet. Und erschreck mich nicht so. Das nächste Mal bekomme ich noch ...« Ich unterbrach meine Schimpftirade, weil er einfach nach dem Smartphone in meiner Hand gegriffen hatte, um es mir abzunehmen.

Das hatte er jetzt nicht ernsthaft getan ...

Fassungslos rappelte ich mich auf und angelte danach, aber sein eisiger Blick sah nicht danach aus, als würde er einen Scherz mit mir machen.

»Sag mal, spinnst du? Gib das wieder her! Das ist meine Privatsphäre«, schimpfte ich und sprang wütend um ihn herum.

Er wich jedem meiner Angriffe vollkommen ungerührt aus und schob sich mein Telefon doch tatsächlich einfach in seine Gesäßtasche, sicher weil er wusste, dass ich da ganz bestimmt nicht rangehen würde. Das war an

Dreistigkeit nicht zu überbieten. Ich kochte. Was fiel diesem emotionalen Klotz eigentlich ein?

»Das ist eine Straftat«, warnte ich ihn mit zischender Stimme. »Diebstahl.«

»Du stellst Dinge ins Internet, Dinge *von hier*«, fauchte er so erbost, dass ich lieber einen Schritt zurück machte. »Lass diese Scheiße! Und hör auf, dich vor meinem Haus herumzutreiben!« Er drehte sich um, als wäre diese Diskussion jetzt beendet, und wollte weggehen, aber ich packte seinen Arm, was ihn dazu bewegte, am Boden festzuwachsen. Die Muskeln unter seinem Shirt waren hart wie Stein und er knurrte unzufrieden. Ja, er hasste es, angefasst zu werden und ich hasste es, wenn irgendein Gestörter mein Smartphone klaute.

»Gib es wieder her! Ich warne dich, Ezra Crave!«

»Ich werde es für dich vernichten.« Er machte seinen Arm frei von meinem Griff und ich lachte ungläubig. *Was?!* Das hatte er jetzt nicht wirklich gesagt, oder?

»Du hast sie doch nicht mehr alle!«

»Schön, dass du es auch endlich verstanden hast.« Sein frostiger Blick prallte so hart in meinen, dass ich nicht anders konnte, als ihm vollkommen schockiert das zweite Mal heute beim Verschwinden zuzusehen. Er drehte sich nicht um, das tat er nie. Und er war ein Gestörter, so viel stand eindeutig fest. Ein Dieb. Ein Schmuggler. Ein gefühlskalter Stein, der Menschen hasste und nur Tiere um sich herum dulden konnte. Ja, das war er. Verteufelter, gottverlassener Gefühlskrüppel Ezra Crave!

NEUNZEHN

BROOKE

Ich streifte mit Logans Jeep fast diesen verfickten Baum, der aussah wie ein Revolver, als ich wutentbrannt zurück nach *Blackwater Mountain* raste. Der Abend graute bereits und die rote Sonne fiel in Fetzen auf das dunkle Moos unter den Bäumen.

Der alte Oscar saß wieder vor seinem Haus und blickte mir mit starrer Miene nach, als ich mit raunendem Motor vorbeibrauste und ihn dabei in eine Staubwolke aus Dreck von der trockenen Straße hüllte. Er sah alles von seinem Posten am Rand des Ortes. Nicht einmal die Mäuse entgingen ihm, die sich so oft heimlich auf die andere Seite in Beckys Backshop stahlen, da war ich mir absolut sicher.

Ich trat auf die Bremse als wäre ich gerade *The Fast and The Furious* entsprungen. Logan war nicht mehr auf dem Revier, also stapfte ich schimpfend hinüber zum *Forest & Fellows*. Vielleicht konnte ich mir Kellys Gewehr leihen und diesem diebischen Barbaren meinen Standpunkt damit etwas klarer machen.

Mit langen Schritten überquerte ich die Terrasse und

warf die Tür auf, nur um dann atemlos im Rahmen stehen zu bleiben.

Sieh an, hier steckten sie also. Kelly, Herb und Logan saßen an einem kleinen Tisch in der Ecke und aßen Sandwiches. Alle im Raum sahen fragend zu mir auf, sogar die vollbärtigen Kerle mit den Caps an der Dartscheibe.

»Dein Bruder«, schnaubte ich und zeigte verurteilend auf Logan, der nicht besonders überrascht wirkte.

»Halbbruder«, korrigierte er mich mit vollem Mund und betupfte sich die Lippen. »Jungs, haltet die Pfeile fest, ihr wisst, was passiert, wenn eine wütende Frau mir gegenübersteht.« Die Darttypen lachten stumpf.

»Und wenn er deine missratene Tante wäre, du musst etwas unternehmen! Er hat mich bestohlen.«

»Ach, tatsächlich?« Mann! Logan war doch der *Cop* hier. Wie konnte er so ruhig bleiben, wenn ich von Diebstahl sprach? Er bekam nicht einmal diesen speziellen Dienstblick, wie Mason und seine Kollegen ihn immer bekommen hatten, wenn ich auf einer ihrer Partys auch nur an eine Gesetzesübertretung gedacht hatte. Ich war mir sicher gewesen, alle Polizisten hätten so etwas ... Auch die Rangers. Logan war echt so fake wie eine Ming-Vase aus Polen.

»Bestohlen?« Kelly lehnte sich im Stuhl zurück und zog tief an der Zigarette, die sie parallel zu dem belegten Brot konsumierte.

Logans blaue Augen glitzerten höhnisch.

»Was hat er dir denn gestohlen, Vancouver? Dein Herz?«

Am liebsten hätte ich ihm so sehr eine verpasst, dass es sogar der alte Oscar von seinem Stützpunkt aus hörte.

Herb grunzte, blickte aber betreten zu Boden, als mein hasserfüllter Blick ihn traf. Kelly sagte gar nichts. Rauchte nur vor sich hin und betrachtete mich, interessiert schmunzelnd.

»Nah dran, Schlaumeier!« Ich sah so rot! Der Puls kochte mir in den Ohren. »Mein Smartphone.«

»Was sollte er denn damit wollen?« Herb blickte ratlos in die Runde und stoppte bei Logan, der überheblich vor sich hin grinste wie ein degenerierter Trottel. »Hast du da etwa schmutzige Bilder drauf, hm? Gibs zu!«

Gott, er war genauso ein Miststück wie Ezra!

Ich kochte so sehr, dass mein Verstand aussetzte, ich mir sein Bier griff und es ihm in einem Schwapp in den Schritt kippte.

»Ey, sag mal, geht's noch?« Er sprang auf und funkelte fassungslos von seinem befleckten Schritt zu mir.

Kelly verengte die Augen und musterte mich mit erhobenem Kinn wie eine beeindruckte Mutter.

»So, und jetzt, wo du etwas abgekühlt bist, noch einmal«, polterte ich. »Dein Halbbruder hat mein Telefon gestohlen. Es ist mein Eigentum, das kann er nicht bringen. Das ist eine Straftat, *Ranger*.«

Logan reagierte nicht, griff sich alle Servietten vom Tisch und versuchte, den peinlichen Fleck aus dem dicken Stoff zu rubbeln.

»Was hast du verbrochen?«, fragte Kelly mich mit schief gelegtem Kopf.

»*Verbrochen*?« Ich konnte es nicht glauben. Was war das nur für eine Bagage hier? »Nichts natürlich. Hallo, ich bin das Opfer.«

»Doch, du hast. Sonst würde er so etwas nicht tun. Also, was war es? Hast du in seinem Haus spioniert?«

»*Nein!* Wofür hältst du mich?« Ähm ja, verkappter Sexstalker stand schon auf meiner Liste, aber das wusste sie zum Glück nicht.

»Hast du Fotos von seinem Haus gemacht?«, steuerte Logan mürrisch bei, dem die dümmlichen Sprüche offenbar vergangen waren. *Sein Glück!*

»Nur vom See.« Hilflos hob ich die Achseln und Kelly schloss seufzend die Augen.

»Warum?«, fragte Logan und griff sich noch mehr Servietten vom Nachbartisch.

»Weil er schön ist.« Dämliche Frage, dämliche Antwort.

»Als ich sagte, halt dich vom Ärger fern, schloss das ihn mit ein.« Kelly blies geräuschvoll ihren Rauch in meine Richtung. »Bring ihm die Pakete und komm wieder her. Fertig.«

»Oh ja, das ist ja das nächste. Er will nicht mehr, dass ich die Lieferungen fahre. Herb soll das machen.« Ich begann, ungehalten auf und ab zu laufen.

Logan verharrte in der Bewegung und starrte mich an, als hätte er einen Geist gesehen. »Was?«

»Ja, ich soll nicht mehr. Nie mehr. Keine Ahnung.«

»Warum?« Logans Stimme war jetzt zwar wesentlich dunkler als bei dem *Warum* davor, trotzdem kam ich mir langsam vor wie in der Sesamstraße.

»Weil er der große Zampano ist? Ich weiß es nicht.«

»Er ist dein Boss«, gab Kelly ruhig ihren Senf dazu. »Er hat das Sagen. Er will, dass Herb die Lieferungen fährt, dann ist es wohl so.« Genoss sie es etwa, dass jetzt Logan derjenige war, der innerlich brodelte? Und warum überhaupt? War es nicht vollkommen egal, ob ich ihre Schmuggelkippen herumkutschierte oder Herb? Am

Ende wäre vielleicht sogar der alte Oscar am besten mit seinem unermüdlichen Pokerface.

»Sie ist für die Bar hier, Schätzchen«, fügte Kelly etwas schneidender hinzu und fing Logans glitzernden Blick auf. »Vergiss das nicht. Und du«, richtete sie sich wieder an mich. »Hör auf, zu fotografieren! Das ist absolut keine gute Idee.« Wahnsinn! Sehr hilfreich, wirklich.

»Also, wenn mir jetzt hier keiner helfen will, nehme ich mir das Gewehr unter dem Tresen und halte es ihm unter die Nase.«

Herb lachte grollend und Kelly stimmte mit ein. Sogar Logan konnte sich ein amüsiertes Kopfschütteln nicht verkneifen. Echt jetzt?!

»Ja, sehr lustig. Ich kann mich kaum halten.« Am liebsten hätte ich ihnen allen dreien Bier über den Kopf gekippt. Oder noch besser: heißen Kaffee.

Herb lachte so sehr, dass er sich den Bauch hielt und ihm die Tränen übers Gesicht liefen. Kelly verschluckte sich glucksend an ihrem Rauch.

»Wow ...« Ich war so sauer, dass ich die Hände zu Fäusten ballte und sie am liebsten mitten in die Dartscheibe dieser Holzfällertypen gerammt hätte. Oh, ich war so was von bereit für eine Keilerei!

»Idioten!« Auf der Ferse machte ich kehrt und stürmte wieder in Richtung Tür.

»Mein Jeep bleibt aber hier, Vancouver«, brüllte Logan mir nach und ich winkte nur freundlich mit seinem Schlüssel. *Du mich schon lange!*

Und wieder sprang ich aus diesem klobigen Auto, aber diesmal war ich wütend genug, um mich ihm zu stellen. Ließ die Kiste ein Stück entfernt in den Bäumen stehen, weil ich es kaum abwarten konnte, ihn umzurennen wie ein Berserker. Eigentlich hatte ich gehofft, Beistand bei meinen Nachbarn auf Zeit zu finden, man *achtete ja immerhin aufeinander hier draußen* ... Stattdessen hatten sie mich nur noch rasender gemacht. Die Nacht hatte die Gegend inzwischen komplett eingehüllt. Über dem See stand ein riesiger Mond und warf sein kühles Licht auf das Wasser. Tief im Wald zirpten sanft die Grillen, aber ich hatte jetzt kein Auge für Schönheit.

Ich brauchte mein Eigentum zurück, war nichts ohne mein Smartphone. Verloren und verlassen. Sobald die Wut abflaute, würde mich eine Panikattacke rammen, davon war ich überzeugt. Ich wurde diese Biester einfach nicht los und spürte schon jetzt, wie mein Herz unter den festen, aufgebrachten Schlägen ab und an flatterte. Gott, ich war so hinüber. Der Restmüll eines menschlichen Wesens, aber das durfte ich jetzt nicht zeigen. Nicht vor *ihm*! Eine verpassen würde ich ihm, ganz genau.

Als ich gerade mit resoluten Schritten das Haus umrunden wollte, hörte ich plötzlich aufgebrachte Stimmen und wurde augenblicklich langsamer. Das klang überhaupt nicht gut. Da stritten zwei Männer miteinander. Einer davon war eindeutig Ezra.

Alarmiert sah ich mich um und entdeckte die beiden ein paar Meter entfernt an der Waldkante neben einem Wagen mit offenem Kofferraum stehen. Das Mondlicht ermöglichte mir einen guten Blick auf ihren Disput. Ezra stand nach vorn gebeugt mit geballten Fäusten und bleckte die Zähne. Wow, er war wirklich verdammt wütend.

»Das ist nicht auf meinem Mist gewachsen«, rechtfertigte sich der andere Typ halbherzig. Er war wesentlich schmächtiger als Ezra. In seinem dunklen Hemd und der schwarzen Hose wirkte er wie eine menschgewordene Mücke. Trotzdem schien er keine Angst zu haben oder zumindest zeigte er es nicht, denn er schob lässig die Hände in seine Hosentaschen, während er Ezra fixierte.

»Schickt mir *noch einmal* ein Stück Scheiße, das sich an Sam vergreifen wollte, noch *einmal* ...« Ezra trat noch näher an den Typen heran und bohrte ihm seinen Finger in die schmale Hühnerbrust. »... dann schneide ich ihm seinen dreckigen Schwanz ab und gebe ihn ihm zu fressen, drauf geschissen, was gefordert war und was nicht! Und danach nehme ich mir dich vor, Kumpel!« Seine Nasenspitze berührte die des dünnen Kerls, während er erbarmungslos seinen Blick in ihn rammte. »Denn manchmal scheiße ich so sehr auf Regeln, dass es mir selbst Angst macht.« Die letzten Worte waren nicht mehr als ein Zischen, trotzdem verstand ich jedes einzelne und jede Silbe davon machte mir die Gänsehaut meines Lebens.

Der Dürre hatte jetzt ganz offensichtlich auch die Hosen voll, denn ich sah seinen Adamsapfel auf und ab hüpfen, als er nervös schluckte.

Fahrig griff er in den Bund seiner Hose, zog eine Waffe und richtete sie direkt auf Ezras Stirn. »Okay, geh zurück oder ich knall dich ab.«

Fuck!

Ich presste mir die Hände vor den Mund. Er würde doch nicht wirklich ... Er konnte doch nicht ...

Ezra atmete ein paar Mal tief durch und verschränkte die Arme vor der Brust. War das da ein Grinsen auf seinem Gesicht? Klein und voller Triumph? Und das obwohl dieser Kerl ihn vielleicht gleich ... Oh, Scheiße, einfach *nichts* stimmte mit diesem Mann.

Während ich die Luft anhielt, tastete ich zitternd nach meinen Hosentaschen. Telefon ... Wo war das verfluchte ... Ach ja ... *Shit!*

»Du bist ein so überheblicher, kleiner Bastard«, fauchte der andere Typ und spuckte Geifer dabei, weil er sich jetzt mit der Knarre in der Hand wieder mächtig fühlte. »Ich kann den Tag nicht erwarten, an dem du endlich aussortiert wirst.«

Was?

Ezra verengte die Augen, war nach außen hin total entspannt, aber innerlich kochte er, da war ich mir absolut sicher.

»Nimm seinen Scheiß und verschwinde von meinem Grundstück!« Seine tiefe Stimme ging mir durch Mark und Bein. Der Andere entfernte sich wachsam und rückwärts wie ein Krebs in Richtung Auto. Sein zitternder Arm richtete noch immer die Pistole auf Ezra, der einfach nur dastand und ihm zusah.

Dieser fragwürdige Typ hielt den glänzenden Lauf eisern weiter in seine Richtung, als er hektisch nach einem Päckchen griff, das vor dem eleganten schwarzen Wagen lag, und es zu einigen anderen in den Kofferraum warf. Da war wirklich ziemlich viel drin, soweit ich das von hier drüben beurteilen konnte. Alles Zigaretten? War dieser *Er, dem der Scheiß gehörte* vielleicht der Marlboro-Mann? Irgendwie kippelte meine zurechtgelegte Abenteuergeschichte gerade. Das hier fühlte sich nach mehr an, als nach einem netten Drink und ein paar *Chesterfields*.

Aber wie ein windiger Verbrecher kam dieser Kerl mir auch nicht vor. Er fuchtelte so unkontrolliert mit seiner Waffe herum, dass ich Angst hatte, er würde Ezra gleich noch versehentlich abknallen. »Ich verfluche dich, du unzivilisierter Wilder«, spuckte er hasserfüllt, während er in sein Auto sprang.

Okay, da waren wir schon zwei.

Trotzdem war es besser, wenn ich mich jetzt aus dem Staub machte. Am besten so schnell wie möglich, wenn ich keine Lust hatte, mir unter Ezras strengem Blick mein eigenes Grab zu schaufeln.

Geduckt huschte ich über das Holz der Terrasse zurück in Richtung Auto. Mein Smartphone konnte ich auch später noch …

»Was glaubst du, wo zur Hölle du da gerade hinwillst?«

Verdammt! NEIN!

ZWANZIG

BROOKE

Ezra brauchte keine drei Schritte die Treppe hinauf. Ich war vor Schreck am Boden festgewachsen, er würde mich also gar nicht erst jagen müssen. Ich konnte nicht davonlaufen, aber das machte es am Ende sowieso immer nur schlimmer.

»Ich ...«

In einer schnellen Bewegung packte er mich, presste mich gegen die Hüttenwand und legte die Hand um meinen Hals. »Was hast du gesehen?« Er drückte nicht zu, aber sein wilder Blick verriet, dass er es tun würde, dass er mir das Genick brechen konnte mit nur einem Griff, wenn ich auch nur ein falsches Wort sagte.

Das Herz in meiner Brust raste. Mein Puls flatterte unter der dünnen Haut meiner Kehle gegen seine Finger.

»Dass du Mist baust, Ezra Crave«, flüsterte ich atemlos direkt an seinen Mund. Kein Schimmer, welchen genau, aber es war Mist, so viel stand fest. Riesiger Mist!

»Weißt du, dass ich dich dafür jetzt eigentlich umbringen müsste?«, raunte er dunkel und ließ seinen Blick über jeden Zentimeter meines Gesichtes gleiten. »Und dafür, dass du die Finger nicht von meiner Lieferung lassen konntest.«

Shit! Natürlich hatte er es bemerkt.

Ich schloss die Augen und atmete tief. Mein ganzer Körper vibrierte. Ich wartete quasi nur darauf, dass er zudrückte.

»Aber das macht dir keine Angst, hab ich recht?« Sein warmer Atem perlte über meine Lippen. Hitze raste durch meinen Körper wie ein heftiger Energiestoß. Er hatte recht. Einen Scheiß tat es. Ich hatte schon so oft versucht, es selbst zu beenden – seine Hand an meiner Kehle fühlte sich fast verlockend an. Ja, ich *wollte* sogar spüren, wie er zudrückte, es wäre sicher wundervoll. Eine bittersüße Erlösung.

Langsam öffnete ich die Augen und begegnete seinem unnachgiebigen Blick. Ein Hauch von Faszination lag darin, als sei ich etwas, das er gern studieren wollte.

»Du bist nicht der einzige Mensch an einem Abgrund«, sagte ich leise und lehnte mich ein Stück nach vorn in seinen Griff. Meine Brust berührte seinen Körper und etwas in seinen Augen wurde weicher. »Das weiß ich.« Seine Stimme war herrlich dunkel, wie die Nacht in dem Wald, der uns umgab. Dunkel und schwer. Er hatte es auch gesehen. Ich wusste es.

»Und jetzt«, flüsterte ich rau und tastete mich mit meinen Fingern zu seinen, um sie sacht zu umfassen. »Tu, was du tun musst!« Seine Hand war groß und so warm, es fühlte sich wundervoll an, ihn zu berühren. Seine Knöchel waren zerschunden, das konnte ich spüren. Was tat er bloß? Was tat Ezra Crave sich an?

Er folgte meiner Aufforderung nicht. Starrte mich

einfach nur an mit seinen tiefen, unvergleichlichen Augen. Sein Atem wurde schwerer. Ganz offensichtlich litt er, wenn man ihn anfasste, gerade deshalb wollte ich ihn am liebsten überall berühren, und wenn er dabei unter mir in Flammen aufging. Seine Haut duftete nach dem See, an dem er lebte und dem endlosen, wilden Wald und ich nahm jede Bewegung wahr, die sein Körper an meinem machte, spürte seinen Atem auf meinem Gesicht und wie sein Griff sich lockerte, als meine Hüfte auf ihn traf. Es war nur der Hauch einer Berührung, aber seine Augen sprühten Funken. Ich trug nichts außer einem dünnen, weißen Shirt ohne BH und es machte mir eine rasende Gänsehaut, als meine empfindlichen Brustwarzen seinen Oberkörper streiften.

»Du willst unbedingt brennen, was?«, raunte er so rau und tief gegen meinen Hals, dass ein Pochen in meiner Mitte entstand. »Egal, zu welchem Preis?«

»Vollkommen egal«, seufzte ich, als seine Lippen auf die zarte Haut an meinem Schlüsselbein trafen.

»Sicher?« Er packte meinen Hintern und zog mich enger an sich. Jeder Zentimeter meiner Haut kribbelte und ich atmete tief ein, nahm ihn unglaublich intensiv wahr, jede Faser seines Seins. Gott, wie er duftete, diese Stimme. Er war wie ein Magnet, der mich anzog. Und ich hatte nicht den Hauch einer Chance zu hinterfragen, was er da mit mir tat oder gerade getan hatte, bevor ich hier eingetroffen war. Seine Hand glitt langsam an meinem Hals nach unten, Millimeter für Millimeter, und er sah mich dabei an, als würde er mich jeden Moment wie ein Tier verschlingen wollen. Mein Puls überschlug sich und eine Feuersbrunst raste durch meine Lenden, als er mit dem Daumen meinen Nippel erreichte und schmerzlich sanft darüber strich, der absolute Kontrast zu dem groben Griff kurz zuvor. *Er* war ein einziger Kontrast.

Er verstärkte den Druck, atmete knurrend gegen die Haut meines Halses und glitt mit der Hand tiefer. Über meinen Bauch bis zum Knopf meiner Shorts. Ich bestand nur noch aus Gänsehaut. Sein heißer Atem an meinem Ohr ließ mich Sterne sehen. Die Jeansshorts fiel von meinen nackten Beinen und seine Finger bahnten sich ihren Weg in meinen knappen Slip, damit er im nächsten Moment in meine Mitte gleiten konnte, um kurz und heftig meinen Kitzler zu stimulieren. Ich warf seufzend den Kopf zurück und bewegte mein Becken gegen seinen gekonnten Griff. Er keuchte, als er merkte, wie nass ich war. Wie verflucht nass, weil er Dinge in mir auslöste, die meinen Körper ein Eigenleben führen ließen. Dann stoppte er und nahm atemlos mein Gesicht in seine Hände. Seine Finger rochen nach mir, sein Blick glühte vor Gier.

»Sicher?«, wiederholte er und ich hatte vergessen, was die Frage war, vergessen, wer *ich* war und wo ich mich befand.

»Ich scheiße auf dein *sicher*, Ezra Crave«, presste ich heiser hervor und entfachte damit einen Sturm in seinen Augen.

In einer Bewegung riss er das dünne Shirt von mir, umgriff meine Taille mit seinen großen Händen und drückte meinen Rücken durch, damit er vollen Zugriff auf meine Brüste hatte, die sich ihm bereitwillig entgegenreckten. Seine Zunge umkreiste meine Nippel. Erst war es nur ein Flattern, dann drängender, fester und schließlich zupfte er mit den Zähnen daran. Ich verlor beinahe den Verstand, wand mich wimmernd unter ihm.

Mit einer Hand drückte er meine Arme über mir gegen die Wand, mit der anderen glitt er wieder zwischen meine Beine, rieb mich quälend langsam bis ich jammerte und sah mir dabei so tief in die Augen, dass ich fast in seinem Blick ertrank. Mein ganzer Körper bebte. Das Blut raste kochend durch meine Adern. Wie verfickt gut war das bitte?

»Du wirst das hier bereuen«, raunte er in mein Ohr, während er seine Hand von meinen Armen nahm, um seine Hose zu öffnen. Den Daumen der anderen Hand ließ er direkt auf meiner Klit, bewegte ihn nicht mehr, drückte nur bittersüß an genau der richtigen Stelle so fest zu, dass er mich dabei fast in andere Sphären katapultierte, aber nur fast. Für einen Moment kostete er tief atmend das Pochen aus, das er unter seinem Finger spürte und sah mich an. Mit schweren, glänzenden Augen und der Leidenschaft einer ganzen Armee im Blick. Verflucht, dieser Mann machte mich willenlos. Allein dieser verdorbene Blick hätte mich um ein Haar in einer heftigen Explosion kommen lassen, aber er zog sich in letzter Sekunde zurück.

»Dann sind wir ja schon zwei«, hauchte ich heiser, kurz bevor er mich packte und auf sein niedriges Fensterbrett setzte. Er zog mit der einen Hand meinen Hintern ein Stück in seine Richtung, mit der anderen drückte er seinen prallen Schwanz gegen meine Mitte. Jeder Millimeter meiner Haut stand unter Strom. *Oh Gott!*

Er stimulierte meine gereizte Perle mit seiner warmen Spitze, griff in mein Haar und hielt mich fest, zog meinen Schritt noch enger an seinen Schwanz und dann hielt er wieder kurz still. Lustvoll knurrend bewegte er die Hüfte ganz knapp, gab winzige Impulse an meine Klit und ich fühlte, wie die kochende Welle in mir anrollte, wie mich Hitze flutete und die wabernden Schauer mich fast umbrachten. Hell stöhnend kam ich unter ihm und er verstärkte das Ganze noch, indem er mich weiter nach vorn zog und sich ohne Vorwarnung mit seiner vollen Länge in mich schob. Er stöhnte mit mir, während er die Muskelkontraktionen meines Orgasmus auskostete und reglos tief in mir verharrte, die Faust weiterhin in meinem Haar vergraben. *So unglaublich gut! Oh Gott!*

Sein Schwanz fühlte sich einfach perfekt in mir an. Und sein Körper bebte so herrlich lustvoll an meinem, es war überirdisch.

»Scheiße, ich freue mich auf das Bereuen«, knurrte er und packte mein Haar noch fester, während er sich langsam aus mir zurückzog und wieder bis zum Anschlag in mich drängte. *Ich auch! Und wie verdammt sehr!*

Er seufzte tief und männlich, ergriff mit der anderen Hand wieder meinen Hintern, um mich mit jeder Bewegung noch näher an sich drücken zu können. Er nahm mich so tief, dass er mich vollkommen ausfüllte und er war gut bestückt. Es grenzte an Schmerz. An einen guten Schmerz. Sein Atem keuchte abgehackt und dreckig direkt in mein Ohr, während er begann, mich in kurzen, harten Stößen gegen sein Fenster zu ficken. Er hielt mich dabei fest. Mit einer Hand meinen Arsch, damit er noch tiefer in mich stoßen konnte und mit der anderen meinen Kopf, damit ich mich nicht rührte, während er mich nahm. Und, Fuck, ich genoss es. Sein tiefes Stöhnen, das Geräusch, wenn seine Lenden auf meine Haut trafen, das Gefühl, wenn sein Schwanz sich in Gänze in mich schob, seinen unsanften Griff und den harten Blick, mit dem er mich ansah, während er in mir war.

Als sein Atem schwerer und sein Blick verklärter wurden, packte er meine Beine und legte sie fest um sich, damit er die letzten Stöße so eng und tief in mir platzieren konnte, dass ich kurz davor war, noch einmal zu kommen. Er drückte seine Hüfte in knappen Bewegungen nach vorn und betrachtete meine wippenden Brüste dabei. Ich war Butter unter seinen Händen, stöhnte mit ihm gemeinsam, als er sich ein letztes Mal tief in mich drückte und bebend in meinem Schoß explodierte. Es war unsagbar intensiv, wie er in mir kam. Wie seine steinharten Muskeln langsam weich wurden, wie er für ein paar köstliche Sekunden alles vergaß. Genau wie ich. So befreiend, Mason hatte recht gehabt. Unverbindlich einen Fremden zu vögeln war befreiend.

Ich hasste es, ihm recht geben zu müssen, aber Ezra Craves Schwanz in mir fühlte sich verflucht gut an.

Unnormal gut!

Wir taten nichts. Atmeten einfach nur an der Haut des anderen und es war ganz merkwürdig, als die Lust abflaute. Er ließ mich los und zog sich langsam aus mir, streifte sich ein Kondom ab. Gut, wenigstens einer von uns besaß noch ein wenig Verstand.

Als er sich die Hose wieder überzog und mich kaum mehr eines Blickes würdigte, fühlte ich mich für einen Moment wie Ruby sich immer fühlen musste, nur dass sie es mit Sicherheit besser wegsteckte als ich, die One-Night-Stands nicht gewöhnt war.

»Soll ich dich zurückfahren?«, fragte seine schöne Stimme, die gerade noch so verrucht gegen meinen Hals gestöhnt hatte. Das hier war so skurril, dass ich ihn nur ratlos ansehen konnte. Ein kleines nachsichtiges Schmunzeln legte sich in seine attraktiven Züge.

Na, bereust du es schon, Brooke Bishop?

Er roch nach Sex, *ich* roch nach Sex. Und nach ihm.

»Nein«, erwiderte ich heiser und drückte mich hoch, um mein Shirt aufzusammeln. Meine Beine waren Pudding und mein Unterleib brannte.

Er beobachtete mich aufmerksam, reichte mir meine Shorts und ich zog mich eilig an.

»Warte noch kurz.« Er ging nach drinnen und ich blickte ihm nach, noch immer viel zu berauscht. Er war so düster schön in all seiner Wut und seiner Kälte. Jeder normale Mensch würde auf Distanz zu ihm bleiben. Jeder *kluge* Mensch ... Vielleicht lag es auch daran, dass er gerade so unfassbar tief in mir gesteckt hatte, aber ich sah das anders. Sah *ihn* anders. Er kam mit meinem Smartphone zurück. Ich hatte es eigentlich schon längst vergessen. Wie hätte ich auch daran denken sollen, während er ... »Deshalb bist du doch gekommen, oder?« Seine Stimme klang noch besser seit ich sie zum Stöhnen gebracht hatte.

Mein Blick streifte seine Hand, als ich es entgegennahm und ein Stich zuckte durch meine Magengegend. Eindeutig zerschlagene Knöchel, hatte ich es doch vorhin richtig gefühlt. Ich hatte mich von einem Schläger ficken lassen. Jetzt, wo mein Verstand langsam wieder einsetzte, störte es mich mehr als vorhin. *Klar, Brooke, es rechtfertigt natürlich alles, weil er interessant ist. Bravo!* Ein sittenloser, krimineller Schläger, den nachts dubiose Typen mit Waffen bedrohten, hatte bis zum Anschlag in mir gesteckt, gute Wahl ... Faszination hin oder her, das musste unbedingt eine einmalige Sache bleiben.

Aber bei Gott, es war die himmlischste einmalige Sache, die ich je getan hatte!

EINUNDZWANZIG

EZRA

Ich genoss es, dass sie mich nicht sah, als sie hereinkam. Weil ich mich an diesem kleinen Tisch neben dem Kamin niedergelassen hatte, an dem Logan seinen Flittchen immer Lügen ins Ohr säuselte, bevor sie sich bereitwillig von ihm durchnehmen ließen. Den GMC hatte ich extra hinterm Haus geparkt, damit sie ihn nicht gleich bemerkte.

Eine ganze Weile beobachtete ich sie dabei, wie sie die Flaschen am Tresen auf Füllstand kontrollierte, sich über das polierte Holz beugte und mir ihren Hintern in der engen, dunklen Jeans entgegenreckte, ohne zu wissen, dass sie es tat. Ich hatte es mir letzte Nacht, nachdem sie verschwunden war, gleich noch einmal auf ihren duftenden, zarten Körper besorgt, der so verdammt wundervoll unter meinen Händen gebebt hatte. Ja, ich hatte sie gefickt und Logan hatte recht behalten, es hatte geholfen. Ich hatte mich so richtig schön in ihr entladen können und es war so anders gewesen als mit Ruby. Brooke kannte mich nicht und ich genoss mit jeder Faser, wie nervös ich sie machte. Wie ich sie mir nehmen konnte und sie sich unter meinen Händen in ein vollkommen anderes Wesen verwandelte.

Das, meine liebe Brooke, ist Freiheit!

Ich wollte ihre kleine, unschuldige Seele nicht verderben, aber sie hatte ja quasi darum gebettelt. Und die Kreuzkette über ihren perfekten, wippenden Titten, während ich mich wieder und wieder in sie geschoben hatte, hatte mich für einen Moment doch davon überzeugt, dass so etwas wie ein Gott existierte. Der Himmel, den ich tief in ihr gefühlt hatte, war real.

Sie war einfach perfekt. Ihr wendiger, wunderbar proportionierter Körper, die seidenweiche Haut und die große Narbe, die sich über ihre linke Taille zog waren eine tadellose Vollendung ihres Seins. Sie hatte nicht versucht, sie zu verstecken, als ich sie ausgezogen hatte. Diese Narbe machte sie perfekt. Perfekt für *mich*. Ich liebte Narben und die dreckigen Geschichten, die sich hinter ihnen verbargen.

Die meisten anderen Frauen standen nicht zu ihren Makeln. Das faszinierte mich an ihr. Sie stand zu allem. Erzählte mir ständig Dinge, die einen Bastard wie mich gar nichts angingen.

Jetzt saß ich hier, damit ich kontrollieren konnte, dass sie nicht wieder etwas tat, was sie nicht sollte. Das Bild, das sie hochladen wollte, hatte ich direkt wieder gelöscht und kurz durch ihren Account gescrollt. Die Frau, die ich auf diesen Fotos gesehen hatte, war definitiv nicht die, die hier draußen bei uns war. Es zerrte an einem, sich ständig verstellen zu müssen. Zerrte so lange, bis es riss. Gestern Nacht unter meinen Händen, da hatte sie sich nicht verstellt. Gott, bei dem Gedanken erinnerte ich mich, wie heftig ich in ihr gekommen war. Als wäre mein Schwanz für ihre Pussy gemacht.

»Was machst du denn hier?« Sie starrte mich an wie vom Donner gerührt, wurde sogar ein wenig rot dabei. Ich mochte die verlegene Brooke. Und sie bereute offensichtlich bereits, so wie ich es ihr prophezeit hatte.

»Inventur«, brummte ich knapp und widmete mich wieder dem Stapel Papier auf dem Tisch vor mir.

Sie starrte weiter, ich fühlte ihren Blick und lächelte in mich hinein. Wollte sie noch etwas sagen? Falls ja, hatte es ihr wohl die Sprache verschlagen. Komisch, so offen wie sie gestern noch gewesen war.

Die Tür flog auf und Logan kam herein, geschniegelt wie immer in seiner affigen Rangeruniform. Brooke lächelte ihn an und ließ ihm einen Kaffee aus der Maschine. Wenn sie wüsste, was er da draußen im Wald wirklich trieb. Mit Sicherheit keine verletzten Rehkitze verarzten.

»Na, Vancouver, du kleines Biest, hast du dein Telefon zurück?« Er nahm seine Tasse entgegen und hielt ihre Hand dabei einen Zacken zu lange fest. Meine Kiefermuskeln spannten sich an.

»Für die Aktion gestern müsste ich dir ja eigentlich den Hintern versohlen, die Hose war neu.«

Die Hose war neu? Was sollte das bitte heißen?

»Ja, hab es wieder«, murmelte Brooke kleinlaut und ihr Blick streifte meinen. Dann presste sie die Lippen aufeinander und suchte meinem Prachtbruder einen Kaffeelöffel aus der Schublade.

Logan drehte sich um und reckte den Hals. Er spürte mich, wie auch ich ihn immer spürte. So war das eben mit uns, nach allem, was wir zusammen durchgemacht hatten.

»Ach, sieh an. Bruderherz.« Er grinste und prostete mir mit seinem Becher zu.

Man prostet nicht mit Kaffee, du Idiot!

Er war wütend, das witterte ich drei Meilen gegen den Wind. Wahrscheinlich weil ich gesagt hatte, dass ich Brooke nur noch an der Bar wollte. Er würde das hier nicht raushängen lassen, so war er nicht. Eher zahlte er es mir geballt heim, wenn ich nicht mehr damit rechnete. Scheiß drauf! Ich war Brookes Boss, nicht er. Ich konnte mit der Kleinen tun und lassen, was immer ich wollte.

»Neue Hose, hm?«, sagte ich, ohne ihn eines Blickes zu würdigen.

»Ja, du wirst es nicht glauben. Die gute Vancouver hier hat mir ein ganzes Bier darüber geschüttet, weil ich dich nicht verhaften wollte.«

Tatsächlich?

Ich verkniff mir ein Schmunzeln.

Er kam ein paar Schritte auf mich zu und musterte amüsiert meine Listen. Konnte nicht akzeptieren, dass manche Menschen arbeiteten. Eigentlich so gut wie alle außer ihm.

Jetzt stand er da und glotzte. Und grinste sein dümmliches Sonnyboy-Grinsen, als würde das bei mir ziehen.

»Sonst noch was?« Erwartungsvoll blickte ich auf.

»Das frage ich dich, Ez. Was machst du hier, hm? Seit wann machst du die Inventur im Laden, hm?« Anzüglich verdrehte er die Augen in Richtung Brooke. Dann kam er ein Stück näher, um mir verschwörerisch zuzusäuseln, ohne dass sie es hören konnte: »Was musste sie denn tun, um ihr Telefon wiederzubekommen, hm?«

Sein provokantes *Hm? Hm? Hm?* konnte er sich dahin schieben, wo die Sonne niemals schien.

Ein tiefer Atemzug hob meine Brust, während ich ihn einfach nur ansah. Neutral. Kühl. Und geduldig darauf wartete, dass er verschwand.

»Verstehe schon.« Verdorben zwinkerte er mir zu. »Lass mich das nächste Mal zu euch stoßen, du weißt, ich liebe das.«

Er war kaputt im Kopf. Ein notgeiler Hund, der nichts als Chaos hinterließ, wo auch immer er hindurchfegte.

Und er war vom ersten Tag an scharf auf Brooke gewesen, weil er sich erst als Ganzes fühlte, wenn er sie alle bekam. Unsere Kindheit hatte ihn sein gesamtes Selbstbewusstsein gekostet. Darüber tröstete er sich mit losen Nummern hinweg. Er eroberte nur für seine eigene Bestätigung. Jede Frau, die in den Ort kam, gehörte ihm. Er meinte, das läge daran, dass er umwerfend aussah, aber ich wusste, dass er es nur brauchte, weil in seinem Oberstübchen nicht mehr alle Kerzen zündeten. Na ja, was redete ich ... Ich war selbst keinen Deut besser.

»Also dann, weitermachen.« Er starrte mich vielsagend an. Ja, etwas arbeitete in ihm. Genau so war Logan Crave. Unbeschwerte lapidare Floskeln fielen aus ihm heraus, obwohl er mir eigentlich gerade viel lieber die Visage polieren wollte für etwas, das er in sich hielt bis seine Zeit reif war. Bisher hatte er es nie getan. Müsste auch ganz schön lebensmüde sein, um eine Keilerei mit mir zu provozieren, der Kleine. In einem langen Zug leerte er den Rest seines Gebräus und stellte die Tasse zurück auf den Tresen. »Machs gut, Brooke. Ich verzeihe dir.« Dann war er zur Tür hinaus, sprach auf der Terrasse kurz mit dem alten Doyle von der Tankstelle und stieg in seinen Jeep.

Die Glocke an der Tür bimmelte, als Doyle hereinhinkte und eine Lieferung für mich auf den Tresen legte. Ich lehnte mich auf dem Stuhl zurück und beobachtete ihn aufmerksam. Dieser Kerl war nicht ohne.

»Ach nein, sieh an.« Er musterte Brooke von oben bis unten mit seinen glasigen Augen. »Biste doch den Raubtieren in die Falle, was?«

Er schien sie zu kennen. Sicher hatte sie auf dem Weg zu uns bei seiner Tankstelle Halt gemacht. Keine Ahnung, wie lange so eine Tankladung in ihrem merkwürdigen, kleinen Mädchenauto durchhielt. Höchstwahrscheinlich nicht lange.

»Das kann man wohl sagen.« Sie zog die Brauen nach oben.

Oh ja, das konnte man!

»Wo sind Herb und Kelly?« Er sah sich suchend um, hatte mich ebenso wenig bemerkt, wie Brooke vorhin.

»Herb in der Küche und Kelly noch nicht da«, erwiderte Brooke höflich.

Musst du zu dem nicht sein. Lernst du noch.

»Was bist du hier dann für die? Nur das Tresenflittchen?« Da ging es schon los. »Oder das Spielzeug für jeden wie diese andere, wie heißt sie gleich?«

»Ruby«, antwortete ich auf seine Frage und richtete mich auf, um langsam in seine Richtung zu gehen.

Der Blick, mit dem er mich ansah, gefiel mir nicht. Der Kerl gefiel mir nie. Er war ein missratenes, missgünstiges Stück Dreck. »So was. Ezra Crave persönlich, na so was.«

»Ja, so was! Vor meinen Mädchen wirst du dein

schmutziges Mundwerk mal ein wenig beherrschen, verstanden?«

Brookes Blick entging mir nicht. *Meinen Mädchen.* Kein Plan, warum ich das sagte. Ihr gefiel es jedenfalls nicht.

Doyle grinste schmutzig und kaute auf seinem Priemtabak. Widerliches Zeug!

»Kannst direkt mal Bucks Ungetüm aus meiner Einfahrt holen. Keiner hat mehr Platz zum Tanken, Crave.«

»Ist nicht mein Problem. Oder siehst du Buck hier irgendwo?« So langsam sah ich schwarz für Buck. Das gebrochene Bein war mit Sicherheit kein Zufall gewesen und jetzt war er verschwunden. Hatte sich ganz bestimmt zu tief in die Scheiße geritten, wie es alle früher oder später taten, die mit mir zu tun hatten.

»*Ist* dein Problem.« Doyle machte einen wackeligen Schritt auf mich zu. Er lief wie ein Krüppel. War auch ein halber, weil er als Kind unter einen Mähdrescher geraten war. »Ist immer dein Problem. Bringst das ganze Umland in Verruf. Als dieser Laden deinem Großvater gehörte, wurde er noch vernünftig geführt und jetzt verschmutzt du alles mit deinem Gift.« Er hatte recht. Aber trotzdem konnte ich ihm das nicht durchgehen lassen. Nicht hier in meiner Bar. Und auch sonst nicht.

»Du verschwindest jetzt besser!«

»Alles, was du anfasst, wird zu Scheiße, Crave«, raunte er mir zu und ich roch seinen widerlichen Atem, als er näherkam. »Die Kleine da.« Er zeigte auf Brooke und wackelte mit den krustigen Brauen. »War zuerst bei mir draußen. Hab ihr gesagt, sie soll so schnell laufen wie sie kann, damit sie nicht an einen wie dich gerät. Und zack, ist sie hier.« Er grunzte und ich spürte etwas tief aus mir hervorkriechen, das er sich lieber ersparen sollte. Er kannte mich. Und gerade deshalb sollte es besser er sein, der jetzt lief.

»Was zahlst du ihr dafür, dass sie die Beine für dich breit macht, du Hurenbock, hä?«

Hatte ich ihm nicht gesagt, er sollte verschwinden? Warum stand er noch immer hier und ließ es zu, dass all dieser Bullshit aus ihm heraussprudelte wie Gülle? Meine Hände schlossen sich zu Fäusten, mein Puls kochte und ich starrte ihn schneidend an, versuchte, mich zu beherrschen. Seine milchigen Augen glotzten viel zu herausfordernd zurück.

»Ja, was? Das weißt du doch selbst, Crave. Hast schon so viele Frauen verschlissen. Sogar die kleine Sam hast du ins ewige Exil getrieben. Und um die hier ist es auch viel zu schade. Machst sie zur Hure, weil du nichts kannst als Gold zu Scheiße machen.« Er wagte es tastsächlich, noch einmal mit dem schmutzigen Finger auf Brooke zu deuten wie auf ein Stück Vieh und sie zu beglotzen wie ein hirnloser Affe.

Ich konnte nicht mehr denken, sah einfach nur rot und rammte ihn so heftig, dass er in die Barhocker flog und verblüfft zu Boden ging.

Im nächsten Moment war ich auf ihm und ließ meine Faust in sein Gesicht krachen. Er landete einen Gegentreffer, nicht hart genug. Seine Position war zu ungünstig. Brooke schrie, aber ich hörte nicht auf. Mein nächster Schlag donnerte auf Doyles Nasenbein. Ich spürte, wie es unter meiner Faust brach. Er brüllte wie ein sterbendes Tier und wollte rückwärts davon robben, aber ich packte ihn am Kragen und schlug seinen Hinterkopf auf das polierte Holz unter uns. Blutspritzer benetzten die Ärmel meines Shirts. Im nächsten Moment hatte er ein Messer, keine Ahnung, woher, und hieb damit nach mir. Ich zog den Kopf zurück. Verdammt knapp. Er nutzte den Moment, um mich von sich zu werfen und landete einen Treffer an meiner Brust. Fuck! Das tat weh. Offenbar ein tiefer Schnitt. Im nächsten Moment bekam ich ihn wieder zu greifen, fast hätte er auch noch meinen Bauch mit seinem Messer erwischt. Er wollte mich wirklich abstechen, diese verkommene Ratte.

Da ertönte plötzlich ein Geräusch, das wir beide nur zu gut kannten. Das Durchladen eines Gewehrs.

Wir verharrten atemlos in der Bewegung und drehten die Köpfe. Brooke hatte sich das Gewehr von Kelly unter dem Tresen geholt. Ein Wunder, dass sie es hatte laden können, sie hielt es vollkommen falsch. So würde sie nicht einmal den verdammten Elch an der Wand direkt neben sich treffen.

»Runter mit dem Messer«, zischte sie und richtete den Lauf über den Tresen hinweg auf Doyle.

Stütz es ab, dann kannst du besser zielen!

Doyle spuckte ziemlich viel Blut vor seine Füße, vermischt mit der braunen Plörre seines Priem. Er ließ sein Messer fallen und wischte sich benommen über die zertrümmerte Nase. »Verflucht, Crave, du Irrer!«

Er sah aus wie Herbs Schlachtabfälle, wenn er mit den Jungs auf Jagd gewesen war. In dem Moment trat Besagter aus der Küche und stellte sich entsetzt neben Brooke. »Was ist hier schon wieder los, gottverfluchte Hölle?« Er hörte nichts da hinten, wenn die Pfannen unter ihm brutzelten.

Keiner antwortete, nur der blutende Abschaum von Doyle nickte kurz in seine Richtung und trollte sich dann endlich. Das alles hier hätte er sich ersparen können, verdammt! Er kannte mich.

Mit der abklingenden Wut kam wieder dieses reißende Gefühl. Dieses Gefühl, das ihm recht gab, das ihnen allen recht gab. Es höhlte mich mehr und mehr aus und eines Tages würde ich vollkommen leer sein. Leer und tot. Und ich hatte es wahrscheinlich sogar verdient. Besser heute als morgen.

Atemlos betrachtete ich meine blutigen Hände.

»Alles okay?«, hörte ich Brooke fragen, aber ich konnte sie so nicht ansehen.

»Lass ihn«, brummte Herb. Und ich drehte mich einfach um und ging. Hauptsache weg. Am besten blieb ich einfach im Wald, da gehörte ich hin.

Ich wurde mit jedem Tag mehr zu einem beschissenen Tier.

ZWEIUNDZWANZIG

BROOKE

Was zum Geier war hier gerade passiert?

Ich starrte das Blut auf dem Holz des Bodens an, als hätte ich noch nie zuvor welches gesehen und senkte langsam das Gewehr, während ich hörte, wie Ezras GMC draußen davonrauschte.

»Er ist verletzt.« Hilflos sah ich zu Herb auf, der noch immer düster zur Tür starrte.

»Nur 'n Kratzer«, brummte er als Erwiderung, aber ich war mir selbst nicht sicher, ob ich überhaupt Ezras Körper gemeint hatte. Dieser Tankstellenkerl hatte ihn so sehr provoziert, er hatte die Abreibung ja direkt herbeigesehnt. Und schon wieder dieser Buck ... Jetzt wusste ich auch wieder, wo ich diesen Namen schon einmal gehört hatte. Der Truck bei den Zapfsäulen. Das war seiner.

»Man muss ihn einfach lassen, wenn er so wild wird«, kommentierte Herb meinen ratlosen Blick. »Und du musst mal schießen lernen, Kind. Kann hier draußen nicht schaden. Hättest wohl eher den Arsch von Bobby getroffen, als einen der Prügelknaben.«

Bobby? Fragend sah ich mich um. Tatsache! Ein korpulenter Typ mit Cap saß an einem Tisch am Fenster und hob zurückhaltend die Hand. »Würde ein Ei mit Bacon nehmen, Herb.«

Wo kam der denn plötzlich her? Hatte Kelly ihn gestern mit eingeschlossen? War mir bisher gar nicht aufgefallen.

»Geht klar, Bob.« Herb verschwand wieder in seiner Küche und ich blieb reichlich verstört zurück. Was war nur mit den Kerlen von Blackwater Mountain los? Bestellten sich Austern und Champagner, während einer dem anderen so hart die Seele aus dem Leib prügelte, dass sie vor lauter Blut auf der Speisekarte kaum noch etwas erkennen konnten, rannten mit Messern und Knarren in Bars, nur um wild um sich zu pöbeln wie der King of the Road und waren einer nach dem andern in so dubiose Dinge verwickelt, dass ich sie nicht einmal ansatzweise verstehen wollte.

Ich sollte schießen lernen? Puh, davon war ich inzwischen auch überzeugt.

Während ich *Bob* einen Kaffee einließ, kam Kelly herein, sah das Blut auf dem frisch gebohnerten Holz und verdrehte die Augen. Logan war auch wieder dabei und musterte den Tatort mit gepflegter Gleichgültigkeit. »Was ist hier passiert?«

»Dein Bruder«, antwortete ich und angelte eine Untertasse aus dem Schrank. Verrückt, dass diese groben Typen hier draußen weißes Porzellan und Untertassen zu ihrem Kaffee bekamen. Es passte so gut wie ein Tutu an einen Grizzly.

Aber Kelly bestand darauf.

»*Halb*bruder«, korrigierte mich Logan. Wie immer, wenn Ezra etwas getan hatte, das ihn anpisste.

»Dann werde ich mal wischen, was?« Kelly drückte ungehalten ihre Zigarette in einem der Aschenbecher auf der Bar aus und verschwand nach hinten zu Herb. Ja, wischen war augenscheinlich eine tägliche Notwendigkeit im *Fellows* ...

»Tja, Vancouver.« Logan musterte mich aus schmalen Augen. Forschend und neugierig mit einem Hauch Amüsement. Ein ganz typischer Loganblick, wie ich inzwischen gelernt hatte. »Das passiert, wenn man sich auf die bösen Jungs einlässt. Bereust du es schon?«

Gott, wenn er nur wüsste ... Eigentlich hatte ich tatsächlich einiges zu bereuen, oh ja. Aber ich tat es nicht und das überraschte mich selbst. Nicht einmal nach der Aktion jetzt gerade. Ich hatte Sex mit Ezra Crave und es war wie eine Offenbarung gewesen. Wie das Tor zu einer anderen Welt. Einer wilden, tiefen Welt ohne Grenzen oder Beherrschung. Noch nie hatte mich jemand so intensiv angesehen, während er in mir war. Und noch nie hatte ich das so sehr genossen wie in der letzten Nacht. Mason hatte Blickkontakt dabei immer vermieden. Aber Ezra ... Es war, als hätte er mich komplett vereinnahmt. Körperlich, seelisch, psychisch. Er war wie ein Sturm, der einen davonriss. Ruby hatte unrecht. Jemandem wie Ezra konnte man nicht einfach nur seinen Körper geben, man gab sich ihm ganz. Mit Haut und Haar und ganzer Seele.

»Vancouver, hallo? Noch da?« Logan schnipste vor meinem Gesicht und ich starrte ihn an, als wäre er gerade erst vor mir aufgetaucht. »Siehst nicht aus, als würdest du gerade etwas bereuen, was?« Er grinste breit.

Verlegen blickte ich hinunter zur Theke und wischte halbherzig an den Bierzapfhähnen, obwohl ich das alles schon vor Stunden erledigt hatte.

»Bin nicht der Typ für Reue.«

»Nur weil du nicht bereuen willst, heißt das nicht automatisch, dass das auch richtig ist.« Er deutete hinüber zu dem Blut am Boden. »Mein Vater war ein Irrer. War im Krieg an der Front, hat ihn so einige Hirnzellen gekostet, was er da sehen musste, wenn du mich fragst. Er hat uns nicht gut behandelt, als wir Kinder waren, auch wenn er dachte, er täte es.«

»Du meinst, *euer* Vater?«, fragte ich vorsichtig.

»Ja, natürlich. Ezra ist adoptiert. Aber ja, *unser* Vater. Ich gewöhne mich schwer daran. Seine Ma hatte sich mit meinem Vater vergnügt. Haben wir erst erfahren, als seine Eltern längst tot waren. Und weil mein Alter seinen Schwanz nicht in der Hose lassen konnte, hat er Ezra daraufhin aufgenommen. Die letzte gute Sache, die er tat, glaub mir. Und dann gab es nur noch uns und ihn.« Logans Grinsen war verschwunden. Er starrte leer gegen die Wand und zog eine verbeulte selbst gedrehte Zigarette aus seiner Gesäßtasche. »Nur uns und ihn.« Das Feuerzeug kratzte und die Glut leuchtete, als er einen tiefen Zug nahm. »Was ich damit sagen will, Vancouver – und das tue ich, weil ich dich mag, verstanden –, wenn ich schon ein verkorkster Sack bin, und das bin ich definitiv, dann ist Ezra die Krönung. Er trägt keinen Funken Gefühl mehr im Leib. Das sind unsere Gene.«

Ich betrachtete Logan interessiert. Es schien ihm schwerzufallen, über seinen Vater zu sprechen, aber dass er es nur tat, weil er sich um mich sorgte, nahm ich ihm nicht ab. Alles an diesem Kerl war durchdacht. Manchmal kam er mir allwissend vor wie der alte Oscar. Sicher wusste er auch längst, was ich da letzte Nacht mit Ezra getrieben hatte. Bei dem Gedanken daran raste eine heiße Gänsehaut über meinen ganzen Körper, gedämpft von dem Vorfall vorhin. Ezra war mehr als ein kaltes Schwein. Logan wusste das genauso gut, wie ich. Und es schien ihm überhaupt nicht zu gefallen, dass ich es auch sah. Es gefiel ihm jeden Tag weniger. Aber warum?

Ich begegnete seinem Blick genauso forschend wie er meinem. Wir leisteten uns ein kleines Duell, wie zwei Cowboys im Wilden Westen, kurz bevor einer von beiden den Revolver zog. Sein hübsches Gesicht wurde in den dichten Rauch seiner Zigarette gehüllt, als er langsam ausatmete.

»Wer ist Sam?«, fragte ich, ohne unseren Blickkontakt zu unterbrechen.

Kelly, die gerade schimpfend mit einem Eimer aus der Küche kam, blieb wie angewurzelt stehen und ich sah, wie Logans Blick kurz zu ihr zuckte.

»Willst du nicht wissen«, brummte er kühl.

»Doch, will ich«, erwiderte ich, während Bob zum Tresen geschlichen kam und sich unterwürfig den Kaffee weggriff, den ich ihm noch immer nicht gebracht hatte.

»Logan, kannst du deinem engelsgleichen Bruder bitte seinen Krempel bringen, sonst liegt der den ganzen Tag hier herum.« Kelly machte eine große Geste in die Richtung des Tisches, an dem Ezra vorhin gesessen hatte.

»Wer ist Sam?«, fragte ich erneut und schürfte meinen Blick tiefer in den meines Gegenübers.

»Jetzt *sofort!*«, fauchte Kelly und es war mehr als offensichtlich, dass sie nicht wollte, dass ich eine Antwort auf diese Frage bekam.

»*Ich* bringe ihm die Papiere«, rief ich zu ihr hinüber, ohne Logan aus den Augen zu lassen.

Sein Mundwinkel zuckte und etwas in seinem Blick

funkelte diebisch. »Pass besser auf dich auf, kleine Brooke. So ein dünner Hals bricht hier draußen schneller als du denkst.« Er sah hinunter auf meine Kette. »Und dein Gott hat uns schon vor langer Zeit verlassen. Wird Zeit, dass du mir das endlich akzeptierst.«

Ich hatte den Erste-Hilfe-Kasten aus meinem Auto dabei, als ich durch die Bäume hindurch auf Ezras Haus zuging. Die Akten klemmte ich unter den Stein vor seiner Terrassentür. Es war merkwürdig, wieder hier zu sein nach letzter Nacht. Als ich an besagtem Fensterbrett vorbeiging, musste ich schlucken.

Ezra saß auf dem Steg und bemerkte nicht, wie ich kam. Oder er bemerkte es, ignorierte es aber gepflegt wie ein echter Gentleman. Stehen würde es ihm. In seiner Hand hing locker eine Flasche Whisky. Oona lag ein Stück entfernt an der Waldgrenze in der Sonne und beobachtete jeden meiner Schritte wachsam.

Einfach so, ohne ein Wort, setzte ich mich neben Ezra und sah genauso auf den See hinaus wie er es tat.

Diese Aussicht hatte die Macht, Seelen zu heilen, davon war ich überzeugt. Der ganze Ort war magisch.

Sein Duft wehte zu mir herüber, vermischt mit einer herben Alkoholnote. »Was willst du hier?«

»Mir den Schnitt ansehen. Ich kann nicht wirklich nähen, aber lass es mich mal versuchen. Wird am Ende sicher die hässlichste Narbe in deiner Sammlung. Wie ein verko...«

»Ich hab dich gefickt«, schnitt mir seine kalte Stimme das Wort ab. »Ich ficke so manche, okay? Ihre Gesichter sind mir dabei egal. Hätte genauso gut Ruby nehmen können oder die scharfe Sängerin von deiner kleinen *Welcome-to-Hell*-Party. Wäre auch fast passiert. Es ist völlig ohne Bedeutung, wer sie sind. Wer sie sind oder wer *du* bist.« Er nahm einen großen Schluck aus seiner Flasche und sah mich an. Sein Blick donnerte mir direkt in die Eingeweide. Er wollte mich verletzen, mich verjagen. Mal wieder. Aber damit war er bei mir an der falschen Adresse. Ich war kein Püppchen, dem solche Worte die Tränen in die Augen trieben.

»Ich habe keinen verdammten Verlobungsring dabei, sondern Nadel und Faden, kapiert?«

Und wenn du weiter so selbstverachtenden Müll redest, nähe ich dir damit den Mund zu!

Der Schnitt war wirklich ordentlich tief, das sah ich schon auf den ersten Blick, und er hatte auch etwas über der Braue abbekommen.

Aus schmalen Augen sah er mich an. Dann knurrte er unzufrieden und nahm noch einen Schluck. So tief, dass mir schon vom Zusehen übel wurde.

»Hau ab«, brummte er. »Ich will das nicht.«

Er tat, als würde er alles und jeden hassen. Dabei hasste er gar nicht, er litt. Und das hasste ich. Keiner sollte sich selbst so schänden, ich konnte das nicht sehen.

»Das da eben im *Fellows* warst du nicht«, wagte ich mich riskant ein Stück nach vorn.

Fassungslos starrte er mich an, als wären mir gerade alle Sicherungen auf einmal herausgesprungen.

»Sie weiß es auch.« Ich zeigte in Oonas Richtung. »*Sie* kann dich sehen, Ezra Crave.«

Etwas in Ezras Augen tat weh. Und wie er litt, ich war ja nicht bescheuert. Nur eine Sekunde später schwappte der Schmerz in Wut über. Er trank und funkelte mich an. »Doch! Genau das da war ich, okay? Genau das *bin* ich! Ich prügle Typen die Scheiße aus dem Leib bis sie nicht mehr aufstehen. Also bleib mir fern mit deinem Gerede von guten Menschen, die wirst du hier nicht finden. Denn das hier …« Er deutete mit der Flasche in einer ausladenden Geste über den See und kam meinem Gesicht dann mit seinem ganz nah. »… ist die Hölle. *Ich* bin es, verstanden?« Seine Worte klangen verwaschen, sein Atem roch nach Whisky, aber sein Blick war fest wie Zement. Und trotzdem kaufte ich ihm kein einziges Wort ab.

»Hör auf Doyle«, sagte er gedämpft und seine Worte trafen dabei heiß auf meinen Mund. Er beugte sich bedächtig über meine Schulter und seine Lippen berührten mein Ohr, als er flüsterte: »Lauf, bevor ich dich auch noch verderbe.«

Ich presste fest die Zähne aufeinander, kämpfte gegen den Schauer an, der mir über den Nacken bis in den Steiß perlte.

Da war er wieder, der Magnet, den er in seinem Körper zu tragen schien.

Er stützte sich ab und stolperte, während er sich aufrappelte. Klar, nach so viel Whisky hätte ich längst im See gelegen. In einer Bewegung war ich auf den Füßen und griff nach seinem Arm, damit es ihm nicht tatsächlich passierte.

Ruppig schob er mich von sich. »Finger weg von mir«, grollte er so düster, als würde er mich sofort töten, wenn ich es auch nur noch einmal wagte, ihn anzufassen.

Für ein paar Atemzüge standen wir einander einfach nur gegenüber. Sein Feuer schien zu ermüden, wahrscheinlich tat der Alkohol sein Übriges. Er sah plötzlich so gebeutelt aus, dass ich seine Erschöpfung körperlich fühlen konnte.

Dann schüttelte er mürrisch den Kopf. »Scheiße!« Und ging schwankend über den Steg zurück zu seinem Haus.

Ich sah ihm seufzend nach.

Ezra Crave kannte mich offenbar genauso wenig wie ich ihn. Kein Mann konnte mich je verderben.

Nicht einmal ein so kaputtes, dunkles Mysterium wie er.

DREIUNDZWANZIG

BROOKE

Um den Kopf wieder frei zu bekommen, lief ich noch ein Stück durch die Bäume, folgte dem Ufer des Sees und ließ mir die saubere Luft um die Nase wehen. Der Boden wurde immer steiler und ich kletterte durch bemoostes Gestein weiter und weiter nach oben an der Kante des Berges entlang, der an der Seite des Sees eine Klippe entstehen ließ.

Ich sah nach unten und genoss die Aussicht auf Ezras Hütte und das azurblaue Wasser des Sees. Wie konnte es nur so blau sein? Lag das an der Beschaffenheit des Bodens? Ich musste das dringend recherchieren. Der Wald wirkte grenzenlos von hier oben. Es war einfach kein Ende in Sicht. Ich war gestrandet im Nirgendwo und ein kurzer Blick auf mein Smartphone machte mir das nur noch klarer. Kein einziger Balken Empfang. Ein seltsam befreiendes Gefühl.

Okay, jetzt aber genug spaziert. Es wurde Zeit, dass ich zurück zur Arbeit an der Bar kam. Denn mein anderer Job war mit dem miesen Handyempfang und noch dazu hier draußen leider so gar nicht umsetzbar.

Gerade wollte ich mich auf den Rückweg machen, da sah ich eine Bewegung unweit von mir zwischen den Bäumen. Neugierig reckte ich den Hals. Zwei Männer. Sie unterhielten sich leise und drängend und ... Was zum Geier trieben sie da drüben? Buddelten sie in der losen Erde? Das stank doch zum Himmel. Ich duckte mich schnell hinter einen Strauch und lauschte angestrengt. Normale Wanderer waren das nicht, so viel stand fest.

Durch das Geäst konnte ich sie nur schwer erkennen und sie waren zu weit weg, um jedes Wort zu verstehen, aber ab und zu trug der Wind einen Satz zu mir herüber.

»Wenn er hier ist, herrscht endlich mal wieder Ordnung in diesem Kaff.«

»Er wird Crave schon zur Vernunft bringen ... vergisst, in welcher Position er ist ...«

»Vergiss du aber auch nicht, dass der Kerl gute Arbeit leistet. Finde mal einen anderen, der so ein kaltes Schwein ist wie er. Der ist nicht ohne.«

»Dem Hinterwäldler könntest du ein unschuldiges Mädchen geben und ihm sagen, er soll sie ersäufen. Er würde es tun, so einer ist er.«

»Ja, gut, dass es seinen kleinen Feuerteufel gibt, was?«

Die beiden lachten dreckig.

Mein Herz flatterte, während ich vorsichtig ein paar Zweige zur Seite schob, damit ich sie besser sehen konnte. Was redeten sie da? Feuerteufel? Was? Unschuldiges Mädchen? Kaltes Schwein? Sprachen sie von Ezra? Oder von Logan? Und wer würde bald hier sein?

Mein Kopf war voller Fragezeichen, während sie eifrig mit bloßen Händen irgendetwas unter dem Moos hervorholten und in einen Rucksack packten.

Einer der beiden drehte sich kurz in meine Richtung

und ich erstarrte. Den Typen kannte ich. Es war der rattengesichtige Abschaum, der Ezra mit einer Waffe bedroht hatte. Gott, hatte er mich etwa gesehen?

Mein Herz schlug mir bis zum Hals. Er hörte auf, zu buddeln und legte den Kopf schief. Ließ den Blick über das Gestrüpp schweifen, hinter dem ich kauerte.

»Was ist los?«, fragte der andere, den ich nicht richtig sah, weil er von dem Stamm bedeckt wurde, hinter dem er hockte. »Mach weiter. Wir wollen heute noch fertig werden.«

»Warte mal ...« Der Dürre kniff die Augen zusammen. Scheiße, ich musste hier weg!

»Hast du nicht auch so ein Gefühl?«

»Gefühl? Was faselst du?«

»Einfach ein Gefühl.« Er griff sich in den Hosenbund und zog eine Waffe heraus.

Shit! Weg! Weg! Weg!

Langsam tastete ich mich ein Stück nach hinten und suchte mit den Augen nach dem schnellsten Weg durch das Gestein zurück nach unten. Mein Puls kochte über.

»Haben sie dir ins Hirn geschissen? Mach gefälligst weiter. Sonst hab ich auch gleich ein Gefühl. Nämlich das Gefühl, dich ...«

»Sch!« Er legte den Finger auf die schmalen Lippen, wischte sich eine Strähne aus dem Gesicht, die ihm aus dem Zopfgummi gerutscht war und kam geduckt in meine Richtung wie ein Berglöwe, der wirklich lange keine Beute mehr geschlagen hatte. »Ich glaube, da ist jemand.«

»Hier draußen?!« Der andere redete noch weiter, aber ich verstand ihn nicht, weil der Wind drehte.

Weg hier! So schnell wie möglich!

Alles in mir schrie Flucht, alle Zeichen standen auf Sturm. Wenn ich jetzt nicht rannte, konnte ich nicht mehr fliehen. Der Kerl hatte mich fast erreicht.

Mit einem Sprung war ich auf den Füßen, machte einen Satz zur Seite und überrumpelte meinen Gegenüber damit für ein paar Sekunden. Aber noch bevor ich aus der Schusslinie war, hörte ich das Klacken seiner Waffe.

»Stopp!«

Verdammt!

Panisch sprang mein Blick hin und her und ich suchte mit flatterndem Herzen einen Ausweg aus der Misere.

Shit!

Hinter mir die Klippe, links von mir das Geröll nach unten und vor mir der Wald und diese Kerle. Auch der andere kam inzwischen in meine Richtung, mit der Hand am Gürtel. Ganz sicher hatte auch er eine Pistole.

»Wer bist denn du?«, fragte der Erste amüsiert und senkte seine Waffe ein Stück. Offenbar nahm er mich nicht ernst. Klar, eine Frau allein im Wald ...

»Ich genieße die Aussicht«, entgegnete ich und bemühte mich, meine Worte ganz selbstverständlich klingen zu lassen.

»Die Aussicht.« Der Dünne kam näher. *Bleib mir bloß fern!*

»Und das spontane Weglaufen gehört zu deinem Fitnessprogramm?«

»Tja, man kommt nichts ahnend die Klippen hinauf, stehen zwei bewaffnete Typen im Wald. Was würdet ihr tun? Kann ja nicht wissen, was ihr für welche seid. Also, kann ich jetzt weiter?« Ich bemühte mich, nicht zu zittern, als ich in die Richtung zeigte, aus der ich gekommen war.

Die beiden warfen einander einen ratlosen Blick zu.

»Es gibt keine Wanderer hier draußen«, sagte der Pferdeschwanzmann, als müsste er sich selbst davon überzeugen.

Was dachte er denn, was ich war? Die Zivilpolizei?

»Ja, offenbar ja doch. Und ich muss jetzt wirklich ...« Mutig wendete ich mich zum Gehen.

»Du bewegst deinen Arsch keinen Zentimeter hier weg!«

Scheiße!

Ich ließ einen tiefen Atemzug in meine Lunge strömen und drehte mich ihm wieder zu. Sein schmales Gesicht sah wütend aus. »Hast du uns bespannt? Was ist dir denn Schönes dabei aufgefallen?«

»Lass sie, Jasper. Ist doch nur eine Frau«, kommentierte der andere.

Genau, Jasper ... ich bin doch nur eine Frau ...

»Aufgefallen? Ein paar Bäume, der See, ein Eichhörnchen.«

»Verarsch mich nicht.« Er machte noch einen Schritt auf mich zu. Ich kam langsam in Bedrängnis.

»Jasper«, mahnte der andere.

»Halt's Maul! Ich glaube ihr nicht.« Noch ein Schritt. Seine unangenehmen schmalen, schwarzen Augen kamen immer näher.

Hinter meinen Füßen bröckelte Gestein und ich blieb wie angewurzelt stehen. Er nicht. Er packte mich grob am Kragen und schob mich extra noch ein Stück weiter nach hinten. Mein Herz setzte aus. Ich konnte es nicht sehen, aber in meinem Augenwinkel sah es ziemlich leer aus knapp hinter meinem Rücken. Hielt er mich etwa über den Scheißabgrund? Hatte der Typ sie noch alle?

»*Jasper*«, blaffte der andere und ich war nicht mehr fähig zu atmen.

»Hier oben an den Klippen passieren Unfälle. Ziemlich oft sogar.« Er war irre! Vollkommen gestört. »Sag mir, was du gesehen hast, sonst …«

»*JASPER! Lass sie los!*«

»Loslassen soll ich sie?« Jaspers Stimme war nicht mehr als ein Zischen. Ich sah seine kleinen, weißen Zähne, den Wahnsinn in seinem Blick. *Verdammt, er war tatsächlich irre.*

Unter meiner Hacke brach ein großer Stein weg.

»Wie dumm du warst, so nah an die Kante zu gehen.« Etwas wie Bedauern durchzuckte seine Miene. Und dann ließ er einfach los. Das Letzte, was ich sah, waren das erschrockene Gesicht des anderen und diese heimtückische Jasper-Fratze direkt vor mir. Und Bäume. Wie sie langsam auf die Seite fielen. Nein, das war ich. Ich fiel.

Hektisch griff ich nach dem Letzten, das ich zu fassen bekam, einem Zweig in meiner Nähe, aber er war zu dünn und gab nach. Dann wurde alles schwerelos.

Die Welt kippte um mich herum. Ich sah Fels, Baumspitzen, Wolken. Meine Seite krachte gegen etwas, Schmerz durchzuckte meinen Oberkörper. Leer griffen meine Hände nach irgendeinem Halt, mein Kopf schrammte an etwas Kantigem vorbei und meine Haut brannte wie das Höllenfeuer. Ein Aufschlag, dann wurde es nass, ich konnte nicht atmen. Verdammt, ich konnte nicht atmen. *Hilfe!* Im nächsten Moment verschwand ich in Schwärze.

Was ... oh Gott, meine Augen fühlten sich an, als hätte jemand Sägespäne hinein gestreut. Stöhnend presste ich die Lippen aufeinander. Was hatte dieser grässliche Presslufthammer in meinem Kopf zu suchen? Warum fühlte ich mich so beschissen? Hatte Mason einen Unfall gebaut? Aber ich hörte keine Autos. Nur Ruhe und ... was war das? Grillen?

»Die Medikamente wirken jeden Moment.« Wer war das?

Jetzt riss ich doch die Augen auf und bereute es fast im selben Moment. Das tat weh, ah, verflucht!

Für einen Moment hatte ich wahnsinnige Probleme, mich zu orientieren. Über mir eine Holzdecke, gedämpftes Licht, Kerzen im Fenster und draußen dunkle Nacht. Unter mir etwas Weiches. Mein Körper fühlte sich feucht an und war in eine Decke gewickelt. Ich lag auf einem Bett. Und neben mir in einem schmalen Sessel ... Stöhnend schloss ich die Augen wieder. »Ezra, bist du das?«

»Mmh.«

»Was ist passiert?« Ich hatte wirklich keinen blassen Schimmer. Was machte ich in Ezras Bett? Hatte er mich verschleppt? Viel zu langsam krochen meine Erinnerungen wieder heran. Hatte er nicht gewollt, dass ich abhaue?

»Hab dich im Wasser gefunden. Du bist von der Klippe gestürzt, ich hab deine Spur verfolgt. Du warst an keinem guten Ort.«

Oh, verflucht! Die Typen ... Dieser Jasper. Das Versteck.

»Ich wurde gestoßen«, erwiderte ich mit der rausten Stimme seit der Whisky erfunden wurde. Meine Lunge brannte. Mein ganzer Oberkörper fühlte sich an, als sei ich unter einen LKW geraten.

»Weiß ich.« Ezra knurrte so böse, dass es mir durch Mark und Bein ging.

Er wusste es? Dann schien er wirklich gut zu sein, in dem was er tat ... Was auch immer er da tat ...

»Du hast mich aus dem Wasser gezogen?« Mühsam setzte ich mich auf und sah zu ihm hinüber. Das Atmen fiel mir noch schwer, aber es wurde mit jeder Minute besser. Ich musste wirklich tief gefallen sein. Die Erinnerung daran kam langsam wieder und trieb mir noch einmal die nackte Angst in die Knochen. Er erwiderte meinen Blick ruhig. Keine Ahnung, was in diesem Moment in seinem Kopf vorging. Aber wann wusste man das schon? Die Ärmel seines Shirts waren bis zu den Ellbogen hochgekrempelt und ich musterte kurz die Eule auf seiner Haut. Ihre schwarzen Augen, als hätte sie nichts als Dunkelheit im Herzen.

»Heute Nacht bleibst du hier«, sagte er, ohne auf meine Frage einzugehen. »Und sei vorsichtig mit deiner Stirn. Ich musste das nähen.«

Nähen? Erschrocken tastete ich mich mit den Fingerspitzen zu der ziependen Stelle über meinem Auge vor. Autsch. »Das kannst du?«

»Wird am Ende sicher die hässlichste Narbe in deiner Sammlung.« War das da etwa ein kleines Schmunzeln auf dem Gesicht des großen bösen Ezra Crave, der in der Hölle lebte?

VIERUNDZWANZIG

EZRA

Es war so unglaublich dumm von ihr gewesen, da hinaufzugehen. Was hatte sie dort nur gesucht? Sie stürzte uns noch alle ins Verderben, allen voran mich. Wäre Oona nicht so unruhig gewesen, hätte ich wahrscheinlich nicht einmal gemerkt, dass Brooke gerade direkt vor meiner Tür ertrank. Ruhig blickte ich zu der schwarzen Wölfin hinüber. Sie lag auf meiner Terrasse und überblickte die Waldkante wachsam mit ihren bernsteinfarbenen Augen. Sie war kein Hund. Konnte gehen, wann immer sie wollte. Sie hatte ihr Rudel und ich meines. Manchmal kam sie wochenlang nicht aus dem Wald heraus. Aber heute blieb sie. Weil sie spürte, dass etwas nicht stimmte. Und wenn sich etwas zusammenbraute, hatte sie bisher immer an meiner Seite gestanden. Keine Ahnung, was für einen Narren sie an der kleinen Brooke gefressen hatte, dass sie mich so unnachgiebig aktiviert hatte, sie zu retten. Und noch weniger Ahnung hatte ich, warum der Anblick ihres blutenden, schlaffen Körpers etwas in mir so schwer gemacht hatte. Ich dachte wirklich, sie wäre hinüber. Aber wenn schon, sie war leichtsinnig und dumm, hätte es sich selbst zuzuschreiben gehabt, ganz einfach. Und wir wären sie los gewesen. Die optimale Lösung, oder nicht? Wahrscheinlich hatte dieser verfluchte Starrsinn in ihr, diese Besessenheit von Schicksal und dem Guten in allem und jedem, sie am Ende sogar daran gehindert zu sterben. Sie hatte ja keine Ahnung, auf was für dünnem Eis sie sich bewegte. Dass ihr ganzes kitschiges Konstrukt extrem knapp davorstand, einfach in sich zusammenzufallen. Und das nur, weil sie unbedingt hierherkommen musste und einfach nicht mehr gehen wollte, egal, was ich unternahm. Weil Logan genauso sehr an Schicksal glaubte wie sie, dieser skrupellose Mistkerl. Er hatte sie ins Visier genommen. Ich versuchte mit aller Macht, sie wieder loszuwerden. Und was tat sie?

Sie bot mir die Stirn wie heute auf dem Steg. Normalerweise rannten die Frauen heulend davon, wenn ich so mit ihnen sprach. Brooke nicht. Sie hatte mich nur aufmerksam angesehen mit ihren großen, grünen Augen. Als würde sie kein Wort von dem ernst nehmen, was da besoffen aus mir herausgekommen war. Dabei hatte ich alles genau so gemeint. Was fand sie nur an mir, dass sie immer wieder hier auftauchte? Sie hatte meine Wunde nähen wollen? Ernsthaft? Diesen Kratzer? Was sollte das?

Aus schmalen Augen blickte ich zum Kamin hinüber, in dem ich ein kleines Feuer entzündet hatte. Draußen kam ein Wind auf. Nicht gut. Alles nicht gut. Brooke brachte mich in ernste Schwierigkeiten. Wie sie nichts ahnend mit ihrem zarten, duftenden Körper oben in meinem Bett lag und meine Selbstbeherrschung strapazierte. Warum hatte ich sie mit hierhergenommen? Ich nahm nie Frauen mit in mein Zuhause. Alles viel zu riskant. Manchmal, wenn ich wirklich viel getrunken hatte, erwies ich einer die Ehre für eine schnelle Nummer hier unten auf der Couch oder einen Blowjob auf der Terrasse, nachdem sie mir vorgeschwärmt hatte, wie schön dieser See war, dieser Wald und ich. Ja, ich wusste, dass ich jede Frau haben konnte, wenn ich es wollte. Aber ich erwartete nie mehr von ihnen als sie von mir. An ihrem Inneren interessierten mich nur die Stellen, die ich mit meinem Schwanz erreichen konnte. Danach schickte ich sie weg. Noch nie hatte ich auch nur daran gedacht, eine nach oben zu lassen.

Nachdenklich betrachtete ich die schmale Holztreppe, die in mein offenes Schlafzimmer unter dem Holzdach führte. Ich sah das Bett auf der Galerie von hier unten durch die Holzstreben hindurch. Man konnte alle Sterne dieser Welt da oben sehen in einer klaren Nacht. Eine Erinnerung daran, wie klein und unbedeutend wir waren. Jeder von uns, ganz egal, wie viel er von sich hielt. Wir alle bestanden nur aus Knochen, Fleisch und einem Motor in der Brust, der lief und lief und uns täglich zu Dingen antrieb, von denen wir oft selbst nicht mehr wussten, warum wir sie noch taten.

Brummend lehnte ich mich auf dem Sofa zurück. Gleich morgen würde ich sie zurück in den Ort bringen. Auch wenn ich jetzt ein besonders wachsames Auge auf sie haben müsste. *Danke für die glorreiche Idee, sie hierzubehalten, Logan, du hoffnungsloser Idiot!* Bestimmt hatte er diesen Tag schon herbeigesehnt. Den Tag, an dem sie Brooke entdeckten. Den Tag, an dem *er* von ihr Wind bekam.

Und ich hatte absolut keinen Bedarf daran, noch ein

hilfloses Leben auf dem Gewissen zu haben. Jetzt konnte ich sie nicht mehr verjagen. Ab jetzt musste sie bleiben. Und das hatte sie sich selbst zuzuschreiben. Mit Sicherheit wussten sie inzwischen alles über sie, von ihrer Geburt bis hin zur Anzahl ihrer Muttermale.

Also dann. Mögen die Spiele beginnen ... und möge der Bessere dabei seinen verfluchten Kopf auf den Schultern behalten!

FÜNFUNDZWANZIG

BROOKE

Meine Schürfwunden brannten und der Cut an der Stirn ziepte, aber wahrscheinlich konnte ich froh sein, überhaupt noch unter den Lebenden zu weilen. Wäre Ezra nicht gewesen, würde ich in Kürze als aufgedunsene Leiche von den Lachsen verspeist werden, statt in seinem warmen, wohlriechenden Bett zu liegen. Als ich die Augen öffnete, war es hell draußen und er saß wieder in dem Sessel neben mir. Gott, ich erschrak mich fast zu Tode. Hatte er die ganze Nacht dort verbracht? Der Schlag auf meinen Kopf musste wirklich hart gewesen sein, denn offenbar hatte ich letzte Nacht weniger mitbekommen, als ich dachte. Tief und fest geschlafen ... Unter dem gleichen Dach mit dem Kerl, der mich vor Kurzem noch umbringen wollte, dann gevögelt hat, zum Teufel jagen wollte und im Anschluss aus dem See zog, als ich drohte, zu ertrinken ... Mann, mein Kopf war ein wütender Bienenschwarm. Ich wollte etwas sagen, aber er legte nur den Finger an die Lippen und fixierte mich ruhig. Konzentriert. Wachsam.

Draußen war der Motor eines Autos zu hören.

Mit großen Augen sah ich Ezra an, versuchte, etwas aus seinem Gesicht zu lesen, aber er griff nur schweigend neben sich, öffnete das Schubfach einer kleinen Kommode und zog eine silbern glänzende Waffe heraus, um sie mit dem Lauf voran hinten unter seinen Hosenbund zu schieben.

Schritte raschelten über den Kies hinter seinem Haus und er richtete sich langsam auf, wirkte vollkommen beherrscht. War er wirklich so entspannt, wie er aussah? Er hatte sich gerade eine verfluchte Knarre in die Jeans geschoben. Hatte ich da gestern etwa Mist gebaut? Das Letzte, was ich wollte, war, ihn in noch größere Schwierigkeiten zu bringen.

»Crave«, brüllte die Stimme irgendeines Mannes vor der Tür.

»Du bleibst hier oben, egal, was passiert, verstanden?«, raunte Ezra mir zu, bevor er nach unten ging. Ein kalter Schauer breitete sich über meinem Rücken aus. Okay, das klang wirklich nach Schwierigkeiten.

»Crave, verarsch mich nicht! Du bist da. Deine Karre steht drüben in den Bäumen.«

Als ein breiter Typ mit Glatze am Terrassenfenster auftauchte, duckte ich mich eilig hinters Bett.

»Und komm nicht auf die Idee, deine Bestie auf mich zu hetzen, sonst knall ich sie ab, kapiert?« Die donnernde Stimme klang dumpf durch die Scheibe der Terrassentür. Ich spähte mit pochendem Herzen durch die Stäbe des Geländers der oberen Etage. Der Kerl wirkte wie der Klischeebösewicht aus irgendeinem billigen Computerspiel. Er sah nach Ärger aus. Und nach Goldzähnen. Konzentriert blickte ich mich nach irgendetwas um, das ich ihm von hier oben an den polierten Schädel werfen konnte, während Ezra die Tür öffnete. Aber hier befanden sich nichts weiter als das riesige Bett, der Sessel, der Nachtschrank und ein paar Kerzen. *Mist!*

»Was willst du hier?«, hörte ich Ezra fragen.

Der ungebetene Gast machte einfach einen Schritt an ihm vorbei ins Haus und sah sich aus schmalen Augen um. »Willst du mir gar nichts zu trinken anbieten? Hatte eine echt lange Fahrt hierher.«

Das gefiel Ezra ganz und gar nicht, ich konnte es fühlen. Aber offensichtlich musste er dem Typen gegenüber diplomatisch sein, zumindest warf er ihn nicht einfach direkt wieder raus, was ihm am besten gestanden hätte.

Wer ist das?

»Whisky?«, fragte Ezra, ohne einen Hehl aus seinem Unwillen zu machen.

»Was?« Der andere lachte. »Es ist zehn Uhr morgens. Du magst ein Säufer sein, Crave. Ich bevorzuge andere Durstlöscher zu so früher Stunde.«

»Die Klärgrube ist ein paar Orte weiter, Finch.« Ezra holte ein Glas aus einem der Schränke in der geschmackvollen offenen Küche.

»Ha, hast wieder einen Clown gefrühstückt, was? Wem gehört denn der Jeep in der Einfahrt?« Finch sah sich erneut etwas zu akribisch um, als der Hausherr ihm kurz den Rücken zudrehte.

»Logan. Hat ein Problem mit den Zündkerzen. Soll ihn mir mal ansehen.«

»Ah ja.« Finch fixierte ihn, als wollte er in ihm wühlen. »Wie du weißt, nehme ich den weiten Weg in euer Kaff nie ohne Grund auf mich. Die Dinge scheinen hier draußen ein wenig aus dem Ruder zu laufen, mein Freund.«

»Aus dem Ruder«, wiederholte Ezra und reichte Finch sein Glas Leitungswasser.

»Hier soll sich gestern eine kleine Schnüfflerin herumgetrieben haben. Oben im Wald.«

Mir rutschte das Herz auf den Hosenboden.

»Sie hat wohl Jasper und Sully gesehen. Wollte abhauen, da hat Jasper die Sache bereinigt. Bei dir wurde nicht zufällig eine Leiche angespült?«

»Keine Leiche«, brummte Ezra, als würden sich die beiden über das unbeständige Wetter in British Columbia unterhalten.

»Hm, ungewöhnlich, ein Mädchen hier draußen im Wald.« Finch nahm einen Schluck Wasser. »Findest du nicht auch?«

Ezra reagierte nicht.

»Ich hab dir schon mal gesagt, pass besser auf deine kleinen Flittchen auf, sonst könnten wir beide ernste Schwierigkeiten bekommen.«

»Tja, wenn sie sowieso tot ist, hat sich die Sache ja erledigt.« Ezra verschränkte die tätowierten Arme vor der Brust.

»Bisher wurde keine Leiche gefunden. Also wenn sie noch lebt, räum hier mal ein bisschen auf! Du bewegst dich sowieso recht grenznah, Crave. Die Jungs beschweren sich, dass die Zusammenarbeit in letzter Zeit etwas holprig läuft. Ist das so?«

Ezras Blick wurde dunkel wie die Nacht, aber er sagte nichts.

»Na ja, wie auch immer.« Finch stellte das leere Glas auf dem Tisch ab und packte Ezras Schulter wie ein falscher alter Freund. Ich sah von hier oben, wie seine Muskeln sich verspannten. »Du bist ein guter Mann und wirst schon die richtigen Entscheidungen treffen. Geben und nehmen, Crave, geben und nehmen.« Er wandte sich zum Gehen, drehte sich aber in der Tür noch einmal um. »Es gibt Neuigkeiten. Wirst es in ein paar Tagen erfahren. Bis dahin hab noch eine schöne Zeit in deinem schmutzigen kleinen Paradies.« Finchs Blick schnellte zu mir nach oben und ich war mir sicher, er starrte mir in diesem Moment für ein paar Sekunden direkt in die Augen. Dann verschwand er über die Terrasse und ging zurück zu seinem Wagen. Erst als das Raunen des Motors ertönte, atmete Ezra wieder, trotzdem wirkte alles an ihm noch immer getrieben. Ruhelos. Er kramte ungehalten in seinem Schrank, während ich leise die hölzernen Stufen nach unten auf ihn zu tapste. Ich betrachtete seinen angespannten Rücken unter dem engen stonewashed Shirt, das ihm ganz hervorragend stand, und ignorierte das leise Pochen in meinem Kopf. Wieder griff er nach der Whiskyflasche und wollte sie gerade ansetzen, da legte ich sacht meine Hand auf seine. Er erstarrte so heftig, als hätte er einen Schlag abbekommen. Das gefiel ihm nicht. Ganz und gar nicht.

Ich lächelte matt. »Wenn du reden willst, reden wir, Ezra. Ist definitiv besser, als irgendwann daran zu ersticken.«

Fassungslos fixierte er meine Finger. Wie giftige Schlangen, die sich gerade todbringend um seine Haut wickelten, ganz kurz davor, ihn ins Jenseits zu befördern.

Dann stellte er unsanft die Flasche auf die Anrichte, legte seine Waffe daneben und stürmte an mir vorbei nach draußen. Zog sich auf der Terrasse das Shirt vom Oberkörper, sodass ich einen kurzen Blick auf seine Narben werfen konnte und ließ auf dem Weg zum See ein Kleidungsstück nach dem anderen fallen, um schließlich splitternackt mit einem perfekten Kopfsprung vom Steg in das kühle Nass einzutauchen, das mich beinahe auf dem Gewissen gehabt hätte. Bei der Vorstellung wurde mir eiskalt und ich sah Ezra aus schmalen Augen nach, wie er weiter und weiter in langen, kräftigen Zügen auf den See hinausschwamm, sich abreagierte. Er mochte sein, wer immer er war, am Hals haben, was immer er am Hals hatte, aber Ezra Crave hatte mir das Leben gerettet. Und mich noch dazu gerade vor diesem dubiosen Typen gedeckt.

Du hast echt Mist gebaut, Brooke Bishop!

Es wäre sein gutes Recht gewesen, mich einfach nach unten zu zerren, damit ich mich selbst rechtfertigen konnte. Aber er hatte nichts dergleichen getan. Und ich hatte nicht die leiseste Ahnung, warum.

Ezras Haus wirkte gemütlich und wohnlich, so anders als er. Es gab einen Kamin mit einem kuscheligen Teppich auf den Holzdielen davor. Ringsherum standen ein wirklich teuer aussehendes Sofa aus dunklem Stoff und zwei schmale Sessel mit hohen Lehnen. Die Küche war modern eingerichtet. Schwarze Schränke, Anrichte aus Holz. Ich fand das Badezimmer schnell. So viele Räume gab es ja in dem kleinen Haus nicht. Es war im Schachbrettmuster gefliest und die Dusche riesig mit Regenfunktion. Oh, das brauchte ich jetzt. Es wäre sicher Balsam für meinen geräderten Körper.

Als ich mir die Kleidung vom Körper streifte und mich in dem eckigen Spiegel untersuchte, stellte ich fest, dass es mich tatsächlich schlimmer hätte erwischen können. Ein paar große Hämatome über die Seite und den Rücken verteilt, ein aufgeschlagenes Knie und die

Wunde an der Stirn. Mein Blick blieb an der langen Narbe an meiner Taille hängen. Es tat immer wieder weh, sie anzusehen. Schlimmer als jeder Sturz. Wahrscheinlich würde es nie aufhören. Aber der Schmerz war ein Teil von mir. Genau wie der nie endende Wunsch nach Vergebung. Ich verdiente es nicht, dass jemand meine Fehler deckte. Und eigentlich verdiente ich es auch nicht, aus einem See gefischt zu werden, der mich mit Sicherheit nicht ohne Grund zu sich geholt hatte. Ich öffnete mein Haar und es fiel mir wirr über die blassen Schultern. Seufzend drehte ich die Dusche auf und stellte mich darunter. Das Wasser war herrlich warm und tröstlich. Ich schloss die Augen und genoss. Was hatte das Schicksal hier nur für mich vorgesehen? Ich verstand all das nicht einmal ansatzweise.

Vielleicht war es doch das Beste, ich würde einfach abhauen, bevor alles noch schlimmer wurde. Einfach in mein Auto springen und weg. Ich drehte das Gesicht zur Wand und stützte die Hände an den warmen Fliesen ab.

Ich spürte die Kälte, die von Ezras Körper ausging, noch bevor ich wirklich verstand, dass er gerade einfach so zu mir in die Dusche gekommen war.

»Reden wird uns jetzt nicht mehr helfen«, raunte er von hinten in mein Ohr. Seine Lippen berührten eisig kalt meine erhitzte Haut und ich erschauderte. »Jetzt ist es zu spät. Zu spät für alles.« Seine große Hand strich über die Seite meines Oberschenkels bis nach oben über meine Taille, die Narbe, ganz behutsam, und trotzdem war der Kontrast von seiner Kälte zu meiner Wärme so extrem, dass sich jede Berührung wie ein Schlag anfühlte. Genau wie seine Worte. Was wollte er damit sagen?

»Es ist nie zu spät«, erwiderte ich heiser und aus tiefster Überzeugung.

Er lachte leise, ließ seine Hand knapp unter dem Ansatz meiner Brust liegen und rührte sich nicht mehr, war einfach nur da und machte mir trotz des heißen Wassers eine solche Gänsehaut, dass ich erzitterte. Gerade erst hatte er mich aus dem See gefischt, das brachte ihn zum Zögern, deshalb wartete er. Darauf, dass ich einen kleinen Schritt auf ihn zu machte. Oder weg von ihm. Aber ich wollte von seinem kalten Körper ummantelt werden, wollte, dass er mich packte und sich nahm, was er brauchte. Ich wollte seine verdammten Dämonen so tief in mir, dass ich es dort mit ihnen aufnehmen konnte. Denn auf die Art konnte er mich nicht mehr aussperren. Er dachte, ein Mann öffnete sich nicht, während er eine Frau vögelte? Oh, da hatte er sich so gewaltig geschnitten. In einer geschmeidigen Bewegung schob ich meinen nassen Rücken an seinen festen Oberkörper, glitt ein Stück daran entlang und genoss, wie sein Atem schwerer wurde.

»Es ist *immer* zu spät, Brooke«, grollte er leise. »Einfach immer.« Er ergriff mit beiden Händen meine Brüste, umschloss sie so fest, dass ich keuchte und drängte mich mit seinem nackten Körper noch enger gegen die Fliesen vor mir. Das heiße Wasser prasselte hörbar auf seine Schultern, als er sich zu mir hinunterbeugte.

Seufzend presste ich meinen Hintern gegen seine Lenden und er ließ mich fühlen, wie hart er war. Oh Gott ... Mein Herz raste, während das heiße Wasser überall an mir hinabrann. Meine Mitte pochte drängend und schickte eine heftige Welle nach der anderen durch mich hindurch. Seine Hände an mir, dieser wundervolle, kaputte Körper so nah bei meinem, genau wie seine gemarterte Seele. Ich wollte all das! All das und noch mehr!

Was tust du da, Brooke? Wolltest du nicht ...

Seine Finger rieben meine aufgestellten Nippel und kühle Lippen trafen auf meinen glühenden Hals. Ich hatte vergessen, was ich wollte. Oder nicht wollte.

Was wollte ich?

»Sieht es so aus, wenn du aufräumst, Ezra Crave?«, fragte ich leise. Er packte meine Hüfte, rieb seine Spitze an mir und seufzte tief und dunkel.

Oh Gott, das hier will ich! Genau das!

Jede Faser in mir erzitterte.

»Ich wünschte, das würde es«, sagte er und schob sich langsam mit seiner ganzen Länge in mich, hielt meine Hüfte noch etwas fester und knurrte so tief dabei, dass all seine Kälte sich in mir ballte und zu Feuer explodierte.

Vorsichtig zog er sich aus mir, fuhr mit der Hand über meinen gesamten Körper und drückte meinen Rücken noch ein Stück weiter durch, damit er von hinten an meine Klit kam. Seine Härte glitt durch meine Mitte, er stimulierte mit seiner warmen Spitze einen Punkt so gekonnt und einnehmend, dass ich sofort am ganzen Körper zu zittern begann. Seine Hand hielt mich unter dem Bauch in genau der Position, die er brauchte, um mir mit seinen kleinen kreisenden Bewegungen vollkommen den Verstand zu rauben. Ich wimmerte unter ihm, bog mich, aber er fixierte mich unerbittlich. Auch er bebte, ich nahm es mit jeder Faser wahr, hörte sein lustvolles Keuchen und das Prasseln des Wassers. Und dann kam ich. Bei Gott, ich kam so heftig, dass ich dachte, ich würde das Bewusstsein verlieren und er hielt mich fest, drängte sich tief in mich und zeigte mir, wie steinhart er war.

Meine Knie wurden weich wie Pudding und er bewegte die Hüften fast unmerklich, stimulierte damit schon wieder einen Punkt in mir, der am Erträglichen kratzte.

»Na, wie ist das?«, fragte er rau in mein Ohr, während er mit der einen Hand meinen Oberkörper ein Stück näher zu seinem zog und mit der anderen weiter meine Hüfte hielt. »Ein bisschen wie brennen?« Seine Worte verebbten in einem lustvollen Seufzen, als er sich mir entzog und sich kurz darauf wieder in mich schob.

Oh ja. Es war wie brennen. Ich brannte lichterloh unter ihm!

Und es fühlte sich so vollkommen an. So großartig.

Er umgriff mit dem Arm meine Brust, stieß sich in kurzen, festen Stößen in mich und stöhnte dabei innig gegen meinen Hals. Dann wurde er langsamer, drehte mich zu sich und sein verklärter Blick glitt über meine nassen Brüste, meinen Bauch, bis hinunter zu meiner Mitte.

Atemlos hob er mich hoch, drückte mich gegen die Fliesen und war im nächsten Moment wieder in mir. Ich wickelte die Beine um seinen glänzenden, nassen Körper.

Seine Stöße wurden länger, inniger, dann drückte er sich ein letztes Mal fest und tief in mich und vergrub schwer atmend sein Gesicht an meinem Hals. Er kam in mehreren Wellen, presste sich dabei so eng an mich wie es ging, verharrte so lange in mir bis seine Härte nachließ und das Wasser auf unserer Haut endlich auch ihn zu Wärme werden ließ.

Als er mich vorsichtig runterließ und ich auf wackeligen Füßen wieder zum Stehen kam, trafen sich unsere Blicke. So intensiv, dass mein Herz einen Schlag aussetzte. Etwas blitzte in seinen Augen auf, das mich in dem Moment mit in einen Abgrund zerrte. Etwas, das ich am liebsten sofort dort hinausgerissen hätte. Schmerzerfüllt fesselte ich seinen Blick, wollte noch mehr davon sehen und dann tat ich etwas, das man Ezra Crave niemals antun sollte. Ich nahm sein Gesicht in meine Hände und strich mit den Fingerspitzen über seine Wangen. Alles in seinem Körper verfestigte sich auf einen Schlag. Ich spürte seine angespannten Kieferknochen unter meinen Fingern. Es war, als würde er zu einer Büste aus Zement, sobald man ihn auf diese Art anfasste.

Seine Brust hob und senkte sich unruhig, aber er stieß mich nicht von sich. Trotzdem verrammelte er im nächsten Moment alles in seinen Augen wieder hinter meterhohen Mauern, was er mich gerade noch hatte sehen lassen.

Als ich ihn losließ, starrte er kalt an mir vorbei gegen die Wand. Das Wasser rann über sein ausdrucksloses Gesicht und er atmete ein paar Mal tief ein und aus, bevor er sich umdrehte und die Dusche verließ.

Ich blieb allein zurück, schloss die Augen und wischte mir zitternd über die Wangen, spürte ihn noch immer in mir, seine Finger an meinem Körper, sah noch einmal diesen Ausdruck in seinem Blick. Auch, wenn es ihm nicht gefiel, ich hatte für einen kurzen Augenblick fühlen können, wie sein Eis beinahe geschmolzen wäre.

Du hast unrecht, Ezra Crave!

Es ist niemals zu spät.

Nicht einmal für dich.

SECHSUNDZWANZIG

BROOKE

»Ezra, lass die Kleine aus deiner Höhle des Grauens, bevor ich die Tür eintrete«, dröhnte Kellys donnernde Stimme unten am Eingang durch das Holz, während ich mir gerade das Haar abtrocknete und wieder in meine zerschrammte Kleidung schlüpfte.

Nacktfüßig lief ich hinüber auf den Flur und öffnete ihr, als wäre ich hier zu Hause. Für einen langen Moment starrten wir einander nur verblüfft an. Ich sie, weil sie aussah wie eine üble Schwester von Indiana Jones mit ihrem Cowboyhut, der Lederweste, dem Gewehr über ihrer Schulter und den Revolvern unter ihrem breiten Gürtel und sie mich, weil ... Ja, keine Ahnung. Vielleicht, weil ich voller Wunden und Blessuren war.

»Hast du vor, ihn abzuknallen?« Ich zog die Brauen zusammen und deutete skeptisch auf ihr Waffenarsenal.

Sie verengte die Augen zu Schlitzen und spähte von meiner genähten Wunde über meine Schulter in den Raum und zurück. »Weiß nicht. Sollte ich? Wo steckt der kleine Bastard?«

Tja, wenn ich das wüsste ... Rannte wahrscheinlich

nackt durch den Wald wie ein Eingeborener, um sich an irgendwelchen Bäumen abzureagieren, dieser verdammte Wilde. Ein kurzer Blick hinter mich erleichterte mich wenigstens etwas. Seine Kleidung war verschwunden. Dann war er zumindest nicht nackt außer Rand und Band, sondern nur außer Rand und Band ...

»Kann ich dir nicht sagen. Ich hab es gewagt, ihn anzurühren, seitdem ist er auf und davon.«

»Du hast was?« Etwas Diebisches blitzte in Kellys gewitzten Augen auf. »Das mag er gar nicht. Er ist kein Kerl, der angerührt wird, nur einer, der anrührt.«

»Tja.« Mein Mundwinkel zuckte. »Und ich bin eine Frau, die anrührt, so einfach ist das.«

Kelly lachte laut auf. »Kleines, du bist eine Schau. Die Kerle vergessen in all ihrem engstirnigen Gockelgehabe, dass es Frauen wie dich da draußen noch gibt.« Sie schnalzte mit der Zunge und begutachtete dann eingehend meine Stirn. »Aber was ist das? Was hat er getan, hm?«

»Was?« *Er? Oh Gott!* »Nein! Er war nichts davon. Hat er euch nicht Bescheid gegeben?«

»Bescheid gegeben?« Kelly stemmte die Arme in die Seiten. »Ezra Crave gibt niemandem Bescheid. Tut und lässt, was immer ihm beliebt. Also muss ich ihm jetzt erst ein paar Patronen in den Hintern schießen oder sagst du mir lieber, was passiert ist?«

Oh Gott, sollte ich ihr wirklich die ganze Wahrheit erzählen? Dann wäre ich wahrscheinlich diejenige, die ihre Ladung Kugeln abbekam.

»Ich bin gestürzt. Von den Felsen da drüben.« Halbherzig zeigte ich in die grobe Richtung. »Er hat mich aus dem See gezogen.«

Kelly sah mich lange und schneidend an. Als wollte sie etwas aus mir herauszerren, das ich mit Macht in mir hielt. »Den Felsen also, ja?« *Mist!* Sie wusste doch eindeutig schon wieder mehr als ich.

»Ja, ich ... ich war spazieren und bin abgerutscht.«

Sie starrte mich nur weiter an wie John Wayne.

»Mein liebes Mädchen«, säuselte sie schließlich rau und nahm mein Gesicht so abrupt in ihre Hände, dass ich zusammenzuckte. »Das hier war nicht, was ich meinte, als ich dir ans Herz gelegt habe, dich von Ärger fernzuhalten. Diese Felsen ...« Sie zeigte beherzt hinter mich und umschloss meine Wange dann wieder. »... sind Ärger! Dieser Kerl ...« Sie deutete mit dem Kopf ins Haus hinein. »... ist der Ärger persönlich, der verfluchte *Gott des Chaos*. Du steckst jetzt einmal hier drin, also tu dir selbst den Gefallen und erspare dir, was du dir ersparen kannst, okay? Einen Kerl wie ihn anrühren zu wollen verschafft dir schneller die nächsten Blessuren, als du *Roadie Girl* sagen kannst.«

Oh, wenn sie wüsste, wie er mich angerührt hatte. Wie er sich mich genommen hatte als gehörte ich ihm. Wie er alles an mir ausgelassen hatte. Wie er Hass war und Gutmütigkeit zugleich. Wie sehr seine kaputte Seele nach Gnade schrie. All das wusste ich bereits. Und es bewirkte genau das Gegenteil von dem, was sie mir gerade riet.

»Ich kenne diesen Mann sein ganzes Leben lang.« Kelly blickte mir fest in die Augen. »Und das, was du da gerade denkst, ist gefährlich.«

»Kelly, ich bin nicht dämlich.« Mein Blick begegnete ihrem herausfordernd und sie lächelte ein wenig.

»Oh, doch. Das sind wir alle von Zeit zu Zeit. Aber

ich würde dich gern in dieser Sache davor bewahren. Weil ich dich gern habe.«

Etwas Warmes breitete sich in meinem Bauch aus. Zuneigung. Ich hatte Kelly auch gern. Sie war rau und eigentlich eher ein Typ als eine Frau, aber ihre Worte fühlten sich gerade an wie die Liebe einer Mutter, die mir nur eine viel zu kurze Zeit vergönnt gewesen war.

»Und *ihn* eher nicht, was?« Ich deutete auf ihre wilde Bewaffnung, mit der sie Ezra so gern auf den Pelz rücken wollte.

»Ich liebe ihn.« Ihr Blick wurde schwer und weich, löste etwas in mir aus, das ich nicht festmachen konnte. »Und ich kenne ihn besser als jeder andere. Genau deshalb bin ich hier und sage dir, was ich zu sagen habe.«

Ein trauriges Schlucken schnürte mir die Kehle zu, als ich das Flackern in ihren Augen registrierte.

Ihre Finger rochen nach Zigarettenrauch und sie strich mir kurz liebevoll über die Wangen, bevor sie die Hände wieder von mir nahm. »Diese Welt ist ein schlechter Ort, Brooke. Aber wir sind nun mal in ihr, also machen wir das Beste draus.« Sie zwang sich zu einem Lächeln. »So, und jetzt … Was ist? Bereit, ein echter verschissener Blackwater zu werden?«

Sie ging mit mir in den Wald und legte ihre Waffen vor uns auf einem umgefallenen Baumstamm ab wie ein fragwürdiger Flohmarktstandbesitzer. Als erstes griff sie nach dem Revolver. »Sieh mal, so lädst du ihn.« Routiniert schob sie die Patronen aus ihrer Tasche in die drehbare Trommel hinter dem Lauf. »Dann einfach einmal durchziehen.« Sie betätigte den Abzug und die Trommel rastete klackend ein. »Und du kannst zielen.« Ohne zu fragen, ob ich das konnte oder wollte, drückte sie mir das kühle Eisen in die Hand. »Schieß auf den toten Baum da drüben, in den der Blitz gefahren ist, los!«

»Ich treffe alles, aber nicht diesen Baum.« Überrumpelt hielt ich den kühlen Griff zwischen den Fingern.

»Ja, und jetzt rate mal, warum wir hier stehen.« Kelly zündete sich mit klackendem Feuerzeug eine Zigarette an.

»Ich will niemanden abknallen, Kelly.« Unbehaglich sah ich sie über die Schulter hinweg an. Ich war kein großer Freund von Waffen, ehrlich nicht.

Sie spuckte durch die Zähne wie einer der Kerle aus dem Nachbarort. »Wollte auch nie einen Hasen abziehen, aber als mein Dad mich damals in den Bergen verlor und ich vor Hunger fast umkam bis er mich wiederfand, dachte ich, es wäre doch eine ganz gute Idee gewesen, es zu können.«

Puh, Logik, die begeistert ...

Aber der Glatzenmann heute ... Der Kerl, der Ezra bedroht hatte ... Der Knilch in der Bar ... Und noch dazu war ich beinahe draufgegangen. Wenn ich bleiben wollte, musste ich wohl Kompromisse eingehen. Und glaubwürdig mit einer Waffe herumfuchteln zu können gehörte definitiv dazu. Auch wenn ich das letzte Gefecht immer mit Worten austragen würde, aber das musste Kelly ja gerade nicht wissen. Oder ... ich blieb nicht. Das war die andere Option.

Ich schoss wild ins Blaue, ein Schwarm Vögel stob aus den Bäumen auf und fast hätte ich mir die Ohren zugehalten wie der allerletzte Amateur. Hölle, war das laut!

»Tja, das war dann wohl Herbs Holzbein«, meinte Kelly ungerührt und zog an ihrer Zigarette.

»Herb hat ein Holzbein?«

»Jetzt schon. Nochmal, Prinzessin!«

Ich tat es wieder und wieder und es wurde besser, aber bei Weitem nicht gut. Auch nicht mit dem C-19 Colt Canada, wie Kelly das Gewehr nannte. Es war nicht so schwer wie es aussah, aber wahnsinnig unhandlich. Ich hatte es schon einmal in der Hand gehabt, in der Bar, als dieser Tankstellenpsycho beinahe Ezra abgestochen hatte, aber trotzdem würde ich niemals irgendetwas damit treffen, außer mich selbst wahrscheinlich.

»Das Ding haut einen 250 kg-Grizzly um«, merkte Kelly an, während sie lapidar an einem Stamm hinter mir lehnte und rauchte.

Vor Schreck drückte ich ab, war auf den heftigen Rückstoß nicht vorbereitet und es riss mich beinahe von den Füßen. Genau wie der eisige Schreck, als ich Ezra bemerkte, der wie aus dem Nichts zwischen den Bäumen auftauchte. »Spinnst du?«, brüllte ich wütend. »Fast hätte ich dich abgeknallt.«

Er verschränkte die Arme vor der Brust und zog eine Braue nach oben. »Wohl eher die bemitleidenswerte Wanderdrossel da oben im Baumwipfel. Komm her!«

Er war so unglaublich dreist. Wagte es einfach so, mir viel zu nahe zu kommen, mich zu greifen, seine Brust gegen meinen Rücken zu drücken und mir den Gewehrkolben unsanft von hinten vor die Schulter zu pressen. Er roch nach tausend Verboten, von denen ich jedes einzelne brechen wollte. Nach Wildheit und Versuchung. Und vertraut. War es nicht der pure Witz? Er roch vertraut. Wie etwas, das ich immer um mich haben wollte. Und gleichzeitig nie.

Du wirst mich in deiner Dunkelheit ertränken, Ezra Crave. Und Gott, nur zu! Ich bin bereit.

»Es ist nicht das Schießen an sich, es ist der Prozess bis dahin«, raunte er leise gegen meine Wange.

Er nahm das Gewehr höher, hielt es für mich mit. »Einfach nur fühlen.« Oh, ich fühlte. Fühlte unfassbar intensiv. Seinen Herzschlag, die Wärme, die von seinem Körper ausging, den Atem, der seine Brust langsam hob und senkte.

Aus dem Augenwinkel nahm ich Kelly wahr, die uns aufmerksam zusah.

»Es ist immer das Fühlen«, sagte er leise und fixierte mit mir gemeinsam einen Punkt in der Mitte des verbrannten Stammes. »Hat die Macht, dich zu vernichten.« Ein heißer Schauer raste über meinen Rücken, als er konzentriert gegen meinen Hals atmete. »Oder du vernichtest damit die anderen. Such es dir aus.«

Sein Finger drückte gegen meinen am Abzug. »Luft anhalten!« Und Schuss! Volltreffer. Der Knall hallte in meinen Ohren und ich keuchte verblüfft. Begann, schnappend wieder zu atmen. Auch wenn meine Kehle sich unfassbar zugeschnürt anfühlte. Sicher noch wegen des Sturzes. Immerhin war ich beinahe ertrunken. Oder ertrank ich gerade in etwas ganz anderem?

»Gar nicht mal übel.« Ezra nahm mir das Gewehr ab, entzog mir seinen Körper und betrachtete unseren Treffer. Sauber durch die Mitte.

Aber ich konnte mich nicht freuen.

Gefühle vernichten entweder dich oder du vernichtest mit ihnen andere?

Was hatte man diesem Mann nur angetan?

Es machte mich so hilflos, so wütend, dass ich ihn am liebsten schütteln wollte. Zum Glück gab er Kelly das Gewehr zurück und machte sich davon. Sonst hätte ich es mit Sicherheit getan. Bei Gott, ich hätte es getan.

Als ich mich zu Kelly umdrehte, hielt sie mir ihre Zigarettenschachtel hin. Ich schüttelte nur den Kopf und ließ mich auf einen Baumstamm neben ihr sinken.

»Hast ihn gern, was?« Sie steckte sich schon wieder einen neuen Glimmstängel an, obwohl sie den davor doch ganz sicher gerade erst ausgemacht hatte.

»Wie könnte ich? Ich dachte, du kennst ihn besser als jeder andere. Da hast du deine Antwort.« Kopfschüttelnd presste ich die Lippen aufeinander.

Kelly zog tief an ihrer Zigarette und blickte müde in die Bäume. »Sein Vater war Abschaum.« Ihre Augen wurden kalt und starr. »Hat sie abgerichtet wie Scheißtiere. Und sie waren noch Kinder.« Ein freudloses Lachen verließ zusammen mit dem Rauch ihre faltigen Lippen. Das Qualmen machte sie viel älter als sie war. »Hat Ezra durch den dunklen Wald gehetzt wie ein Kaninchen, ihn bis ans Äußerste getrieben mit seinem Prügelstock und seiner Wut. Er durfte erst stehen bleiben, wenn er zusammenbrach. Dann ließ er ihn liegen. Tagelang. Bis er all seine Angst und seinen Schmerz überwunden hatte. Was soll aus so einem Menschen werden, Brooke, hm?« Sie sah mich an und mir wurde eiskalt. Es nahm sie offensichtlich noch immer sehr mit. Und auch mich machte es ganz betroffen. Die Erinnerung an etwas, das mich eigentlich nichts anging. Was für ein Mensch musste man sein, um einem Kind so etwas anzutun? Durch den Wald ... Mit einem Stock ... Sie rauchte eine

Weile, dann fuhr sie bitter fort: »Kann froh sein, dass er sich das zunutze machte. Jetzt ist er der Beste. Der Wald gehört ihm und er gehört dem Wald. Du willst wissen, warum er sich nicht anfassen lässt? Würdest du es tun, wenn jede Berührung, die du viele Jahre lang erfahren hast, nur die Klinge eines Messers war oder der Hieb eines Stocks? Wenn dir eingetrichtert worden wäre, du seist Dreck, würdest nur atmen, weil dein Körper für einen höheren Zweck benötigt würde, für den du gestählt werden musst? Was würdest du über Zuneigung denken, Brooke?« Ihr Blick flackerte und sie drückte fahrig ihre Zigarette an dem Holz des toten Baumes aus, auf dem ich saß.

»Das ist er. Das ist Ezra Crave. Nur damit du weißt, wen du hier so leichtfertig verurteilst. Und dass man einen gebrochenen Mann niemals zweimal bricht.«

Irritiert lauschte ich dem Sturm in meinem Inneren und begegnete ihrem warnenden Blick. Wie könnte ich ihn je verurteilen? Das war das Allerletzte, was ich wollte. Ein wenig verstand ich sie ja. Sie wollte ihn schützen, verteidigte ihn bis aufs Äußerste. Wie eine wütende Mutter. Aber doch nicht vor mir! Was könnte jemand wie ich ihm schon anhaben?

»Was ist aus diesem Vater geworden?«, fragte ich tonlos und ihre Augen schlugen Flammen, während sie sich den Gurt des Gewehrs wieder über die Schulter legte.

»Manche Dinge müssen getan werden. Genau wie du dich ab jetzt besser von Ezra fernhältst, meine Kleine. Und nun ab ins Auto, wir fahren.«

Was?

Mit festen Schritten stapfte ich ihr nach und schnitt

ihr den Weg ab, blieb direkt vor ihr stehen, damit sie mich ansehen musste. Ihre Augen funkelten herausfordernd, als sie zu mir aufblickte und ich starrte sie für einen Moment nur entschlossen an.

Dann holte ich tief Luft und zischte ihr schneidend ins Gesicht: »Ich werde fahren, wenn ich fahren will, Kelly, und nicht einmal im bösesten Traum würde mir einfallen, den Menschen zu verurteilen, der mich als halbe Leiche aus einem gottverdammten See gefischt hat, um mir Obhut zu geben. Nicht im Traum, okay?« Atemlos erwiderte ich ihren unveränderten Blick. Ezra gab mir nicht nur Obhut, er gab mir so viel mehr. Feuer. Wildnis. Sturm. Aber das ging sie nichts an. Genauso wenig wie mich das Schicksal, das seinen ekelhaften Vater am Ende ereilt hatte. Hoffentlich war es grausam und schmerzhaft gewesen.

Kelly hob das Kinn ein wenig und ein Grinsen breitete sich langsam auf ihrem Gesicht aus, während sie mich forschend betrachtete. »Wie gesagt, ich mag dich, Kleines. Aber ich behalte dich im Auge, verstanden?«

Eines stand definitiv fest: In Blackwater Mountain kümmerte man sich umeinander. Ganz egal, zu welchem Preis. Und wehe dem, der zwischen die Fronten geriet!

SIEBENUNDZWANZIG

EZRA

Dieser verfluchte Bastard rannte wie ein Kaninchen, schlug Haken um die Stämme und versuchte, mich mit seinen hektischen Manövern zu verwirren. Ich musste gestehen, es faszinierte mich für einen Moment, was er mit seiner klumpigen Gestalt so alles draufhatte, aber er legte sich mit dem Falschen an.

Keiner war mir je entkommen, nicht einer!

Der Wind raschelte über mir in den Bäumen, ich hörte die Grillen, den Schrei eines Waldkauzes, das Keuchen meiner Beute. Ich roch seine Angst, schlich ihm nach, lernte, ihn einzuschätzen. Jeden von ihnen hatte ich über die Jahre hinweg studiert. Irgendwann waren sie immer erschöpft und seinem schweren Atem zufolge würde es bei ihm bald soweit sein. Panik brachte einen Körper schnell zum Ermüden.

Plump ließ er sich ins Gestrüpp fallen und ich lehnte mich hinter einen breiten, knorrigen Stamm und wartete ab.

»Crave«, brüllte er aus vollem Hals, ahnte nicht, wie nah ich ihm war. Wie nah ich ihnen *immer* war.

»*Craaaave!* Ich weiß, dass du da draußen bist. Ich zahle dir mehr als er, komm schon!«

Davon war ich überzeugt. Mit Geld, das ihm nicht gehörte.

Bedächtig zog ich mein Messer aus der Tasche und klappte es auf, lauschte für einen Moment der lebendigen Nacht. So ruhig. So geborgen. Die dunkle Schönheit war eine Lügnerin, machte, dass wir uns sicher fühlten. Aber wir waren nicht sicher. Nicht eine Sekunde lang. Weder er, noch ich. Es konnte jeden von uns treffen, in nur einer unachtsamen Sekunde.

»Wir sind doch Kumpels, Crave«, rief er planlos in den Wald hinein. Menschen wurden merkwürdig, wenn sie in Gefahr schwebten.

»Wo steckst du? Komm schon!« Er tat es möglichst leise, aber ich hörte es trotzdem. Schob zitternd zwei Patronen in ein Magazin. Sollte er. Geduldig kratzte ich ein paar verkrustete Blutreste von meiner Klinge und wartete.

»Was wirst du jetzt tun, hä?« Seine Stimme wurde zuversichtlicher, jetzt wo er bewaffnet war, trotzdem spielte er mir weiterhin den Verzweifelten vor. Er beleidigte meine Sinne.

»Hockst du hier irgendwo und wartest, bis ich rauskomme, damit du mich ausweiden kannst?« Gar nicht mal so übel.

Langsam bahnte ich mir meinen Weg durch das Geäst auf ihn zu, schob mein Messer bedächtig zurück in die Tasche. Ich atmete nicht, bewegte mich lautlos wie ein Luchs, der seine Beute im Auge hatte.

»Scheiße, jetzt sag doch was«, jammerte er wie ein zu groß geratenes Kleinkind. Sie waren anders, sobald sie sich hier draußen befanden. Der Wald brachte jeden zurück zu seinem Ursprung. Und genau da wollte ich sie haben.

Ich war ihm jetzt so nah, dass ich den kalten Schweiß riechen konnte. Sein plumpes, schweres Keuchen klang, als würde ihn jede Sekunde ein Herzanfall erledigen. Auch gut, dann konnte ich mir den Spaß hier sparen. Panisch umklammerte er die Pistole in seinem Schoß, sah sich gehetzt um. Überall, nur nicht hinter sich. Wahrscheinlich hätte er mich in der Dunkelheit sowieso nicht entdeckt.

Einen halben Meter hinter ihm verharrte ich, ging locker in die Knie und sagte gedämpft: »Immer auf die Deckung achten.«

Er grunzte auf wie ein Wildschwein, sprang unbeholfen auf die Füße, verhedderte sich in Dornen, riss die Waffe nach oben und schoss einfach ins Blaue. Puh, der Kerl zielte ja mieser als Brooke. Plump machte er sich frei von dem Geäst, wollte wieder losrennen, aber ich griff ihn mir und ließ ihn hart in seinen eigenen Widerstand rennen. Er fiel neben dem Gestrüpp auf den Rücken wie ein Käfer, verlor seine Pistole und trat nach mir.

»Hoch mit dir!« Unsanft griff ich nach seinem Arm und zerrte ihn auf die Beine. »Komm schon. Hast du dir selbst zuzuschreiben.«

»Lass mich los, du Verräter!« Amüsant, dass gerade er das sagte. Keine Ahnung, wie er das machte, aber er landete einen Treffer mit dem Ellbogen gegen meine Schläfe und ich taumelte kurz. Den Moment nutzte er, um sich mit einem Urschrei auf seine Waffe zu stürzen wie ein Wahnsinniger.

Ich war sofort wieder bei ihm, verdrehte ihm einen

Arm so hart auf dem Rücken, dass irgendetwas krachte und er brüllte wie am Spieß, ließ das blöde Ding in der anderen Hand aber einfach nicht los, weil er nicht wusste, was gut für ihn war.

Mit Anlauf rannte ich – mit ihm vor mir – auf den nächsten Baum zu und rammte ihn mit Wucht dagegen. Er ächzte, sein Kopf ruckte nach hinten, aber dann fing er sich wieder, drückte die Waffe weiter und weiter in die Richtung meines Gesichtes, obwohl ich ihn an der rauen Rinde fixierte wie eine fette aufgespießte Motte.

»Stirb, Crave«, presste er durch die Zähne, als der Lauf meine Stirn erreicht hatte. Meine Muskeln zitterten, so sehr stemmte er sich gegen meinen Griff. Und in allerletzter Sekunde schaffte ich es, meine Kraft zu bündeln, sein Handgelenk zurückzudrücken und der Schuss, der eigentlich für mich bestimmt war, schrammte an der Baumrinde über uns vorbei und verhallte in der Dunkelheit.

Er fuhr herum, sprang mit seiner ausgekugelten Schulter auf mich zu und wollte mich rammen, rannte jedoch direkt in meine Faust, die krachend auf sein Nasenbein traf. Dann lag er da. Heulend und winselnd, sich die blutige Fratze haltend und ich packte ihn erneut, um ihn endlich dahin verfrachten zu können, wo ich ihn haben wollte.

❧

Die Kirche war nicht mehr weit entfernt. Ich jagte sie immer so, dass der Weg am Ende nicht mehr weit war, wo auch immer er sie hinführen mochte.

Sie blitzte majestätisch und verloren durch das Geäst. Ihre göttlichen Buntglasfenster waren von innen durch Kerzen beleuchtet. Logan legte immer Wert auf ein ansprechendes Ambiente, wenn wir taten, was getan werden musste.

»Wo zur Hölle sind wir?«, fragte mein alter Kumpel benommen und nasal, während sein Körper eine Schleifspur auf dem weichen Waldboden hinterließ. Das Blut auf seinem Gesicht wirkte in dem gedimmten Licht fast schwarz.

»An der Endstation.« Unnachgiebig zerrte ich ihn weiter, den tonnenschweren Bastard. Was einmal begonnen wurde, musste immer erledigt werden.

Logan hockte an seiner überwucherten Orgel wie der Höllenfürst persönlich und folgte mir bedächtig mit dem Blick. Er half mir nie. Übernahm sie immer erst, wenn ich fertig mit ihnen war und trotzdem hatte ich immer das Gefühl, er sei dabei, während ich es tat.

Ich schleifte das stöhnende Bündel unter der zerfallenen Empore entlang durch den schmalen Zugang zu der verwinkelten Gruft. Die Treppen hinunter stieß ich ihn, weil meine Arme langsam schwächer wurden und er jammerte und heulte, während er die Stufen hinabrollte und unten gegen die graue Steinwand prallte.

Grob packte ich ihn am Schlafittchen und zerrte ihn auf den Stuhl in der Mitte der Hauptkammer des Kellers, auf den die Kamera auf dem Stativ gerichtet war.

»Dafür wirst du in der Hölle verrotten.« Er spuckte blutige Schlotze nach mir, verfehlte mich aber, weil seine Augen bereits am Zuschwellen waren.

»Wehe, dein fetter Arsch rutscht von dem Stuhl«,

knurrte ich kalt, während ich die Kamera aktivierte. All das war inzwischen Routine für mich. Ich funktionierte einfach nur, während ich das hier erledigte, wachte erst wieder ein wenig aus der eisigen Trance auf, wenn ich meinen Schwanz in eine Frau rammte, mich an einem weiblichen Körper abreagierte. Sie mir nahm wie ein Stück Fleisch, sie zum Schreien brachte wie die armen Trottel, die ich hier unten zurichtete. Erst dann spürte ich wieder, dass ein Körper nicht nur dafür gemacht war, zu zerstören.

Ich fesselte den fluchenden Kerl so derb hinter dem Rücken, dass er wieder brüllte, als ich seine verletzte Schulter dabei nach hinten verdrehte.

Dann ließ ich ihm einen Moment. Am allerwenigsten konnte ich gebrauchen, dass er das Bewusstsein verlor. Das würde mich wieder nur Zeit kosten. Tief ausatmend setzte ich mich auf einen Steinsims unweit von meinem unerwünschten Gast und zog mein Messer aus der Tasche.

»Hast du Blacks Ware verhökert?«, fragte ich diplomatisch, während ich die schwarze Klinge zwischen den schmutzigen Fingern drehte und mit starrem Blick zu Boden sah.

Ein grunzendes Lachen entfuhr seinem verzerrten Gesicht. Sein Nasenbein war im Arsch. Das Blut wollte gar nicht mehr versiegen und strömte ihm unaufhörlich über das speckige, babyblaue Hemd.

»Ich bin nicht bescheuert. Du nimmst das hier auf.« Seine verschwitzten Haare flogen als er mit dem Kinn zu dem Stativ neben mir deutete.

Oh, bitte! Das ist doch schon ein Geständnis. Raus damit!

»Erspar es uns beiden einfach, mich wütend zu machen«, brummte ich und kratzte wieder wie nebenbei an meiner verzierten Klinge. »Hast du Black beschissen oder nicht?«

»Vielleicht hab ich auch deine Mutter gefickt.« Er spuckte plump neben sich und der Sabber blieb ihm am Kinn hängen.

Gelangweilt hob ich den Kopf und betrachtete seine jämmerliche Gestalt. »Schwierig. Ist schon 'ne Weile tot.«

»Dann vielleicht …« Sein malträtiertes Gesicht leuchtete in dem Licht der Kamera, das auf ihn gerichtet war. »… deine kleine Sam. Ist ja auch inzwischen jeder von den Jungs schon drüber gerutscht, was?«

Alles in mir wurde fest wie Stein und eine Feuerwalze brodelte mit einem Schlag durch meine Eingeweide. Dämlicher Wichser! Offenbar wollte diese hässliche Wanze unbedingt sterben.

»Ich frage dich noch einmal«, presste ich fest durch die Lippen und vermied es bewusst, dabei seine Visage anzusehen. »Hast du Blacks Schnee in den umliegenden Orten verteilt, die Kohle eingestrichen und behauptet, das Zeug sei dir gestohlen worden?«

»Nein, du dämliche Fickfresse!«

Mit einem Satz war ich bei ihm und rammte ihm mit Wucht mein Messer bis zum Griff in den Oberschenkel. Er brüllte wie am Spieß und ich riss rabiat seinen Kopf zurück. »Hast du Blacks Ware verhökert, Ja oder Nein?«

»Ich …« Er heulte, Rotz und Blut lief ihm übers Gesicht und er starrte entsetzt die Klinge in seinem Bein an wie ein großes Insekt, das er am liebsten verjagen würde.

»Hast du …«, begann ich wieder und umschloss den

Griff des Messers mit der Faust, im Begriff, es in der Wunde zu drehen.

»Stopp, nicht«, jaulte er. »Stopp! Bitte!«

Ich ließ seinen Kopf los und richtete mich auf. Atmete tief durch, vertrieb die kochende Säure in meinen Adern.

»Also?«

»Das Schwein hat meine Schlampe gevögelt«, rechtfertigte er das Geständnis, das hoffentlich gleich folgen würde.

»Deine *Schlampe* ...« Am liebsten hätte ich ihm das zerschundene Nasenbein bis ins Gehirn geschlagen. »Du meinst die Frau, der du vor ein paar Tagen den Bauch aufgeschlitzt hast, um sie in der Gosse verbluten zu lassen?«

Er lachte dreckig und beschwichtigend unter all dem Blut. Der letzte beschissene Abschaum! Es gab so viele wie ihn. Viel zu viele. »Crave ... Sie hatte keinen Ring am Finger, nur meinen Schwanz in ihrem Hals. Und wir sind doch nicht hier, weil ...« Er keuchte, musste sich kurz sammeln. »Weil irgendeine dreckige Schlampe ihre Möse nicht bei sich behalten konnte, oder doch?«

Ich sagte nichts, wurde schon wieder wütend.

Und er lief offenbar zur Höchstform auf in seinem ekelhaften, zerschlagenen Zustand. »Wenn die Fotzen uns gehören, gehören sie uns, komm schon, Kumpel. Strafe muss sein.«

Logan begann, über uns zu spielen.

Eine Cellosuite von Bach auf seiner alten, löchrigen Orgel.

Er war ein Psychopath.

»Sogar die Engel stimmen uns zu.« Weggetreten

lauschte das gefesselte Stück Dreck den Klängen. *Engel* ... Mir wurde schlecht von seinem Bullshit. Sein Blick driftete immer wieder weg. Der Schmerz würde ihm jeden Moment die Lichter ausknipsen.

»Hast du ...« Mein eisiger Blick fixierte erneut das Messer in seinem Bein und er zuckte zusammen, beobachtete mich alarmiert unter flatternden Lidern.

»Ja, Scheiße, hab ich, Crave.« Blut und Speichel hing in Fäden von seinem klumpigen Kinn. Mühsam drehte er den Kopf, der immer wieder unkontrolliert zur Seite sackte, in Richtung Kamera. »Drauf geschissen. Hab, ich, Black, du dämlicher, arroganter Wichser! Hab deine ... deine bekackten Drogen selbst vertickt, du hässlicher ...«

Mit einem entspannten Schritt war ich wieder bei ihm, sah ihm direkt in die milchigen, zugeschwollenen Augen und nickte knapp. »War doch gar nicht so schwer, hm?« Mit einem Ruck zog ich mein Messer aus seinem Bein und er sackte fast im gleichen Moment auf dem Stuhl zusammen, nur noch gehalten von dem groben Seil, mit dem ich ihn fixiert hatte. Zum Glück hatte ich die Oberschenkel-Arterie verfehlt, sonst würde es jetzt eine riesige Sauerei geben und gerade Verräter wollte immer gern der *Boss* persönlich erledigen, dieser ekelhafte einäugige Abschaum. Sollte er die Kerle doch selbst durch den Wald hetzen, ihnen genug Feuer unterm Hintern machen, damit sie Dinge gestanden, auf die ich schiss. Aber er machte sich nicht die Hände schmutzig, nein! Ihm machte es viel zu viel Spaß, mich für meine Sünden gleich mit zu bestrafen. Er dachte, er könnte mich brechen, aber so weit würde ich es nicht kommen lassen. Mein Moment würde kommen! Der Moment, in dem ich ihn endlich am Arsch hatte. Und

Scheiße, es würde der beste Moment aller Zeiten werden.

Während ich auf Blacks Männer wartete, stellte ich die Kamera ab, setzte mich wieder auf meinen Steinsims und wischte akribisch die besudelte Klinge an meiner Jeans ab, während Logan sich da oben ins Zeug legte wie ein Gott ... oder eher der dämonische Prinzenbastard der gottlosen Wälder. Er war noch immer wütend auf mich und ich wusste noch immer ganz genau, warum. Aber ich würde meine Meinung nicht ändern. Das tat ich nie.

Ich nahm den bewusstlosen, sabbernden Kerl ins Visier und prägte mir alles genau ein, was ich mit ihm veranstaltet hatte. Nach und nach. Jeden Schlag, jedes Wort. Und ich sah nicht weg. Er war ein Stück Dreck, das stand außer Frage, aber wenn ich nicht wie er enden wollte, musste ich mich für das bestrafen, was ich hier trieb. Am besten täglich. Niemals wegzusehen war nur eine von vielen Notwendigkeiten, das zu tun. Am Ende waren wir einfach nur alle an der gleichen Stelle falsch abgebogen.

Der frauenschändende Abschaum hier, Logan, ich, sie alle.

Mein spezieller Freund Jasper und der andere Kerl, Sully, kamen die Stufen heruntergepoltert wie eine Herde Elefanten. »Na, da hast du dich ja wieder ordentlich ausgelebt, was?« Schon diese Fratzen zu sehen trieb mir nahtlos wieder die Wut in die Knochen. Sie hatten Brooke von der Klippe geschmissen wie einen ihrer stinkenden Spitzel.

»Hat der Fettsack gestanden?« Jasper zog mit spitzen Fingern den zerschlagenen Kopf des Koksdiebes hoch und musterte ihn angeekelt. Am liebsten hätte ich seinen lächerlichen kleinen Zopf gepackt und ihn mit dem Gesicht voran gegen die Steinwand geschlagen, damit er genauso aussah.

»Crave, *hallo*«, tönte er ungeduldig. »Hat er gestanden?«

»Hm«, brummte ich düster.

Jasper nickte zufrieden, trat zurück und zog ein Stofftaschentuch aus seiner Hosentasche, um sich damit die Finger abzuwischen wie eine Pussy. Gott, welcher Kerl trug so einen Scheiß mit sich herum? In einer Bewegung zog er seine Waffe und schoss dem Bewusstlosen drei Kugeln in den Kopf. Das Blut aus seinem Schädel spritzte mir ins Gesicht. *Verdammte Scheiße!* Was sollte das denn jetzt? Meine Hände ballten sich wie von allein zu Fäusten.

Nicht, dass ich nicht damit gerechnet hatte, dass sie ihn kaltmachten, aber doch nicht hier! Und nicht ohne Black! Jasper beugte sich ekelhaft grinsend über mich und betrachtete meine eisigen Gesichtszüge. »Also dann, Frankensteins Monster«, säuselte er und steckte seine Knarre wieder weg. »Räum hier mal ein bisschen auf, hm? Widerlich.« Er tätschelte mir grob den Rücken und ich beherrschte mich nur noch mit der allergrößten Mühe. Erst als er endlich verschwand, atmete ich so tief durch, wie ich konnte. Dass er den Kerl hier vor mir abgeknallt hatte, war die reinste Farce. Er wollte mich demütigen, dachte, solange ich an der Leine lag, konnte ich ihm nicht gefährlich werden. Und damit lag der kleine Pisser bedauerlicherweise gar nicht mal so falsch.

Logan hörte auf zu spielen und ich saß einfach da und starrte kalt auf die Blutlache, die sich in Richtung meiner erdverkrusteten Schuhe ausbreitete.

Wir alle waren irgendwann falsch abgebogen und

mitten in die Falle von Jack *Blackpowder* Pine gelaufen. Und so wie es aussah, konnte mich nur eine Kugel im Kopf je wieder aus dieser kleinen Liaison befreien. Ein Glückspilz hier im Raum hatte das bereits hinter sich und der war leider nicht ich.

ACHTUNDZWANZIG

BROOKE

Ich bekam die Vorstellung des kleinen Jungen nicht aus dem Kopf, der zu Tode verängstigt und am Ende seiner Kräfte im dunklen Wald liegen gelassen worden war, bis er es schaffte, von allein wieder aufzustehen. Voller Schläge und Schnitte. Das also hatte Logan gemeint, als er sagte, ihr Vater sei ein Irrer gewesen. Gedankenverloren saß ich auf Rubys Terrasse, trank Whisky aus der Flasche und starrte leer auf die dunklen Fenster des *Fellows* ein paar Häuser weiter, während Logan und Ruby es im Haus trieben. Er war mitten in der Nacht mit wirrem Blick hier hereingestürmt gekommen wie von der Tarantel gestochen und dann waren sie direkt im Schlafzimmer verschwunden. Ruby trieb es eigentlich fast jeden Tag mit einem anderen, ich sah die Kerle ein und aus gehen. Nur Ezra war seit meiner Ankunft nicht wieder hier gewesen. Und es mochte vollkommen bescheuert sein, absolut absurd, aber ich fürchtete, es würde mir das Herz brechen, sobald er wieder in Rubys Bett einkehrte.

Du Dummkopf, Brooke Bishop!

Ja, ich weiß, zur Hölle!

Vorsichtig betastete ich die Naht an meiner Stirn. Die Stelle, an der er mich zusammengeflickt hatte, ziepte noch immer ganz schön übel. Und meine Lunge war auch weiterhin mitgenommen, aber ich konnte wirklich froh sein, dass ... Brummend nahm ich einen Schluck Whisky.

Morgen früh vor der Schicht würde ich noch einmal dorthin fahren, wenn Logan und Ruby ihre wilde Nacht ausschliefen. Ich musste wissen, wofür ich da draußen fast gestorben wäre.

Mein Telefon vibrierte und ich zog es aus der Tasche, nur um kurz darauf stöhnend die Augen zu verdrehen. Mason.

»Was willst du?« Ich griff meine Flasche und richtete mich auf, um mich für das wappnen zu können, was jetzt kam.

»Was treibst du da, Brooke?« Er klang so fremd. Wie jemand, den ich so weit hinter mir gelassen hatte, dass ich ihn kaum noch erkannte.

»Mason, dich und mich gibt es nicht mehr, also was kümmert es dich?« Ungehalten stapfte ich die Stufen hinab und begann, die Straße entlangzulaufen.

»Ich habe deinen Post gesehen. Den mit den Bäumen. Du bist in British Columbia.« Ach nein, na so was ...

»Und wenn schon.« Ich nahm einen tiefen Schluck. »Und wenn ich gerade unter einem anderen Kerl liegen würde, es ginge dich einen Scheiß an, weil du ein Flittchen mit Silikontitten auf *meiner* Küchenanrichte vögeln musstest, okay? Du und ich, dieses Konstrukt existiert nicht mehr.« Wüst gestikulierte ich in Richtung der dunklen Häuser, an denen ich vorbeistampfte. »Und soll ich dir noch etwas sagen? Ich habe mich auch schon von einem anderen nehmen lassen und es war so verflucht gut, ich habe jede Sekunde genossen. Es war das Beste, was ich je getan habe. Er ist so anders als du und anders als du liebe ich, Mason!« Gott, es tat so gut, mal richtig auszuflippen, während ich vor dem verlassenen *Fellows* auf und ab tigerte wie eine brüllende Wahnsinnige mit meiner Flasche.

Bestimmt konnte mich der ganze Ort hören, aber es war so befreiend, dass ich am liebsten die ganze Welt umarmt hätte. Endlich machte ich mich frei von ihm.

»Hast du getrunken?«, fragte Mason verdutzt und absolut nicht verletzt. Klar, er hatte mich ja auch nie geliebt. Was kümmerte es ihn, wenn ich mich von anderen Männern vögeln ließ?

»Ich tue es noch«, erwiderte ich, nahm wie auf Kommando noch einen Schluck und erstarrte im selben Moment. Seit wann stand bitte Ezras Pick-up hinter dem *Forest & Fellows*? Es war zwei Uhr nachts.

Und warum sah ich ihn erst jetzt? Wollte er zu Ruby? Oh Gott, er wollte zu Ruby.

»Hör zu, Brooke, es freut mich, dass du gerade so aus dir herausgehen kannst und es tut mir immer noch unglaublich leid, wie all das gelaufen ist.« *Mir nicht!*

Bitter starrte ich Ezras Auto an, wartete nur darauf, dass er ausstieg und rüber zu Ruby ging. Scheiße, warum tat das so weh? War das der Alkohol oder drehte ich gerade durch? Er hatte mir doch unmissverständlich klargemacht, dass es ihm vollkommen egal war, welche Frau unter ihm lag, wenn er es mit einer trieb. Das alles hier war nicht mehr gut. Gar nicht mehr gut. Es entwickelte sich in eine Richtung, die mir nicht gefiel. Ich war nicht hergekommen, um eine weitere Schwäche zu finden, sondern ich wollte Stärke. Nichts als Stärke!

»Aber ich habe deinen Post gesehen«, fuhr Mason fort.

»Welchen Post?« Meine Stimme klang leer.

»Na, den Post, von dem ich gerade gesprochen habe. Aus dem Wald.« Hatte er davon gesprochen? Hatte ich gar nicht mitbekommen ...

Die Tür des *Fellows* öffnete sich nur wenige Meter von mir entfernt und ich blieb wie angewurzelt stehen.

»Du bist in *Blackwater Mountain*. Ich habe dich getrackt«, sagte Mason.

Ezra kam über die Terrasse auf mich zu, trug einen Stapel Kartons im Arm und unsere Blicke trafen sich in der Dunkelheit.

Mason redete einfach weiter. »Das ist kein guter Ort, Brooke. Keiner von unseren Jungs hat ein gutes Wort darüber verloren, als ich mich schlaumachte. Sie nannten es ein schwarzes Loch des Gesetzes.«

Ezra sah mich eine ganze Weile an. Die Schatten der Nacht umschmeichelten sein attraktives Gesicht. Sah ich da so etwas wie ein Glitzern in seinen Augen? Dann ging er um die Ecke auf sein Auto zu. Ich starrte ihm stumpf nach. Er hatte doch jetzt aber nicht gehört ...

»Ein Rattenloch voller Gesetzloser und Krimineller. Nicht einmal der Chief fährt gern da raus.«

»Entschuldige, was?« Verdattert erwachte ich aus meiner Trance. Mason hatte geredet, aber ich hatte kein Wort verstanden.

»Was ist denn los mit dir? Du bist anstrengend.« Mason klang genervt. Tja, ich fragte mich auch langsam, was los mit mir war. Ezras GMC fuhr raunend an mir vorbei und verschwand gen dunklen Wald.

»Ich weiß, du lässt die Dinge gern hinter dir, wenn sie sich nicht mehr richtig anfühlen«, redete er weiter auf mich ein, »aber jetzt hör mal tief in dich hinein, ob sich dieser Ort jetzt gerade noch richtig anfühlt. Du bist da draußen in Gefahr, Brooke!«

Bedrückt ließ ich die Flasche sinken, stierte blicklos auf den hellen Kies. Verdammt, wahrscheinlich hatte er recht. Ich war auf so vielerlei Art in Gefahr hier draußen. Mein Körper, meine Seele, mein Herz.

»Danke für deinen Anruf«, sagte ich matt. »Und Sorry, dass ich so ausgeflippt bin.« Ich beendete das Gespräch und schob mein Smartphone zurück in die Tasche.

Ruby saß auf ihrer Terrasse, als ich zurückkam. Logan stand mit freiem, verschwitztem Oberkörper neben ihr und sie teilten sich eine Zigarette.

»Vancouver.« Er grinste, als ich die Stufen zu ihnen heraufkam. Tatsächlich ein wirklich nicht zu verachtender Anblick, dieser Logan Crave. »Was brüllst du denn hier den ganzen Ort zusammen wie ein Landstreicher? War das dein Freund?«

»Ex«, erwiderte ich.

»Oh, gar nicht gut«, tönte Ruby vielsagend und bändigte ihr komplett zerzaustes Haar. »Die sind immer die Schlimmsten.«

»Sagt sie, weil sie keinen hat«, zog Logan sie auf und wich lachend dem Schlag aus, der darauf folgte.

Brummend nahm ich noch einen Schluck und verzog das Gesicht. Das war das Merkwürdige an Whisky. Er wurde mit jedem Schluck härter, während Wein oder

Bier von Glas zu Glas süffiger wurden. Mutierte ich hier draußen etwa noch zum Säufer? Ich stellte die Flasche ab und schnaubte.

»Das Fest findet in weniger als zwei Wochen statt. Herb, Kelly und die Jungs bauen in den nächsten Tagen schon ein wenig auf. Die Lichtung da draußen ist wundervoll«, schwärmte Ruby und sah mich an, als hätte sie mir gerade einen Lottogewinn verkündet.

»Welches Fest?«, fragte ich etwas zu mürrisch.

Logan legte die Stirn in Falten und lachte, als wüsste er, dass die kleine zierliche Elfe neben ihm jetzt jeden Moment zum Hulk würde.

Ruby starrte mich fassungslos an. »Hallo? Das Fest, wegen dem du hier bist. Du hilfst mir mit den Cocktails und am Grill. Alle umliegenden Orte werden kommen. Das ist jedes Jahr der Wahnsinn!«

»Ja, der Wahnsinn«, äffte Logan sie nach und lehnte sich an einen der Balken, die das Vordach stützten, um mit smartem Gesicht seine Zigarette weiterzurauchen. Er sah mich forschend an, als ahnte er schon wieder, was ich dachte. Puh, das fehlte mir gerade noch.

»Du hattest doch gesagt, du hilfst uns mit dem Fest, oder bin ich jetzt bescheuert?« Ruby zog ihre schmale Braue nach oben und presste die Augen zusammen.

»Nein, bist du nicht. Hab ich gesagt«, beruhigte ich sie und seufzte innerlich.

»Dann ist ja gut. Wehe, wenn nicht, Fräulein!« Ihre lackierten Fingernägel strichen mir über die Wange. »Ich gehe jetzt duschen. Mister Unersättlich hier hat mich vollkommen geschafft.«

Logan zündete sich vollkommen entspannt die

nächste Zigarette an, während ich mit ihm allein zurückblieb.

»Wie macht sie das nur ... mit euch allen?«, sagte ich eher zu mir selbst, als zu ihm. In einem langen Zug blies er den Rauch knapp an mir vorbei in die Dunkelheit. »Jeder ist eine Hure, Vancouver. Sie verkauft ihren Körper, ich meine Freiheit, Ezra seine Seele. Und du? Was verkaufst du?«

Wie recht er doch hatte ... Wir waren alle verraten und verkauft. Ein wirklich mieser Gedanke.

»Du überlegst, abzuhauen, was?«, fragte er plötzlich so unvermittelt, dass ich zusammenzuckte.

Er war ein verfluchter Hellseher.

»Und wenn?«

»Würde dir davon abraten.« Er nahm erneut einen langen Zug, ohne mich anzusehen. »Ist keine gute Idee.«

»Ich wäre beinahe draufgegangen.« Demonstrativ deutete ich auf die Wunde an meiner Stirn.

»Bist du aber nicht, oder?« Er neigte den Kopf ein Stück und sah mich an. Seine Augen wirkten in der Terrassenbeleuchtung hell wie blaues Glas. »Und wirst du auch nicht. Weil wir hier draußen aufeinander achten.« Jaja, schon klar. Hatte ich das nicht schon einmal gehört?

»Und wenn du in dein kleines Nagellackmobil steigst und von hier wegfährst, hast du keinen mehr, der auf dich achtet.«

Sollte das schon wieder eine Drohung werden? Ich war mir nicht sicher, aber was auch immer es war – es gefiel mir nicht.

»Und was läuft da mit dir und meinem Bruderherz, hm?« Sein Blick fand wieder die leere Straße, als gäbe es da etwas ganz Spannendes zu sehen.

Pah, als ginge es ihn irgendetwas an. »Was soll das? Nichts, Logan. Absolut gar nichts.« Mich beschlich der Drang, wieder nach der Flasche zu greifen. Was für ein Verhör sollte das hier bitte gerade werden?

»Ich hab mich ein wenig über dich schlau gemacht, weißt du?« Auch das noch ...

»Ich bin ja der Cop hier, wir haben unsere Mittel.«

Als ob du der Cop hier wärst, Bambi-Ranger!

Erwartungsvoll sah ich ihn an.

»Na los doch! Was hast du herausgefunden? Welche meine liebste Gummibärchensorte ist?«

»Deine Kindheit war fast so beschissen wie unsere, das hab ich herausgefunden.« Wieder fixierten mich seine Augen. Wissend.

Meine Finger wurden kalt. Überhaupt wurde alles in mir plötzlich kalt.

Logan bückte sich und hielt mir wieder die Flasche hin. Als ich mich nicht rührte, nahm er selbst einen Schluck. »Deine erste Fahrt ... Du solltest dir verzeihen, Vancouver. Man fährt noch nicht sicher in diesem Alter.«

Mir wurde schlecht. Ich wollte davonlaufen, aber meine Beine waren am Boden festgewachsen.

»Hast sicher ziemlich heftige Narben, so ein Baum kann einen Ford ganz schön zurichten.« Er zog an seiner Zigarette. »Dein Vater ist selbst schuld. Man lässt ein Kind nicht ans Steuer mit zehn Jahren. Also verzeih dir. Es war nicht deine Schuld.«

Mein Hals fühlte sich unendlich trocken an. Ich hatte inzwischen kaum noch Erinnerungen an den Unfall. Zum Glück, sonst hätte ich mit den Selbstmordversuchen wahrscheinlich nie aufgehört. In meiner Jugend hatte es sich angefühlt, als sei es meine Bestimmung gewesen, an diesem Tag mit ihm zu sterben. Ich wollte es. Hatte es verdient. Bis ich Mason kennenlernte. Mit ihm war es vorbei gewesen. Trotzdem würde ich die Schuld immer auf den Schultern tragen. Meine Mutter hatte sie mir so sehr eingebläut, dass ich gar nicht mehr imstande wäre, zu vergessen, was ich getan hatte. Sie hatte mich verachtet, mich mit Worten und Hass missbraucht. Bis meine Tante mich schließlich mit zu sich nahm. Und ich sah meine Mutter erst wieder, als sie nach ihrem Suizid im Sarg lag.

»Du bist ein bisschen wie wir, Brooke.« Er fixierte mich. Fest und unnachgiebig. Müde presste ich die Lippen aufeinander. Ja, in gewisser Weise war ich wie sie. Das, was ihnen körperlich angetan wurde, war mir seelisch widerfahren. Und gerade deshalb ging das hier zu tief. Die Sache mit Ezra, die Drohungen auf den Felsen. Alles ging viel zu weit. Wenn ich blieb, könnte ich tatsächlich ein Teil von ihnen werden und das machte mir Angst. Oder Mason hatte recht und ich ging hier draußen drauf. All das, jeder einzelne Gedanke dazu manifestierte sich in meinem Kopf zu einem großen Ganzen und machte meinen Entschluss immer fester:

Ich würde Blackwater Mountain verlassen.

Das war einfach das Beste für alle Beteiligten.

NEUNUNDZWANZIG

EZRA

Kaum ein Mensch schaffte es, mich zu faszinieren und gleichzeitig so wütend zu machen. Heute war es jedoch soweit. Sie trieb mich dazu. Gestern war sie wie eine kampflustige Amazone durch den Ort getorkelt, hatte Fusel aus der Flasche getrunken und irgendeinen Kerl am Telefon beschimpft, wahrscheinlich diesen schlappschwänzigen Trottel, der nicht imstande gewesen war, sie zu lieben. Sie hatte lautstark ganz Blackwater wissen lassen, wie gut unsere kleine Vögelei gewesen war und bei Gott, wäre sie nicht so durch gewesen, hätte ich sie direkt auf der Motorhaube meines GMC daran erinnert, *wie* gut es gewesen war.

Aber heute war ich wütend. Verdammt, ich war wütend!

Vielleicht, weil ich Ruby letzte Nacht nicht bekommen hatte, um mich abzureagieren, ich wusste es nicht. Unwirsch fuhr ich den Wagen vor die Bar und stürmte die Terrasse hinauf. Kelly stand hinter der Bar und starrte mich erschrocken durch die Scheibe der Tür an. Sie spürte, wenn ich sauer war, kannte mich einfach schon zu lange.

Als die aufgeregte Glocke im Türrahmen ertönte, die mein Großvater damals noch da angebracht hatte, lugte sogar Herb aus seiner Küche.

»Wo ist sie?«, grollte ich.

Kelly verschränkte die Arme vor der Brust und zog eine Braue nach oben. »Jetzt kommst du erstmal wieder ein bisschen runter, mein Kleiner.«

Mein Telefon klingelte, trotzdem schickte ich Kelly noch einen warnenden Blick, bevor ich ihn auf das Display sinken ließ.

Nein! Ich erstarrte. Was tat sie? Warum tat sie das?

»Du weißt, dass du mich nicht anrufen sollst, Sam.«

Ich hatte es kaum ausgesprochen, da erschien Brooke in der Tür zur Küche, um mich interessiert zu beobachten. Sie war wieder die pure Versuchung in ihrem kurzen grünen Kleid.

Aber gerade hatte ich andere Sorgen.

»Ez.« Sams Stimme klang ein wenig rau wie immer. Als hätte sie immer etwas zu wenig geschlafen oder zu viel getrunken. Gott, ich hatte sie so lange nicht gehört. Ihre Stimme machte Teile meiner Brust warm, von denen ich dachte, sie bestünden inzwischen aus Eis. Sam machte mich zu einem Menschen. Und gleichzeitig zu einem Monster.

»Nein, das ist nicht richtig. Du darfst mich nicht anrufen.« Ich erschrak selbst, wie weich ich klang, wenn ich mit ihr sprach.

»Ich weiß«, erwiderte sie. So müde und ausgelaugt. »Aber ich musste dich hören.«

»Geht es dir gut?«

»Ja.«

»Dann sollten wir lieber aufpassen, dass es dabei bleibt.«

»Du fehlst mir so sehr, Ezra Crave.« *Verdammt!* Es fühlte sich an wie ein Blitz, der mitten in meine Eingeweide krachte. Ich senkte den Blick und musste mich kurz fangen.

»Du fehlst mir auch. Wir müssen jetzt aufhören, okay?«

Ich presste die Zähne so fest aufeinander, dass ich Kopfschmerzen bekam, nachdem ich das Gespräch beendet hatte.

»Wie geht es ihr?«, fragte Kelly sanft.

Ich reagierte nicht darauf. Das konnte keine ernst gemeinte Frage sein. Stattdessen tastete ich mich mit dem Blick zu dem von Brooke. Sie erwiderte ihn forschend, als sei ich gerade aus einem Raumschiff gekrochen und hätte auf scheiß klingonisch ein Bier bestellt.

»Wir müssen reden«, knurrte ich und ihre grünen Augen blitzten herausfordernd. Ich liebte diese kleine arrogante Ader an ihr. Sie war nicht so devot wie die anderen Frauen, die ich kannte, oder so spröde wie Ruby. Brooke war anders. Einfach nur anders. Man musste sie bezwingen und das reizte mich.

»Tja dann.« Sie warf das Geschirrtuch vor sich auf die Theke und kam hinter dem Tresen vor, um mir in den separaten Bereich zu folgen, in dem Black und seine Männer immer Poker spielten oder Koks von den nackten Körpern ihrer Huren schnupften.

Ich ließ sie an mir vorbei in den Raum mit dem gedämmten Licht gehen. Alles hier gehörte Black, diesem ekelhaften Abschaum. Die übertriebenen roten Samtsessel, die Black in den Boden eingelassen hatte, damit seine hirnlosen Zirkusaffen sie sich nicht über die Köpfe schlugen, das kitschige Sofa und der polierte Glastisch, auf dem sie ihre Einsätze spielten.

»Was gibt es denn, Boss?«, fragte sie provokant und ich schloss die Schiebetür hinter uns.

Bedächtig drehte ich mich zu ihr um und hielt ihren Blick fest. Sie wusste ganz genau, was es gab. Deshalb spielte sie auch so nervös mit dem Kreuz an ihrer Kette, ohne es selbst zu merken.

»Du warst schon wieder oben bei den Klippen«, erwiderte ich und genoss für einen Moment die Schuld in ihren glänzenden Augen. Sie war einfach zu neugierig. Das konnte einen hier draußen ganz schnell den Kopf kosten. Auch wenn sie nichts finden konnte, weil Jasper das Versteck gleich nach dem Vorfall leer geräumt hatte, sie brachte sich in Gefahr. »Noch mal kann ich dich da nicht rausholen, Brooke.«

»Dann sag mir, was hier los ist.« Ihr Blick flackerte. Oh, bitte nicht. »Sag mir, was ihr für ein Spiel spielt!« Sie kam auf mich zu. So nahe, bis ihr zarter Duft mich umgab und sie mich berühren könnte, wenn sie es noch einmal wagen würde. Aber sie tat es nicht. Mit großen traurigen Augen sah sie mich an. »Wer ist Sam? Deine Frau? Wer war der Kerl in deinem Haus? Wer waren die Typen an den Felsen? Wo ziehst du mich hier hinein, Ezra?« Ihre Oberschenkel berührten meine und sie sah mir so intensiv in die Augen, dass ich fast versucht war, den Blickkontakt zu unterbrechen. Gott, wenn ich ihr nur erklären könnte, dass es einfach besser für sie war, wenn sie all das eben nicht wusste. Ich hatte wirklich für einen Moment gedacht, sie könnte einfach bleiben, in der Bar arbeiten und wieder fahren. Wie dumm ich gewesen war ...

»Brooke, ich ...«

»Ich werde gehen.« Ihre Stimme klang so entschlossen, dass sich alles in mir kurz zusammenzog.

»Kannst du nicht mehr.« Der süße Duft ihres Haares machte mich ganz unkonzentriert.

Und sie kam noch näher, berührte mit ihren vollen Lippen fast mein Gesicht, als sie flüsterte: »Doch, ich gehe. Jetzt gleich, wenn du nicht mit mir sprichst.«

»Geht nicht.« Ich beugte mich ein Stück zu ihr herunter.

»Warum nicht?«, fauchte sie erbost. »Weil ich eins deiner Mädchen bin? Du kannst mich mal, Ezra Crave. Ich bin nicht deine Gefangene. Und vor allem nicht *dein Mädchen*. Nicht heute, nicht morgen, niemals, verstanden?«

War ja klar, dass ich dafür noch eine Rüge bekommen würde. Später als erwartet.

Ich griff nach ihrem Oberschenkel. Ihre nackte Haut unter dem Kleid fühlte sich weich und zart an und raubte mir komplett den Verstand.

Entsetzt schlug sie meine Hand von sich. »Wag es bloß nicht, mich anzufassen!«

Das Feuer in ihrem Blick forderte mich heraus. Der Gedanke, dass sie es hier raus schaffte, machte mich wahnsinnig. Aber noch beschissener war der, dass sie es nicht schaffte. Und das war noch ein ganzes Stück wahrscheinlicher. Sie verstand es nicht. Sie *konnte* nicht gehen – und das war nichts, was ich mal so eben beschloss – es war eine Tatsache.

»Sag es mir!« Ihre Augen flehten und entzündeten eine Flamme in mir. »Was ist hier los?«

»Ich kann nicht.« Mit einer Hand griff ich in ihr Haar, sacht, aber vehement. Sie ließ es geschehen, sah mich nur mit flackerndem Blick an.

»Und du kannst nicht weg.« Langsam beugte ich mich über sie, ließ meine Lippen über ihre warme, duftende Wange gleiten. So zart und weich. Ihr wundervoller Körper raubte mir die Beherrschung.

Sie seufzte innig, stieß mich dann aber wieder von sich. Nicht mehr annähernd so heftig wie zuvor.

»Lass mich. Es gibt keine richtige Tür hier.«

Ach ... sonst legte sie doch auch nicht viel Wert auf Türen. Und mir war es so scheißegal, ob sie uns durch die Schiebetür hören konnten und dass wir sie sogar sahen. Ich musste sie jetzt haben. Ihren Körper. Ihren Willen. Ich wollte nicht, dass sie ging!

Sie sah den Hunger in meinen Augen und verzog verzweifelt das Gesicht. »Ezra, nicht!«

Aber ihr Widerstand brach, als mein Atem über ihren Hals perlte, als meine Küsse ihr Schlüsselbein bedeckten. Gott, ich war so hart, dass es weh tat. Sie würde nicht mehr gehen können, nachdem ich sie mir genommen hatte. Sie konnte nicht! Sie durfte nicht.

Ihre tiefen Blicke irritierten mich. Ich sah ihnen gern in die Augen, wenn ich sie fickte, saugte die Lust aus ihnen heraus, die ich in ihnen entfachte, jede einzelne Emotion, aber nie hatte eine genauso zurückgeblickt. Brooke tat es. Und das brachte mich aus dem Konzept.

»Hör auf«, flüsterte sie bebend, als ich bei ihren Brüsten angelangt war und ihre Nippel sich mir willig durch den Stoff entgegenreckten. Warum trug dieses kleine Luder eigentlich nie einen BH?

»Wirklich?« Langsam hob ich das Gesicht vor ihres, legte den Kopf leicht schief, sah sie so lange an, bis ich das Gefühl hatte, sie würde unter meinem Blick verglühen.

Der fiebrige Glanz in ihren Augen nahm zu. Sie wiederholte ihre Worte nicht, nein, sie sagte gar nichts.

Ihre roten Wangen und die gesenkten Lider gaben mir den Rest. Mit einem festen Griff drehte ich sie um, schob mit dem Knie ihre Beine ein Stück auseinander und drückte ihre Mitte gegen die schmale Lehne des massiven Seidensessels, der sich hinter ihr befunden hatte.

Sie keuchte auf, als ich mich gegen ihren Hintern presste und damit ihren Kitzler noch enger gegen den Stoff rieb.

Mit einer Hand zog ich ihren Kopf zu mir und raunte erhitzt in ihr Ohr: »Du gehst nicht!«

Sie stöhnte zitternd, weil ich mit der anderen Hand den Saum ihres Kleides ein Stück nach oben zog, ihren Hintern in dem knappen Spitzenslip packte und sie fester gegen den Sessel drückte. Ganz sicher stand ihr Unterleib bereits in Flammen. Verdammt, ich konnte es kaum erwarten, mich so tief wie möglich in sie zu schieben.

»Leck mich«, fauchte sie.

Ich unterdrückte ein Stöhnen, als ich um sie herumgriff, ihr die Träger von den Schultern zog und ihre runden Brüste umfasste, die so perfekt in meinen Händen lagen. Sie wimmerte heiser, als ich ihre harten Nippel zwischen meinen Fingern rieb. Ihr schlanker Rücken bewegte sich geschmeidig unter mir und ihre prallen

Arschbacken lagen unter diesem lächerlich knappen Stofffetzen von Slip quasi frei.

Oh Scheiße, ich konnte nicht mehr warten. In einer Bewegung öffnete ich meine Hose, rollte mir ein Kondom über, schob ihren Slip zur Seite und versenkte mich langsam und genüsslich bis zum Anschlag in ihrer nassen, engen Pussy. Sie ummantelte meinen Schwanz einfach perfekt. Und ihr heiseres Wimmern machte mich nur noch härter. Genau wie ihr Versuch, sich zurückzuhalten, weil uns mit Sicherheit jeder da draußen hören konnte. Mit angehaltenem Atem sah ich meinem Schwanz dabei zu, wie er wieder aus ihr glitt und sich dann nach und nach wieder in sie schob. Fuck, das war der Himmel. Ihr Rücken zitterte, ihr Arsch war rund und wunderschön. Ich keuchte und nahm die Lenden zurück, wurde kontrolliert schneller und presste sie mit beiden Händen gegen die schmale Lehne des Sessels, während ich sie fickte. Grob packte ich ihre Arschbacken, damit ich noch tiefer in sie vordringen konnte und drückte sie zusätzlich unaufhörlich mit meinem Körper gegen den Stoff, der inzwischen unsagbar intensiv an ihrer Klit reiben musste. Sie jammerte und bebte, am liebsten hätte ich sie so hart gevögelt, dass jeder da draußen das Klatschen hörte, aber ich hielt mich noch zurück. Wollte, dass sie kam, damit ich es auskosten konnte. Mein Blick wurde verwaschen, mein Griff an ihrem Hintern zitterte. Brooke Bishop zu nehmen war anders als wahllos irgendeine Frau zu ficken. Besser. Und mit einem Mal verunsicherte mich das.

Ich vertrieb die wirren Gedanken, griff unsanft in ihr glänzendes Haar, legte die andere Hand über ihren Mund und rammte mich so schnell und hart in sie, wie ich konnte.

Sie keuchte gegen meine Handfläche und ich hielt sie einfach weiter fest, während ich sie so heftig gegen diesen verdammten Sessel vögelte, dass ich selbst kaum zu Atem kam. Jeder Muskel in mir war hart wie Stein, ich fühlte ihre engen Wände, wie sie sich für mich dehnten, so nass und willig. Ich kam in einer heftigen Welle, die ich nicht hatte anrollen sehen. Bis zum Anschlag drängte ich mich in sie und verharrte dort. Wartete atemlos, bis ich wieder zu Verstand kam. Meine Hand ließ ihr Haar los und glitt langsam zwischen ihre Beine, wo ich ihren feuchten, pochenden Kitzler rieb. Ich bewegte die Hüften in langsamen, kreisenden Bewegungen, um ihr weiterhin Impulse über die Sessellehne zu geben. Ihr Atem wurde schneller. Sie presste ihren Körper gegen meinen. Nähe war nicht mein Ding, aber so gut kannte sie mich wahrscheinlich bereits.

Als sie heftig erbebte und wimmernd in meine Hand stöhnte, nahm mein erschöpfter Schwanz schon wieder an Härte zu. Unfassbar. Was machte diese Frau mit mir?

Der Orgasmus überrollte sie, spannte ihren Körper erst an und machte ihn dann ganz weich. Ich liebte es, den Frauen, in denen mein Schwanz steckte, beim Kommen zuzusehen. Sie war besonders schön dabei.

Ich lockerte meinen Griff an ihr und für einen Moment kamen wir wieder zu Atem, während ich mich aus ihr zog. Dann richtete sie sich auf, zupfte ihren Slip und ihr Kleid zurecht und drehte sich zu mir um.

Ihr Blick war wie Dynamit. Gott, diese Frau war eine Bombe.

Ich sah es nicht kommen. Verflucht, ich hätte es verhindert, aber all mein Blut steckte offenbar noch in meinem Schwanz. Sie legte ihre Lippen auf meine. Nur für wenige Sekunden, aber sie tat es. Für ein paar Atemzüge atmete ich sie und sie mich. Und ich hasste es nicht, ganz im Gegenteil.

»Leb wohl, Ezra Crave«, flüsterte sie und ihre Worte entfachten etwas unsagbar Dunkles in mir.

DREISSIG

BROOKE

Ich konnte es einfach nicht fassen. Es war das Letzte gewesen, was ich geplant hatte, schon wieder mit Ezra Crave zu schlafen. Er beherrschte meinen Willen, das konnte einfach alles nicht wahr sein. Es war so unangebracht und unheimlich, welche Wirkung dieser Mann auf mich hatte. Und ständig diese Momente zwischen uns. Nicht nur Oona konnte das Gute in ihm sehen, auch ich konnte es, sah ihn, wie er wirklich war. Und es machte mir Angst, wie tief ich in ihn vordringen wollte. Ich wollte sein Licht sehen und auch seine Dunkelheit. Aber dafür war ich nicht hier, ich war nicht losgefahren, um stehen zu bleiben oder am Ende vielleicht sogar draufzugehen, weil mich die Gefahr ein wenig zu sehr fasziniert hatte. Mason hatte wie immer recht. Es war der richtige Zeitpunkt, um weiterzufahren und zu sehen, wo es mich nach Blackwater Mountain hinzog.

Die ganze verfluchte Bande starrte mich an, als ich aus unserem verruchten kleinen Sexkabinett herauskam. Sogar Logan lungerte inzwischen wieder an der Bar herum und trank seinen obligatorischen Kaffee. Wie der harmloseste, netteste Typ von nebenan prostete er mir mit seiner Tasse zu.

Logan, man prostet nicht mit Kaffee! Das bringt Unglück.

»Kelly, hast du einen Moment?« Mein Herz wurde so verdammt schwer, wenn ich mir vorstellte, wie ich in wenigen Augenblicken wieder auf der Straße war und all das hinter mir ließ.

Albern, Brooke Bishop! Du warst nur ein paar Tage hier!

Ja, aber gefühlt ein halbes Leben.

Kelly griff nach ihrer Zigarettenschachtel und tauschte einen wissenden Blick mit Logan. Klar, sie wusste schon wieder mehr als ich. Sie war die allwissende Kelly.

Als wir uns in Richtung Tür bewegten, sah ich Ezra aus dem Augenwinkel zur Bar gehen, aber ich mied seinen Blick. Nicht, dass mir wieder wie von Zauberhand das Kleid vom Leib rutschte, sobald unsere Magneten aufeinanderprallten.

Ich schluckte schwer und trocken und Kelly ließ mir den Vortritt auf die Terrasse. Gott, warum fühlte sich mein Herz nur so schwer an? Das war doch der reinste Unsinn. Was redete ich mir hier ein?

Wir gingen die Stufen hinunter, an Ezras Pick-up vorbei in die Richtung meines Autos, das noch immer brav hinter Rubys Salon wartete, bis meine Reise weiterging. Tja, jetzt war es wohl soweit.

»Du gehst«, stellte Kelly fest und sah mich neutral über ihr Feuerzeug hinweg an, während sie sich eine Zigarette anzündete. Mir war zum Heulen, keine Ahnung, wieso.

»Kommt ihr auf dem Fest ohne mich klar?«

»Solltest dich nicht von einem Kerl verjagen lassen, Kleines. Das steht dir nicht.« Kelly zwinkerte mir zu und drehte den Kopf ein Stück, damit ihr Rauch mich nicht traf.

»Oh, es liegt nicht an ihm. Ich muss immer weiter, sobald ich anfange, mich irgendwo zu Hause zu fühlen. Ihr habt mich wohl einfach zu herzlich aufgenommen.« Ein freudloses Lachen verließ meine Kehle.

Sie fuhr sich durch die wirren Locken und schenkte mir einen verschmitzten Blick. »Ist das nicht genau der Punkt, an dem man anhalten sollte? Zu Hause? Aber du nicht, Brooke, was? Rollende Steine setzen kein Moos an.«

Autsch! Sie hatte so recht, dass es weh tat. Aber ich konnte das nicht. Vielleicht war ich deshalb so lange bei Mason geblieben. Er hatte gar kein Interesse daran gehabt, mir so nah zu kommen, dass es mich hätte in die Flucht schlagen können. Ich hatte nie wirklich echte Zuneigung erfahren und viel zu viel Angst, dass sie mir hier eines Tages noch begegnen könnte.

Kelly steckte sich ihr kariertes Hemd unter die Jeans und verbrannte sich dabei beinahe an ihrer Glut.

»Du bist eine von uns, Brooke. Ganz egal, wo du hinfährst. Wirst schon sehen.« Wissend zwinkerte sie mir zu und irritierte mich damit vollkommen. Hatte sie nicht verstanden, dass ich jetzt sofort fuhr und nicht wiederkommen würde? Oder hatte ich das vielleicht noch gar nicht erwähnt?

»Tja, dann. Ich hab gestern Nacht schon gepackt. Viel hatte ich ja nicht dabei, also ...« Ich drehte mich ratlos in die Richtung meines Autos. »Sag den anderen noch einmal vielen Dank für alles. Und drück Ruby von mir, ja?«

»Bis dann, Liebes.« Ihre Augen funkelten. »Pass gut auf dich auf.«

Bis dann?

Okay, sie verstand es offensichtlich noch immer nicht. Aber das war okay, ich musste es ja auch selbst erst einmal verinnerlichen.

»Machs gut.« Ich stieg in mein Auto und hoffte für eine unachtsame Sekunde, das Schicksal würde den Motor nicht anspringen lassen, aber er schnurrte wie ein Kätzchen.

Ohne mich noch einmal umzudrehen, fuhr ich die Straße entlang, an Rubys Salon vorbei, ließ den Lebensmittelladen von Becky hinter mir und passierte das Haus vom Dorfältesten Oscar, der wie eigentlich immer seine Pfeife rauchte und mir aufmerksam nachblickte. Im Rückspiegel sah ich, wie er die knochige Hand zum Abschied hob und dann war ich raus aus Blackwater Mountain.

Meine Brust fühlte sich mit jeder Meile zugeschnürter an, als ich langsam durch den Wald davonglitt. Mann, sollte ich mich nicht eigentlich befreit fühlen? Hatte es sich nicht bisher immer großartig angefühlt, wieder auf der Straße zu sein? Fast wäre ich in den kleinen Holperweg Richtung Ezra abgebogen. *Gottverflucht, Brooke! Konzentrier dich gefälligst! Und reiß! Dich! Zusammen!*

Du wirst jetzt weiterfahren! Fahr einfach!

In der nächsten Kurve zog mein Auto seltsam nach rechts und als ich gegenlenken wollte, passierte so gut wie nichts. Gott, was war denn jetzt bitte los?

Ich zog den Wagen mit Mühe gerade und es rüttelte kurz, als hätte ich etwas überfahren.

»Was zum Geier …« Okay, ich musste wohl oder übel nachsehen, was da los war. Vorsichtig stoppte ich an der Waldkante und stieg aus, um den Unterboden zu prüfen. Auf den Knien robbend suchte ich schimpfend den Übeltäter. Und da! Hatte ich es doch geahnt. Ein großer Riss zierte meinen Hinterreifen. Klasse! Der war im Eimer. Ich musste durch irgendetwas Spitzes gefahren sein. Vielleicht einen scharfkantigen Stein. Oh, dieser verhexte Wald … Dann hieß es jetzt wohl …

»Wohin des Weges, Rotkäppchen?« Diese Stimme kannte ich und erstarrte augenblicklich zu Stein. Ich hatte gar nicht gemerkt, wie hinter mir ein Auto vorgefahren war.

»Zum großen bösen Wolf? Mit Kuchen und Wein, hä?« Eine zweite Stimme. Auch die kannte ich.

Jasper, lass sie los …

Das Blut gefror mir in den Adern. Langsam, ganz langsam drehte ich mich zu ihnen um. Ein schwarzer SUV. Der, den ich vor Ezras Haus gesehen hatte.

»Großer böser Wolf? Aber da kommt sie doch gerade her«, frotzelte Jasper und starrte mich aus seinen schmalen, schwarzen Augen an.

Shit! Mein Puls begann zu flattern und meine Brust schnürte sich so schlagartig zu, dass ich keine Chance hatte, etwas zu erwidern. Diese Bastarde hatten mich von der Klippe geschmissen, nur Gott wusste, wozu sie noch imstande waren. *Bitte jetzt keine Panikattacke, Brooke!*

Meine Hände begannen, zu zittern, trotzdem versuchte ich, den widerlichen Blick aus diesen kohleschwarzen Augen möglichst resolut zu erwidern. Es gelang mir nicht. Ich fühlte den freien Fall, während ich ihn ansah. Und den Aufprall. Und das Umstürzen der Welt in Dunkelheit.

»Ich dachte eigentlich, du wärst ersoffen, meine Schönheit«, brachte Jasper es direkt auf den Punkt. Ich wünschte, Ezra hätte ihm die Visage zerschlagen, als er die Chance dazu hatte.

»Wer hat dich denn da so liebevoll wieder zusammengebastelt? Unsere liebe Kelly, die gute Seele?« Er musterte meine genähte Stirn. »Ach, sie ist immer so ein Engel, wenn Fremde Hilfe brauchen.«

Jedes einzelne Wort aus seinem Mund klang süffisant und abschätzig.

»Ich ... komm schon klar. Bin gleich weg.«

Bitte haut ab! Haut einfach ab!

Ich drehte mich wieder zu meinem Reifen und versuchte, mich auf meinen Atem zu konzentrieren, da hörte ich hinter mir Autotüren schlagen und mir rutschte das Herz eine Etage tiefer.

»Weg? Sicher nicht. Lass uns dir doch helfen, Süße.« Jasper kauerte sich neben mich. Er roch nach beißend süßem Parfum und trug fingerlose Lederhandschuhe. »Du fährst bei uns mit.«

»Oh, das ist absolut nicht nötig.« Ich rückte ein Stück von ihm weg. Von seinem Geruch wurde mir schlecht und alles begann, zu wanken. *Gott, bitte hau ab!* »Ich werde schon ...«

Ganz entspannt, als wäre es das Normalste auf der Welt, zog er eine Pistole aus seinem Gürtel und legte sie so auf seinen Oberschenkel, dass ich sie sehen konnte.

Und ich sah sie. Gott, dieser Psycho drohte mir jetzt schon das zweite Mal. Und es machte mich krank, dass die Augen, die das Letzte waren, das ich vor meinem Sturz gesehen hatte, mir gerade so nah waren.

»Das war keine Frage«, säuselte er gefährlich ruhig gegen meine Wange. Sein Atem roch nach Pfefferminz. »Du kannst nicht nach Blackwater kommen, dort herumschnüffeln, nicht krepieren, wenn man will, dass du krepierst und dann einfach abhauen. Das hier ist keine Ponyranch, auf der man ein paar Ziegen streichelt, am See ausreitet und sich dann wieder verdrückt, verstanden?«

Unsanft packte er meinen Nacken und drückte mir den Lauf seiner Waffe gegen die Schläfe. »Und jetzt rein in den Wagen!«

»Jasper, wir bekommen Besuch«, warnte der andere Kerl, der lässig an dem SUV lehnte und Jasper dabei zusah, wie er mir ekelhafte Dinge ins Ohr flüsterte.

Jasper fuhr herum und zerrte mich auf die Beine. »Los, steig jetzt ein!«

Ich stemmte mich gegen seinen Griff, als er mich in sein Auto schieben wollte. Mein Herz galoppierte wie die dämlichen Ponys aus seinen Ausführungen. Das war Logans Jeep und er kam direkt auf uns zu.

»Zur Hölle«, fluchte Jasper und nahm die Waffe von mir, als der Geländewagen direkt neben uns zum Stehen kam.

Als erste stieg Kelly aus und lehnte sich an die Seite des Wagens. Ich war am Boden festgewachsen und wagte es nicht, zu atmen, nicht einmal, als ihr Blick mich traf.

»Gibt es ein Problem?«, fragte Jasper gereizt, als Logan den Motor abstellte und auf uns zukam.

»Das frage ich dich.« Er klemmte sich eine Zigarette

zwischen die Lippen und zog sein Feuerzeug aus der Tasche.

»Was? Wieso mich?« Jasper lachte ungehalten.

»Was treibst du da mit dem Mädchen meines Bruders?« Logan inhalierte tief den Rauch, seine blauen Augen blitzten gefährlich.

»Bitte was?«, blaffte sein Gegenüber fassungslos, das mich übrigens noch immer am Arm festhielt. »Nein, das ist die kleine Schlampe, die oben bei den Felsen herumgeschnüffelt hat, nichts weiter.«

»Natürlich war sie da oben.« Logan blies dem Rattengesicht seinen Rauch ins Gesicht. »Ist ja auch eine Angestellte von Ez.«

»Nein. So kam es mir gar nicht vor.« Jasper hustete und funkelte störrisch zu Logan hinauf, der ein beachtliches Stück über ihn hinauswuchs.

»Interessiert kein Schwein, was dir wie vorkommt«, mischte Kelly sich ein und spuckte durch die Zähne neben sich ins Moos. »Die Kleine ist eine von uns, also nimm deine dreckigen Pfoten von ihr, kapiert?«

»Oh bitte, Kelly, du willst mir doch nicht erzählen, die da sei eine Blackwater! Sully, sag du doch auch mal was dazu.« Jasper lief auf und ab, wischte sich durch seine Pomade-Haare und starrte mich undefinierbar an. »Sie hat da oben geschnüffelt, hallo!«

Sully zuckte nur ratlos die Achseln.

»Komm her, Liebes!« Kelly hielt mir ihren Arm hin.

»Ach, komm schon«, fluchte Jasper. »Was soll der Scheiß?«

»Sie arbeitet für Ezra Crave«, machte Kelly ihm noch einmal überdeutlich klar, während sie meinen paralysierten Körper in Empfang nahm, den ich wie automatisiert in ihre Richtung steuerte. »Ich würde mich an eurer Stelle besser nicht an einer Blackwater vergreifen, ihr erinnert euch ja bestimmt, was das letzte Mal passiert ist, als ihr das versucht habt.«

Oh Gott, ich wollte es gar nicht wissen.

»Also prägt sie euch gut ein«, grollte Logan und deutete in einem Kreis um seinen Kopf. »Und mein Gesicht gleich dazu. Denn das gehört zu dem Kerl, der euch den Arsch aufreißt, wenn ich so etwas wie hier nochmal mit ansehen muss.« Er schnipste seine Zigarette in Sullys Richtung, der einen erschrockenen Hüpfer machte.

Jaspers Kinn bebte vor Wut, das sah ich sogar vom Jeep aus, in den unsere ruppige Barfrau mich bereits sachte geschoben hatte.

Ich war noch immer völlig weggetreten. Auch noch, als Logan den Motor wieder startete und wir langsam den Weg zurückfuhren, den ich gekommen war. *Aber ... mein Auto ... was ...*

»Also dann, kleine Brooke.« Kelly legte den Arm um mich und deutete wie nebenbei auf das altbekannte Ortseingangsschild mit dem Berg und dem See. »Willkommen in Blackwater Mountain.«

Die Doppeldeutigkeit hinter ihren Worten machte mir eine Gänsehaut.

EINUNDDREISSIG

EZRA

Er stürmte meine Terrasse wie ein Wahnsinniger und ich musste schmunzeln, als ich seine langen Schritte über das Holz kommen hörte. Hatte sogar schon vorsorglich zwei Bier geöffnet und auf dem Tisch bereitgestellt, an dem ich mit verschränkten Armen fläzte. Die Sonne glitzerte in Fetzen auf dem Wasser des Sees. Die Berge, die ihn säumten, sahen jeden Tag anders aus, genau wie mein Inneres. Oft herrschte Sturm und Gewitter, aber es gab sie, diese Momente, in denen man einfach zu verflucht erschöpft für diesen ganzen lächerlichen Krieg war. Und das fühlte sich fast ein wenig wie Frieden an.

Logan blieb neben mir stehen und starrte mich atemlos an. War er etwa den ganzen Weg hierher gerannt? Die Vorstellung amüsierte mich. Kein *Hey Ez*, kein *Na, alles fit?* Es schien ernst zu sein. Erst ein paar Sekunden zuvor hatte Kelly mir Bescheid gegeben, dass sie Brooke zurückgeholt hatten, ganz kurz bevor Jasper sie sich schnappen konnte. Und das schenkte mir meinen friedlichen Moment für heute, denn es bedeutete, ich musste dem Wichser nicht den Hals brechen. Ersparte uns wirklich eine Menge Ärger.

»Was soll diese ganze Scheiße hier?« Da war jemand wirklich sauer.

Ich blickte einfach ruhig weiter auf mein Zuhause, mein trügerisches Paradies aus Dreck.

Er meinte nicht die Sache, von der er gerade kam, zumindest nicht nur, so viel stand fest. Ich hatte ihn Brooke nachgeschickt, weil ich diese Maden allein schon mit meiner bloßen Erscheinung provozierte. Ich war der Zerstörer, Logan der Beschützer. So waren unsere Rollen nun mal verteilt, das war ihm so klar wie mir.

»Setz dich doch«, brummte ich und deutete mit der Flasche *Molson*, die ich mir griff, auf die andere, die auch ohne meine Einladung schon seinen Namen schrie.

Für einen Moment wirkte er, als würde er mir am liebsten eins auf die Nase geben, aber er prügelte sich selten. Nur, wenn die Kacke so richtig am Dampfen war.

»Ist mir eigentlich nicht danach, Ez.«

Gut, von mir aus ... Ich nahm einen Schluck von unserer kanadischen Perle und wartete ab, was genau ihm auf der zarten Seele brannte, auch wenn ich es schon mehr als ahnte.

»Diese ganze Scheiße hier«, wiederholte er und kratzte sich ratlos an seinem Blondschopf.

Hmmm...

»Arbeitest du heute nicht?« Er trug keine Uniform. Fiel mir auf, als ich aus dem Augenwinkel begutachtete, wie ungehalten er durch die Gegend stierte.

»Das war so alles nicht geplant.« Aha, jetzt rückte er

langsam raus mit der Sprache und sein zielloses Herumgetiger endete direkt vor meinen dunklen Boots.

»Was ist dein verfluchter Plan? Was machst du da?«

»Molson trinken.« Ich prostete in seine Richtung. »Das andere ist übrigens für dich.«

»Verarsch mich nicht, Ezra!« Seine Stimme klang genau wie meine, wenn ich kurz vorm Platzen war. Jetzt blickte ich doch lieber auf, damit ich besser einschätzen konnte, ob er vielleicht gleich mit einem Hieb von der Seite kam. Seine blauen Pussystürmeraugen funkelten.

»Du weißt genau, wovon ich spreche! Was machst du? Warum hast du ihr untersagt, weitere Lieferungen zu fahren? Warum darf ich sie nicht in die Depots unter dem Tresen einweihen?« Aufbrausend wischte er sich über das Gesicht und griff dann doch zu seinem Bier. Es schäumte über, weil er es ansetzte wie ein blutdurstiger Wikinger und das ganze gute Zeug lief ihm übers Kinn. Er würde mir keine verpassen. Schade. Wäre vielleicht besser so gewesen. Hätte mich eventuell zur Vernunft gebracht. Tief ausatmend drehte ich den Kopf zurück zum See.

»Was ist los mit dir?«, fuhr er fort. »Willst du sie als deine persönliche Absinthfee? Für ein paar Drinks an der Bar, bei denen die Jungs sie begaffen können? Dafür haben wir sie nicht hierbehalten. Und genau genommen auch nicht, damit du ihr das Hirn rausvögeln kannst, wann immer dir danach ist.«

Sein Gerede machte mich schon wieder wütend und ich hatte gerade so gar keine Lust auf Wut.

Knurrend nahm ich noch einen Schluck Bier.

»Ez ... Sie ist hier, weil Black eine Schmugglerin will,

okay? Es war seine Idee und du hast sie gut gefunden«, redete Logan auf mich ein.

Scheiße, ich fand rein gar nichts gut, was dieser Pisser vorschlug. Vor allem nicht, weil dieser Mist schon einmal gründlich schief gegangen war. Von mir aus sollte er all seine Päckchen und Pakete und Depots nehmen und damit in einer Hölle verrotten, die ihn ewige Qualen leiden ließ.

»Dir ist klar, dass er eher heute als morgen in die Stadt kommen wird, um seine Lieferung zu holen? Dann wird er sich sehr freuen, dass wir seinen Vorschlag in die Tat umgesetzt haben, ist dir klar, ja? Eine Frau ist Millionen wert in unserem Geschäft.«

Unserem Geschäft ... Schnappte er jetzt völlig über? Was hier passierte, war nicht mein Scheißgeschäft! Und seines auch nicht, wenn da noch ein Funken Verstand in seinem irren Hirn steckte.

»Du kannst keinen zu einem Kurier machen, der nicht weiß, dass er einer ist«, presste ich durch die Zähne.

»Ach komm, Ez.« Er lachte. Wie konnte er jetzt lachen? Vielleicht war doch ich derjenige, der ihn heute noch am Kragen packte. »Wir sind da doch alle irgendwie reingewachsen. Dieser Job ist keiner, für den eine Ausschreibung in einer fucking Zeitung steht. Man entwickelt sich mit ihm, fängt klein an und wird immer größer. Dann zieht einen das Geld einfach mit. Das Geld, der Nervenkitzel, die Macht. Und sie wäre hervorragend, glaub mir! Ich hab sie nicht ohne Grund ausgesucht.«

Sie ausgesucht ... War das das Bier, das da so heiß in meinem Magen hochkochte?

»Ich bin ihr Boss, verstanden? Sie arbeitet in meiner Bar und das ist alles!« Brodelnd funkelte ich meinen

Bruder an, der aussah, als würde er die Welt nicht mehr verstehen.

»Das ist alles? Dafür fahre ich ihr nach und bringe mich vor Blacks Speichelleckern in Gefahr? Dafür durchleuchte ich sie, teste sie und stelle fest, dass sie einfach perfekt für all das ist, weil sie genauso hinüber ist wie wir? Nein, Ez, ich sage dir mal, was jetzt passiert ...« Logans Blick nahm wieder diese verschlagene Färbung an, die den kleinen miesen Bastard widerspiegelte, der tief in seinem Inneren an den Hebeln saß. »Die süße Vancouver ist verknallt in dich, das konnte ich in ihren unschuldigen grünen Augen sehen. Glückwunsch! Sie wird dir aus der Hand fressen und das ist genau das, wo wir hinwollten. Jetzt kannst du sie auf Black vorbereiten. Weißt du was, fick sie von mir aus bis sie nicht mehr stehen kann, aber behalt dabei das Ziel vor Augen!«

Oh, ich wusste, worauf er anspielte. Fest starrte ich ins Nichts, während ich meine Flasche in ein paar Zügen leerte. Ich wusste es, weil wir es so abgesprochen hatten. Weil wir das schon einmal getan hatten. Wenn der Tag kam, würden wir es noch einmal genauso regeln. Und der Tag war gekommen. Ich sollte mich eigentlich diebisch freuen wie mein kleiner verdorbener Bruder, aber bei dem Gedanken, was ich Brooke damit antun würde, war mir nur noch zum Kotzen. Und trotzdem ... Sie war wieder hier und konnte nicht mehr gehen, denn wenn sie es tat, war sie Futter für die Wölfe.

Aber bist am Ende du schlimmer oder sind es die wilden Tiere da draußen, Ezra Crave?

»Du wirst den nächsten Schritt machen«, fuhr Logan fort und stieß seine Flasche gegen meine, weil er merkte, dass ich einknickte, dass ich einsah, was er da redete. *Ver-*

dammt! »Mach sie weich, geschmeidig, nimm sie dir, zeig ihr, wer sie wirklich ist, denn du kannst das am besten. Gestatte ihr einen tiefen, tiefen Blick in ihre kleine zerbrechliche Seele. Und dann ...« In seinen Augen tobte ein verdammter Blizzard. »Brich ihr Scheißherz! Mach sie kalt und hart, damit tust du ihr den größten Gefallen, denn ein gebrochenes Herz macht sie unantastbar. Du weißt, wovon ich spreche, Bruder.« Er legte seine Hand auf meine Schulter und drückte kurz und vertraut zu. »Wut und Schmerz sind noch immer die besten Lehrmeister. Sieh uns an!«

Etwas in mir rebellierte gegen diesen Bullshit, aber mein Verstand war lauter. Meine Erfahrung gab Logan recht. Nichts hatte mich je mehr gestählt als die verschissenen Schläge meines Vaters. Als die Einsamkeit in den nächtlichen Wäldern oder das höhnische Lachen, wenn ich halb tot am Boden lag. Ich hatte mir in dieser Zeit geschworen, immer wieder aufzustehen und jeden niederzureißen, der mich zu Fall brachte. Jeden! Etwas braute sich hinter meiner Brust zusammen. Und es war kalt wie ein Stein. Fest blickte ich zu meinem Bruder auf. Er hatte recht. Black würde kommen. Und wir würden ihm Brooke geben müssen, sollte er sie einfordern. Bis dahin lag es in meiner Verantwortung, wie wir sie ihm übergaben. Keine Ahnung, ob ich ihr Temperament in den Griff bekommen würde – Geld würde eine Frau wie sie jedenfalls nicht dazu bringen, irgendetwas zu tun oder zu lassen – aber bisher hatte mir am Ende noch jede aus der Hand gefressen.

Auf Logans Gesicht breitete sich ein allumfassendes Grinsen aus, als er registrierte, was in mir vorging. Er sah aus wie ein kleiner, mieser Hosenscheißer, der im Begriff war, seinem Lehrer ein Auge mit der Steinschleuder auszuschießen.

Dann strich er sich bedächtig eine blonde Strähne aus der Stirn und trank zufrieden sein Bier aus, ohne seine Hand von meiner Schulter zu nehmen.

Ich blickte wieder auf den See hinaus und alles in mir verfinsterte sich hinter Wolken, die sich zäh wie Öl über dem Frieden zusammenzogen, den ich vor ein paar Minuten noch verspürt hatte. Es war immer nur eine Sache von Sekunden, dann kam das Unwetter zurück. Es kam immer zurück, denn ich war nun einmal, wie ich war.

»Warten wir ab, wie es ausgeht«, brummte ich. »Ob sie ihm gefällt.«

»Oh, sein Vater hat doch schon länger nach einer Bonnie für seinen kleinen Clyde gesucht und ich kenne Black. Brooke ist perfekt. Sie wird ihm gefallen.«

Eine Bonnie für seinen kleinen Clyde ... Um ein Haar kam mir mein Bier wieder hoch.

»Wir könnten ja eine Wette daraus machen, Bruder.« Logans Augen glänzten in der Sonne blau wie der See selbst. »Wenn er sie nicht will, bleibt sie in deiner Bar und spielt weiter deine kleine Cocktailhure, mag er sie aber, gehen wir den nächsten Schritt. Was meinst du? Das ist fair, oder?«

Ein langer Atemzug verteilte schweres Blei in meiner Brust.

»Okay.«

Ich war so ein Bastard. Wettete um die unschuldige Seele einer Frau, die nicht die Erste wäre, die bei meinen Spielchen draufging.

»Perfekt! Ich liebe dich, Ez«, murmelte Logan wie eine Pussy, die mit Barbies spielt, und stellte die leere Flasche neben mir auf den Tisch. »Und ich weiß genau, dass du mich insgeheim noch mehr liebst, großer Bruder.« Zwinkernd tätschelte er mir den Arm und machte sich davon, bevor er Gefahr lief, dass ich wieder zu Verstand kam.

ZWEIUNDDREISSIG

BROOKE

»Was genau heißt das jetzt, Kelly?« Ich fühlte mich wahnsinnig müde.

Willkommen in Blackwater Mountain …

Wie lange hatte meine Flucht von hier gedauert? Fünfzehn Minuten?

Seufzend klammerte ich mich an die Tasse Pfefferminztee, die Ruby mir gerade im *Fellows* eingelassen hatte. Obwohl Sommer war und draußen die Sonne schien. Ich fühlte mich nach Tee, nach einer Decke und einem Versteck. Dieser ekelhafte Widerling hatte mich jetzt das zweite Mal fast um die Ecke gebracht. Wie konnte einem da nicht nach einem Versteck sein?

»Bin ich jetzt hier bei euch gefangen bis zum Ende meiner Tage? Kann mich nicht erinnern, dass ich irgendetwas mit Blut unterschrieben hätte …« Meine Stimme klang heiser und matt.

Ruby lachte hell. Sie war immer gut drauf … Was war nur los mit ihr? »Eingeheiratet hast du definitiv. In der Sekunde als du darum gebettelt hast, im *Fellows* zu helfen.«

Helfen ... genau das war das Stichwort. Ich hatte nur helfen wollen. Und was hatte es mir gebracht? Eine neue Zwangsheimat, einen Bungeesprung ohne Seil und den besten Sex meines Lebens mit dem schlimmsten Mann, den ich je getroffen hatte.

Leck mich, Schicksal!

»Solange du bei uns bleibst, können sie dir nicht auf den Pelz rücken«, merkte Kelly an. Sie saß neben mir an der Bar und sah Ruby beim Gläserspülen zu. »Wir Blackwaters sind eine Einheit, das wissen sie.«

»Genau. Mit unserem Schwarm legt man sich besser nicht an, huh?« Ruby machte eine Grimasse wie ein Krieger und Kelly und sie klatschten über die Bar hinweg ab. »Und du wolltest abhauen, ohne dich bei mir zu verabschieden.« Ruby zeigte verurteilend mit dem Finger auf mich. »Mein Zorn ist dir gewiss.«

Mhm, toll ... In einer Zwangs-WG mit Menschen, deren Zorn mir gewiss war.

»Sie redet nur Unsinn«, schimpfte Kelly. »Sobald das Fest vorbei ist, sind die kleinen Stinker wieder über alle Berge und dann kannst du fahren. So war es doch geplant, oder nicht?«

Die kleinen Stinker ... Süß! Ich hatte wirklich die Befürchtung, dass sie diesen ganzen kriminellen Wahnsinn hier absichtlich verniedlichten. Putzige kleine Männchen mit niedlichen Spielzeugpistolen, aus denen es Bonbons regnete.

Stöhnend ließ ich den Kopf auf meine Unterarme fallen.

»Warum denn das Fest? Was ist mit dem Fest?«, brummte ich in den Stoff meines Ärmels.

»Was murmelt sie?«, hörte ich Ruby fragen.

»Kein Schimmer, lass sie murmeln«, erwiderte Kelly und ich stöhnte wieder.

»Das Fest«, wiederholte ich mit leicht angehobenem Kopf. »Machen wir da jetzt einfach so weiter, obwohl ich bedroht wurde? Mehrfach?«

»Ja«, strahlte Ruby. »Black Deep Sun. Mein liebster Cocktail. Ich werde dir zeigen, wie man ihn macht. Der ist der Renner auf dem Fest.«

Ernsthaft?

»Logan erzählt viel Unsinn, wenn der Tag lang ist«, raunte Kelly direkt in mein Ohr. »Aber das vorhin war ihm ernst. Sehr ernst. Wir alle werden dafür sorgen, dass du hinter unseren Grenzen nie wieder bedroht wirst, verstanden? Und ich höre weitere Schießstunden rufen, Engelchen.« Unsanft hieb sie mir auf den Rücken.

Ernsthaft!

Ich wusste nicht, was ich denken sollte. Ich hatte gehen wollen und ich konnte nicht. Ezra hatte recht behalten. Ich *konnte nicht,* so einfach war das.

Am liebsten hätte ich gerade gegen irgendetwas getreten. Ich hasste es, eingesperrt zu sein. Nicht auf die Straße zu können, wenn ich es wollte.

»Das Schicksal war dir doch immer so wichtig, mein Schatz«, stichelte Ruby. »Also, wenn du mich fragst, schreit es dir gerade echt laut mitten ins Gesicht.«

Argh!

»Lass sie.« Kelly richtete sich auf und streichelte mir kurz beschwichtigend übers Haar. »Sie kann uns gerade alle nicht ausstehen, aber das vergeht.«

Ein ziemlich irres Lachen kam tief aus mir heraus. Wahrscheinlich war ich schon bald so verrückt wie sie alle hier, ja!

Kellys Telefon vibrierte auf dem Tresen und ich sah im Augenwinkel Logans Namen auf dem Display.

»Was gibt's?« Ich hörte seine Stimme gedämpft etwas in die Elektronik reden. Kelly machte in regelmäßigen Abständen »Mh«, »Okay« und »Nein.« Dann sagte sie sehr lange nichts mehr und im Anschluss legte sie auf und starrte Ruby an, als wäre der jüngste Tag gekommen. Unsere engelsgleiche Lieblingsprostituierte warf ihre Mähne zurück und legte alarmiert den Kopf schief. »Was ist?«

Ich sah zwischen den beiden hin und her und nippte dabei ratlos an meinem Tee. Vielleicht sollte ich einfach damit aufhören, diese verfluchten Blackwaters verstehen zu wollen. Sollte mich einfach neben Oscar vor sein Haus setzen, lernen, Pfeife zu rauchen und vor mich hin existieren. Bis ich so alt und faltig war wie er und ihn dann direkt im Dasein als Dorfälteste ablöse.

»Kelly ... Was ist los?« Ruby zog die Stirn kraus.

Kelly griff nach ihrer Zigarettenschachtel. Sie rauchte viel zu viel. Sah bestimmt bald aus wie ich, wenn ich in hundert Jahren Oscar ablöste. Moment, zitterten ihre Hände da etwa gerade?

»Black ist auf dem Weg hierher«, sagte sie tonlos und ließ ihr Feuerzeug klacken.

Rubys Augen wurden riesig und ich hatte den Eindruck, es fiel gerade wirklich viel Farbe aus ihrem Gesicht.

»Leute?«, mischte ich mich, nichts Gutes ahnend, in ihr kleines Techtelmechtel ein. »Werde ich gleich noch mehr bereuen, nicht von euch weggekommen zu sein?«

»Quatsch!« Ruby griff sich einen Lappen und wischte den Rand meiner Tasse auf dem Tresen weg.

»Man muss sie nur im Griff haben, schon vergessen?« Sie klang fast wie die fröhliche Ruby kurz zuvor, aber die Furchen verschwanden nicht von ihrer Stirn.

»Wann?«, richtete sie sich wieder an Kelly. Und sie klang besorgt. Ja, das war Sorge in ihrer Stimme, ich war mir sicher.

»Er wusste ...« In dem Moment klingelte hinter uns das Glöckchen an der Tür und die beiden hoben die Köpfe. Ihre Reaktionen waren vollkommen unterschiedlich. Kellys Blick wurde dunkel wie die Nacht in den Wäldern und Ruby sah aus, als würde gerade ein Geist über die Schwelle schweben. Ich traute mich gar nicht, mich umzudrehen. Wollte nicht noch mehr von diesem Chaos.

»Ah, die muffige alte Luft des *Forest & Fellows*, was habe ich sie schmerzlich vermisst!« Die Stimme ging mir durch und durch, und das nicht auf die gute Art. Sie war absolut einnehmend, als sei sie in der Lage, dir jeglichen Willen aus den Gliedern zu saugen. Etwas klimperte in gleichmäßigen Abständen wie zu Boden fallende Münzen und kam gemächlich in meine Richtung.

Einer unserer Dartstammgäste verabschiedete sich zurückhaltend und nahm den Hinterausgang. Was zum Geier ...

»Die Damen ...« Eine feingliedrige Männerhand mit einem goldenen Ring klopfte direkt neben meiner Tasse auf das Holz der Theke. Dunkler Anzugstoff bedeckte den schlanken Arm, ich erkannte ein blütenweißes Hemd, das unter dem Ärmel hervorlugte und ein Geruch nach moschusartigem Parfüm und Haarpomade umgab mich. Wow, der Kerl war unangenehm, ohne dass ich ihn ansehen musste.

»Ja, was denn? Gibt es keine Willkommensfeier? Wo ist mein Freund Herb?«

»Hast dich nicht angekündigt«, brummte Kelly unter ihrer Zigarette und musterte den Typen wie den Staatsfeind Nummer 1.

Ich atmete einmal tief durch und drehte mich dann doch ein Stück zu ihm um. Und bevor ich ihn ins Visier nehmen konnte, fiel mein Blick auf den Kerl neben ihm. Der Goldzahnmann aus Ezras Haus. Wie war das noch? Finch?

Er taxierte mich offensichtlich schon eine ganze Weile, so geduldig wie sein Blick auf mir ruhte. Ein kalter Schauer rann mir über die Wirbelsäule. Als er meine Verunsicherung bemerkte, grinste er. Und ein Goldzahn glänzte in seiner oberen Zahnreihe. Was hatte ich gesagt ...

»Aber Kelly«, tadelte der Unangenehme, zu dem sich jetzt Stück für Stück mein Blick tastete. »Wir kommen doch immer zum Fest, ts ts ts. Vergessliches altes Mädchen.«

Vergessliches altes Mädchen? Der Preis für den mutigsten Mann Kanadas geht an ...? Als ich mir schließlich ansah, wer hier gleich eine ordentliche Abreibung bekommen würde, war ich nur noch verwirrter. Dieses schmierige schwarze Haar, das kantige Gesicht mit den markanten Wangenknochen und sein linkes Auge ... Eine lange Narbe zog sich quer darüber und die Iris war so blass, dass das ganze Auge weiß wirkte wie Schnee. Fragend zog ich die Brauen zusammen. Den Kerl kannte ich doch.

Er neigte den Kopf und sah mich direkt an. Sein Blick schlug ein wie ein Eisblitz. Als müsste nahtlos alles in mir verwelken und sterben. Was für ein gruseliger Knilch! Mit diesem Mann war ganz eindeutig nicht zu spaßen und das merkte ich nicht nur daran, dass Kelly ihm nicht die Stirn bot.

»Oh. Eine neue Lady in der Stadt.« Seine Mundwinkel zogen sich verzückt nach oben und er griff mit seinen weichen pedikürten Fingern nach meiner Hand. Sein gesundes Auge war stechend blau. Nicht schön blau wie die von Logan, nein, eher wie die pure Kälte im Winter. Seine schmalen Lippen hauchten meinem Handrücken einen Kuss auf, während er mich darüber hinweg ansah wie der perfekte Gigolo. »Wo sind meine Manieren geblieben? Das hier ist Brutus Finchington. Alle nennen ihn Finch.« Finch starrte ich an wie ein Stück Vieh auf seiner Schlachtbank.

»Und ich bin Jack Blackpowder Pine. Eine schöne Frau wie du darf mich nennen wie sie möchte, aber ich bevorzuge Black.« Das also war der berühmte Black ... Sein Benehmen kam mir vor wie das eines gestelzten Aliens, hier, in all der Rohheit von Blackwater Mountain.

Er trug Cowboystiefel mit Sporen wie ein Typ aus einem alten Western und er hatte Rüschen an dem Hemd unter seinem maßgeschneiderten Anzug. War er ein Vampir oder wie? Ein Jesse-James-Vampir? Jedenfalls sah er absolut nicht wie jemand aus, dem das Leben zusetzte – eher wie jemand, der dem Leben anderer zusetzte.

»Brooke Bishop«, erwiderte ich, grübelte noch immer krampfhaft, woher ich dieses Gesicht kannte und mied den unangenehmen Blick von Goldzahn-Finch.

»Sehr erfreut.« Black lächelte wie der perfekte Gentleman. »Verzeih mein barbarisches Aussehen. Ich habe schon als Kind zu gern mit explosiven Dingen gespielt.« Entschuldigend deutete er auf sein demoliertes Auge.

»Und welche Funktion hat die hübsche Brooke Bishop hier in unserem lauschigen Städtchen?«, richtete Black das Wort höflich an Kelly und Ruby. Zu höflich. Gruselig höflich.

Ich sah mich ebenfalls zu ihnen um und registrierte den verunsicherten Blick, den sie tauschten.

»Arbeitet für Ezra«, sagte Kelly schließlich so widerwillig, dass ich fragend die Augen zusammenkniff. Als hätte sie ihm ein Geheimnis verraten. War es ein Geheimnis?

»Tatsächlich?« Black rieb sich die zarten Hände. »Das ist ja großartig.«

Was war daran großartig? Ich versuchte Kellys Blick zu fangen, damit ich aus ihm lesen konnte, aber sie wich mir aus.

»Seid ihr also meinem Rat gefolgt? Sehr erfreulich. Wirklich erfreulich.« Der Kerl klang, als hätte er Geburtstag. Was war das hier schon wieder für eine Nummer?

»Sie arbeitet an der Bar, Black«, fügte Kelly so schneidend hinzu, dass mir ganz anders wurde.

»Natürlich tut sie das, liebste Kelly.« Er klang wie ein Irrer. War er ein Irrer? »Wo denn sonst? Wir sind hier in einer Bar, was, Finch?«

»Ist eine Bar«, erwiderte Finch neutral.

»Ohne Frage.« Black starrte mich an wie ein Geschenk. Sein gesundes Auge funkelte richtig dabei.

Was zum Henker …

Ich musste echt verdattert aussehen.

»Jedenfalls«, wendete er sich wieder an die Runde. »Gibt es etwas zu feiern. Ich habe jetzt endgültig das Geschäft meines allseits geschätzten Vaters übernommen. Der Ärmste hatte kürzlich einen Unfall. Schlimme Sache.«

Finch und er senkten kurz betroffen die Köpfe. Oh Mann, ich wusste sehr genau, wann jemand eine Show spielte und dieser Black war eine ganze Saison an Aufführungen.

»Lasst uns auf ihn trinken. Kelly – bist du so gut und schenkst allen eine Saalrunde *Jukon Jack* ein? Ich nehme ein Wasser.« Gönnerhaft blickte er sich im Raum um, aber außer uns war niemand mehr übrig. Alle anderen hatten sich nach seinem Auftauchen unauffällig aus dem Staub gemacht. Netter Typ. Und offenbar stadtbekannt.

»Ich mach schon.« Ruby versuchte, an eine eingestaubte Flasche mit einem honiggelben Inhalt in der oberen Reihe des Regals zu kommen, aber sie war sogar auf den Zehenspitzen noch zu klein. Black ging ohne Umschweife an Kelly und mir vorbei – Kelly wurde dabei zu einer grimmigen Salzsäule – um den Tresen herum und kam Ruby sehr nah, während er ihr zur Hand ging und die Flasche vom Regal nahm.

Sogar von hier konnte ich sehen, wie heftig Ruby erstarrte. Das stand ihr gar nicht. Jedem anderen hätte sie in den Hintern getreten. Vor ihm wirkte sie fast schüchtern. Black beugte sich über sie und nahm einen tiefen, geräuschvollen Atemzug an ihrem Haar. »Schneidest du eigentlich immer noch Haare, Prinzessin?«

Ich bekam eine eisige Gänsehaut, obwohl ich nicht einmal diejenige war, an der er so anzüglich herumschnupperte.

»Ja, tue ich.« Rubys Schlagfertigkeit schien ihm gegenüber gänzlich auf der Strecke geblieben zu sein.

In dem Moment öffnete sich hinter uns erneut die Tür und als ich den Kopf drehte, spielte alles in meinem Inneren schlagartig verrückt, als wäre ich plötzlich ferngesteuert und meine Mechanik im Eimer. Kleine Flammen tanzten durch meine Bauchgegend, die erst kribbelten und mich kurz darauf erbarmungslos verbrannten. So war es immer, wenn dieser Mann auftauchte. Ezra war eine so unsagbar anziehende Erscheinung, sogar jetzt, in dieser skurrilen Situation. Sicher war er frisch geduscht nach unserer kleinen Geschäftsbesprechung vorhin in seinem verruchten Hinterzimmer. Denn er hatte sich umgezogen, trug jetzt olivgrüne Cargohosen, ein schwarzes Shirt mit dem Relief eines Berges im Grunge Look und ein dunkles Cap, das seine intensiven grünen Augen im Schatten des Schirmes ein wenig in Zaum hielt. Aber nicht genug. Er sah mich an und schlug dabei wie immer in mich ein wie ein Meteorit.

Sein Blick hielt meinen für einen Moment fest. Und er sagte ohne Worte alles, was ich bereits wusste. Trotzdem musste er es mich noch einmal spüren lassen.

Jetzt zufrieden? Ich sagte ja bereits: Du kannst nicht gehen.

Ich räusperte mich und senkte meinen Blick auf den schlierigen Tee.

»Ezra Craaaave«, machte Black langgezogen und schneidend. Er starrte ihn auf eine Art an, die endgültig alle Alarmglocken in mir schrillen ließ und zog Ruby ein Stück enger an sich heran, die leise keuchte. »Wie schön, dass du unsere Party beehrst, wir trinken gerade auf meinen ehrwürdigen verstorbenen Vater.« Seine unheimlichen Augen funkelten, als er wieder an Rubys Haar roch und mich dabei durchdringend ansah. »Wir haben gerade besprochen, dass ich in dem Salon unserer hübschen Ruby hier unterkomme. Ich habe das Schild im Fenster gesehen und wäre gern ein wenig zentral untergebracht, bis das Fest stattfindet.«

Ruby fiel noch der letzte Rest Farbe aus dem Gesicht. Das Schild ... Zimmer frei ... Verdammt. Sie hatte es noch nicht abgehangen. Wurde dieser Psycho jetzt etwa mein Mitbewohner?

Hilfesuchend tastete ich mich zu Kellys Blick, in dem ich nichts als Unheil fand. Ruby suchte zitternd ein paar Schnapsgläser heraus und goss ein, während Ezra so nah an mich herantrat, dass ich seine elektrisierende Wärme im Rücken spüren konnte. Er schirmte mich vor diesem Finch ab, der mit Sicherheit schon lange wusste, dass ich die Frau auf der Klippe gewesen war, seinem höhnischen Ausdruck um den Mund nach zu urteilen. Meine Blessuren sprachen ja auch dafür. Die Luft hier drin war zum Schneiden dick, aber mit Ezra um mich fühlte ich mich direkt ein klein wenig sicherer und gleichzeitig auch ein bisschen verlorener.

»Hier, mein Freund.« Black schob ihm ein Glas über den Tresen. »Was macht das Geschäft?« Wieder stierte er mich an wie ein Schakal eine Maus. »Wir müssen dringend reden. Heute Abend. Du weißt, wo. Und bring den anderen Crave auch gleich mit.« Das klang, als wäre es eine Falle. Alles, was dieser Kerl sagte, klang wie eine Falle. Ezras tiefer Atem traf auf meinen Haaransatz, dann nahm er das Glas, trank es in einem Zug aus und sagte, während er seine warme Hand auf meine Taille legte: »Komm.«

Fragend drehte ich mich zu ihm um. Er behielt weiter

Black im Auge, als könnte er jeden Moment über den Tresen springen wie ein Puma. »Wir holen deine Sachen.«

Meine Sachen? Ich war verwirrt. Klar, mein Auto lag noch fahrunfähig auf der Straße und der Kram musste auch da raus, aber das hier war merkwürdig. Allumfassend merkwürdig.

»Oh, die schöne Brooke Bishop wohnt bei dir?«, fragte Black ein wenig zu interessiert.

»Sie hilft uns mit dem Fest«, antwortete Kelly unterkühlt. »Das findet ja auf der Lichtung draußen bei ihm statt. Doch so vergesslich, Jack?« Sie kippte ihren Schnaps wie Wasser.

Black stieß ein ungläubiges Lachen durch die Zähne und schüttelte zungeschnalzend den Kopf. Dann griff er in Rubys Mähne und zog ihr Gesicht näher zu seinem, um es eindringlich zu betrachten. »Wäre besser, wenn du deinen Allerwertesten hier hinter die Bar manövrieren würdest, Kelly. Die Süße und ich gehen jetzt nämlich nach drüben, damit sie mich gebührend willkommen heißen kann.«

Ezra umgriff meine Hüfte noch etwas fordernder und ich ließ mich vom Barhocker rutschen, um ihn zur Tür zu begleiten. Dabei blieb er so nah bei mir, dass es sich anfühlte, als sei er mein Bodyguard.

Was soll das, Ezra? Beschützt du mich etwa? Wirklich süß ...

»Und wir beide«, rief Black uns schneidend nach, »werden reden, Ezra!«

Ezra knurrte, ich konnte es nah bei meinem Körper fühlen, aber er würde trotzdem zu dem Treffen gehen, auch das fühlte ich. Denn dieser Black trug irgendetwas an sich, das einfach jeden hier in Blackwater Mountain fesselte und knebelte.

»Ich brauche keinen Personenschutz«, schimpfte ich, während ich auf den Beifahrersitz seines massiven GMC kletterte, und merkte selbst sofort, dass ich Unsinn redete. Ohne Logan würde ich wahrscheinlich gerade in irgendeinem Graben liegen und von genau den Raben zerhackt werden, wie er sie auf dem Körper trug.

Als Ezra neben mir einstieg, bedachte er meinen Kommentar nur mit einem nachsichtigen Kopfschütteln und schob den Schlüssel ins Zündschloss.

»Ich habe eine kleine Hütte nah bei meinem Haus im Wald. Dort bleibst du, solange dieser Bastard hier wütet.«

»Ist das eine Frage?« Herausfordernd sah ich zu ihm hinüber. Das ganze Auto duftete nach ihm und das machte mich ganz wuschig.

»Du kannst auch gern hier mit ihm in einem Bett schlafen.« Er drehte den Schlüssel und die wuchtige Maschine des Pick-Up raunte tief unter uns auf.

»Lass mal, ich teile mein Bett nicht mit fremden Männern.«

So eine bin ich nicht …

Ja, gut, war ich nicht, bevor ich ihn hier getroffen hatte.

Ezra warf mir einen amüsierten Blick zu. Jaja … schon verstanden!

Ich betrachtete unauffällig die Tattoos auf seinem Unterarm, während er mit einer Hand das Steuer umgriff und uns wendig aus der Nische vor dem *Fellows* herausmanövrierte. Was diese Eule wohl bedeutete? Er trug sie auf seinem Arm und auf dem Messer. Und sie ging nahtlos in einen Totenschädel über, der sich innen über seinen Oberarm zog und dem irgendetwas Schwarzes aus dem Auge kroch. Eine Schlange? Oder eine Pflanze? Ich erkannte es nicht. Der dunkle, gewundene Körper endete unter seinem Ärmel. Dieser Oberarm ... Welcher reale Mensch hatte bitte so schöne Oberarme? Mein verklärter Blick krabbelte weiter nach oben. Über seinen breiten Hals, die männliche Kieferpartie unter dem gestutzten Bart, nur wenig länger als ein Dreitagebart. Als ich bei seinen Lippen anlangte, drehte er den Kopf und sah mich an.

Ertappt zuckte ich zusammen. »Dieser Black ist schon wirklich ein ...«, versuchte ich schnell von meinem Gestarre abzulenken und fand vor Schreck gleich nicht einmal ein passendes Wort.

Ganz toll, Brooke! Die Plumpheit in Menschengestalt.

Ezra brummte nur und lenkte sein klobiges Ungetüm in Richtung Wald. Genau dorthin, wo diese Ratten mich abgefangen hatten. Wie konnte er nur wissen, wo das gewesen war? Woher wusste dieser Mann nur immer alles?

DREIUNDDREISSIG

EZRA

Ich hatte Brooke in dem kleinen verlassenen Haus im Wald untergebracht, das nur einen Katzensprung von meinem entfernt lag und von uns ab und zu als geheimes Zwischenlager genutzt worden war, bevor wir die Kirche für uns entdeckt hatten. Es gefiel mir nicht, sie in der Nacht da draußen lassen zu müssen, aber es gehörte zum Plan. Außerdem kannten Blacks Höllenhunde die Hütte nicht und wussten ganz genau, wenn sie in meinem Wald an Orten herumschnüffelten, die sie nichts angingen, würde ich sie solange hetzen, bis sie tot umfielen.

Und Brooke ... Die schien es zu akzeptieren wie es war. Sie vertraute mir ... Der Gedanke brachte etwas in mir zum Splittern. Einem wie mir traute man nicht. Sie würde das noch zu spüren bekommen. Ich war nicht wie die sanften Muschitypen mit gezupften Augenbrauen aus der Stadt, die am Telefon um sie heulten, ich war ein skrupelloser Sack. Und diesen Abschaum von Black jetzt gleich noch ein zweites Mal am heutigen Tag ertragen zu müssen, machte etwas in mir so kalt und aggressiv, dass es mir die Tatsache, wie unberechenbar ich war, wieder einmal mehr vor Augen führte.

Es war absolut keine gute Nachricht, dass Arthur Pine tot war. Er hatte Black zwar schon länger die Geschäfte übertragen, aber als sein Vater hatte er den zerstörerischen Wahnsinn seines Sohnes immer noch ein wenig in Zaum halten können. Das war jetzt vorbei. Und wie diese einäugige Wanze Brooke angeglotzt hatte ... Logans Plan ging so perfekt auf, dass es fast unerträglich war. Er durfte diese miese kleine Wette nicht gewinnen. Mann, ich hatte keinen blassen Schimmer, wieso mir das so zusetzte. Wahrscheinlich, weil ich diesem Stück Scheiße von Black einfach nichts gönnte. Ich hasste ihn und er hasste mich. Eines Tages würde einer von uns außer Kontrolle geraten und den anderen kaltmachen und es fühlte sich so an, als käme dieser Tag immer näher.

Logan kam mir entgegen, als ich das *Fellows* betrat. Er sah noch geleckter aus als sonst, trug das dunkle Hemd, das er nur zu besonderen Anlässen aus dem Schrank holte, aufgeknöpft bis zu dem Schwarm Todeskrähen, den der alte Joe auf seine Brust gestochen hatte. Das blonde Surferboy-Haar hatte er sich nach hinten geschmiert wie ein verkappter Mafioso. Hoffte bestimmt auf eine von Blacks Stammprostituierten. Er brachte uns immer ein paar mit und sie waren immer ansehnlich. Mit perfekten großen Titten und vollen geschminkten Lippen.

»Alles klar? Hast du die kleine Vancouver gut einquartiert?« Er roch, als sei er in ein Fass Parfüm für Großmütter gefallen. Nach Rosen oder so etwas. Sein Ernst?

Ich nickte nur und betrachtete ihn eindringlich. Er war angespannt und wütend. Das roch ich zehn Meter gegen den Wind. Und im nächsten Moment sah ich auch, warum. Ruby mixte Drinks an der Bar und wirkte blass und ausgelaugt. Sie hatte tiefe Augenringe, zog sich die Shirtärmel bis zu den Handgelenken und zwang sich zu einem Lächeln, als sie mich sah. »Gut seht ihr aus, Jungs. Er ist hinten.« Sicher hatte dieser Pisser sie stundenlang geschändet wie eine willenlose Gummipuppe. Das war seine Art, uns seine Macht zu demonstrieren. Indem er alles und jeden hier für sich beanspruchte wie es ihm beliebte. Vielleicht wäre es das Beste gewesen, Brooke heute für sie einspringen zu lassen, aber ich wollte Brooke nicht in Blacks Nähe haben. Obwohl genau das der Plan war, aber sie war noch nicht bereit für ihn. Oder war ich nicht bereit, sie ihm zu geben? Scheiße, ich musste dringend zur Vernunft kommen.

Fest presste ich die Zähne aufeinander und atmete dreimal tief durch.

»Lass uns reingehen.« Schon von Weitem hörte ich das hämische Lachen von Blacks Männern in unserem Separee. Er hatte also die ganze Muppetshow dabei, das klang nach Spaß.

Kurz vor der Schiebetür musterte Logan mich noch einmal und klopfte mir zufrieden gegen den Oberarm. Ja, ich trug ihm zuliebe auch mal ein Hemd und die dunkelste Jeans, die ich hatte finden können.

Finch stand im Maßanzug wie der verdammte Bodyguard des Teufels, der er nun mal war, vor dem Raum und grinste uns dreckig an, bevor er öffnete. Black saß inmitten seiner Männer an dem Glastisch in der Mitte des Raumes und drehte sich zu uns um. Gönnerhaft breitete er die Arme aus und zog an seiner fetten Zigarre. »Die Crave-Brüder. So eine Freude. Setzt euch doch.« Zigarren waren nach außen hin sein einziges Laster. Er trank nicht, fluchte selten und dachte nicht daran, den Scheiß zu nehmen, den er vertickte. Machte einen auf Saubermann, obwohl es in ihm dreckig und bestialisch aussah. »Bitte.« Sein totes Auge starrte mich an, während er auf einen der beiden freien Plätze neben sich deutete. Sein vergoldeter Smith & Wesson-Revolver lag vor ihm auf dem Glas des Tisches, wie er es immer tat. Er hütete das Ding wie einen Ring am Finger, war wie Satan persönlich mit dem Tod verheiratet.

Seine Männer steckten alle im feinen Zwirn, trugen fette Uhren, die mehr kosteten als mein ganzes Haus und tranken Whisky wie die Mitarbeiter einer verschissenen Spießerbank in Seattle. Nur die Knarren verrieten, dass das hier kein gewöhnliches Meeting einer Kanzlei war. Und die Prostituierten in der knappen Spitzenunterwäsche, die sich auf dem Sofa an der Wand räkelten und darauf warteten, dass dieses Stelldichein wieder in eine Fickparty ausartete wie es eigentlich immer der Fall war. Dem Typen mir gegenüber baumelte ein Schlagring vom Gürtel. Unauffällig scannte ich ihn. Ein Schlappschwanz mit der Visage eines kleinen Jungen und dem Körper eines aufgeblasenen Bodybuilders.

Als ich mich langsam setzte, schob Black mir ein Glas Whisky hin, das ich sofort stürzte. Keine Ahnung, warum ich immer so achtlos trank, was er mir auftischte. Vielleicht weil ich wusste, dass er mich nie und nimmer auf diese Art um die Ecke bringen würde. Das brächte ihm viel zu wenig Genugtuung. Logan setzte sich auf die andere Seite neben ihn und überblickte konzentriert den Raum. Dann griff auch er nach dem Glas, das für ihn bereitstand und trank.

Black umfasste meine Schultern und rückte mit seiner hässlichen Fratze näher an mein Gesicht. Ich widerstand dem Drang, ihm eine zu verpassen. »Die Kleine hat ein Auge auf dich geworfen, mein Freund.« Er deutete mit dem Kinn in Richtung seiner Mädchen. »Du kannst sie nachher haben, wenn wir fertig sind. Sie ist mein Geschenk an deine Treue.«

An deine Treue ...

Widerwillig folgte ich seinem Blick. Eine schlanke Schönheit mit gebräunter Haut und makellosen Proportionen saß auf der Lehne des Sofas und sah mich unter gesenkten Lidern an. Sie trug schwarze halbtransparente Spitze mit Strapsen und ihr gewelltes dunkles Haar verteilte sich über ihr üppiges Dekolleté. Als mein Blick sie traf, spielte sie schüchtern mit einer Strähne. Sie war sexy. Ich konnte ihre harten Nippel von hier aus sehen, aber der Gedanke, sie zu vögeln, langweilte mich. Trotzdem schlug man Blacks Geschenke nicht aus.

»Jungs.« Black umgriff jetzt Logan und mich wie zwei alte Freunde und räucherte mich mit seiner widerlichen Zigarre ein. »Es läuft und das macht mich glücklich. Holperig ...« Er drehte den Kopf zu mir und tadelte mich im Unterton bedauernd. »Aber es läuft.«

»Du meinst den kleinen Zwischenfall mit Buck«, merkte Logan an und ich hoffte sehr, er würde damit keine schlafenden Hunde wecken.

»Ach, macht euch deshalb mal keine Gedanken.« Endlich nahm er die schmierigen Hände von uns und tauschte einen schneidenden Blick mit dem Schlagring-Babyface-Kerl. »Wo gehobelt wird, fallen Späne.«

Riesenbaby nickte nur düster. Wirklich skurril mit dieser Kindervisage.

»Aber Ezra.« Blacks stechend blaues Auge fixierte mich warnend. Er war ein solcher Irrer. Man wusste nie, wann seine Stimmung kippte. »Du musst dich ein wenig besser unter Kontrolle bekommen. Meine Männer berichten immer wieder von kleinen Zwischenfällen, die sich in meinen Ohren doch recht unerfreulich anhören.«

»Er ist ein bisschen angespannt in letzter Zeit«, versuchte Logan, mich aus der Schusslinie zu holen. »Das gibt sich schon wieder.«

»Davon bin ich überzeugt.« Blacks schmale Lippen zogen sich in die Länge und er starrte mich wie eine gruselige Marionette an. »Trotzdem ist jeder Fehler in unserem Business ein letzter Fehler, nicht wahr, Meloy?« Sein Blick schoss unvermittelt zu einem dürren Kerl neben Logan, den ich noch nie vorher gesehen hatte. Der Fremde zog den Kopf ein und verlor schlagartig jegliche Gesichtsfarbe.

»Aber wir sind nicht hier, um uns mit dem Negativen zu umgeben.« Black griff nach der Flasche in der Mitte des Tisches, um unsere Gläser wieder aufzufüllen. »Ihr habt mir meine Kleine besorgt, das ist ein Grund zum Feiern.« Strahlend wie ein verschlagenes Honigkuchenpferd reichte er seine Zigarre an Logan weiter, der ohne Umschweife daran zog. »Ganz genau, Jack.« Nur Kelly und er durften ihn Jack nennen. Kelly weil sie Kelly war und Logan, weil er ihn schon so lange kannte. Die beiden hatten quasi zusammen in die Windeln geschissen. Vielleicht hatte er mich deshalb auch noch nicht gekillt. Er hatte es Logan sogar verziehen, dass er ihm das Auge verpasst hatte. Beim Spielen mit Schwarzpulver, als sie jünger waren. Deshalb Blackpowder Jack und weil er fand, dass Black nach Macht klang. Danach, als würde ihm Blackwater gehören. Dieser kleine Sack dachte ohnehin, die ganze verfluchte Welt gehörte ihm.

»Hast du sie gut durchleuchtet?«

»Na, selbstredend.« Logan war so widerlich, wenn er Black in den Arsch kroch. »Ihr Ex ist ein Bulle in Vancouver.« Die Menge johlte amüsiert. »Jaja, keine Sorge. Sie hat ihn endgültig abserviert. Toter Vater, hat ihn selbst vor den Baum gesetzt, als er sie viel zu jung fahren ließ. Mutter, der bei der Sache die Synapsen durchgebrannt sind. Sie steckte sie in ein Heim, weil es sie anwiderte, sie ansehen zu müssen und machte sich anschließend selbst den Garaus. Dann hatte die kleine Bishop ein bisschen Todessehnsucht, bekam es aber nicht auf die Reihe und jetzt ist sie verflucht einsam und auf der Flucht vor ihrem traurigen Dasein direkt in unsere Arme gerannt.«

»Bravo.« Black klatschte in die Hände, während ich verbissen meinen aufgefüllten Whisky trank.

»Und ihr Ex, der Bulle, weiß der, wo sie ist?«, fragte der Schlagringtyp.

»Ach, woher denn.« Wie dreist der kleine Scheißer log. Er hatte doch gehört, wie sie telefoniert hatte. Und ihr Ex war Bulle. Handyortung gehörte zu den einfachsten Fingerübungen, die wahrscheinlich sogar Blacks Schimpansen hier hinbekämen.

Die kleine Dunkelhaarige sah mich aus dem Schatten des Raumes heraus an, geduldig, zurückhaltend und doch vielsagend. Vielleicht würde ich sie mir tatsächlich nehmen, denn irgendetwas kochte in mir hoch, das ich nicht im Griff hatte. Es war keine Wut, ich hatte keine Ahnung, was es war, aber es kotzte mich an und vielleicht konnte ich es mir aus dem Kopf vögeln. Hatte bisher ja immer irgendwie geklappt.

»Das klingt nach Scherben, mit denen ich gern spielen werde«, triumphierte Black gierig. »Ich will sie für alle Geschäfte in und außerhalb von Blackwater und natürlich auch noch für etwas mehr.« Er zwinkerte mir zu. Dieser Sack zwinkerte mir zu und ich war so kurz davor, mein Messer zu nehmen und ihm das andere Auge auch noch auszustechen.

»Sie gefällt mir. Hat dieses gewisse Etwas. Sie wird sich sträuben und ich liebe es, wenn sie das tun. Das wagen nicht viele Frauen. Und wenn ich sie gefügig gemacht habe, wird sie unglaublich gut. Eine Frau in unserer Runde, was sagt ihr dazu, Jungs, hm?« Er ließ stolz den Blick schweifen wie der King von British Columbia.

Für ihn war es offensichtlich absolut ausgeschlossen, dass auch Frauen einen eigenen Willen besaßen und dass Brooke sich ihm ganz sicher nicht einfach so beugen würde.

»Ezra bereitet sie gern für dich vor«, bemerkte Logan siegessicher. Diese Wette hatte er wohl gewonnen. Und es kotzte mich an. Über alle Maßen und noch mehr!

»Aaaah, der gute Ezra.« Wieder legte Black seine Hand auf meine Schulter und drückte kurz zu. Seine Goldringe glänzten in meinem Augenwinkel. »Pass nur auf, dass du nicht zu exzessiv mit ihr spielst, mein Guter. Sie wird meine Königin von Columbia River und ich kann kein kaputtes Spielzeug gebrauchen.«

Gott, ich wollte ihm zu gern den parfümierten Hals umdrehen. Genau jetzt vor all seinen Männern. Würde danach wahrscheinlich genau zwei Sekunden hier drin überleben. Aber vielleicht war es das ja wert …

»Warum jetzt genau eine Frau, Boss? Nimm doch eine von den Huren«, merkte Babyface sehr geistreich an.

»Tsssss.« Black faltete seine langen Finger und betrachtete seinen Schergen tadelnd darüber hinweg. »Würdest du eine Frau totschlagen? Sie abknallen, wenn sie dich aus ihren großen traurigen Augen ansieht? Sie prügeln bis sie preisgibt, was du wissen willst?«

»Wenn du es sagst, Boss, schon«, entgegnete sein Gegenüber unsicher.

»Richtige Antwort«, lobte Black stolz. »Aber du würdest zögern. Und diese eine Sekunde, genau die ist es schon wert.«

»Kommt sicher auch anders, wenn du eine sexy Frau zu Verhandlungen schickst, als 'nen groben Kerl.«

Ah, ein kleiner Schlaumeier ...

»Siehst du. Genau das ist der Punkt. Ich sagte der Bande hier, ich will eine kluge Frau, eine starke Frau, eine verlorene Frau, die ich machen kann, zu was ich will. Kein Püppchen, eine Amazone, deren Willen ich erst brechen und dann neu formen kann. Eine schlagfertige Frau, die sich von keinem Mann etwas sagen lässt. Eine Frau, die ich vor Männern einsetzen kann, die andere Männer nahtlos erschießen würden, eine Frau jedoch ...« Er legte die Handflächen aneinander wie zum Gebet. »Mit ihren weiblichen Reizen ... steht sie über all dem. Ich wollte eine Frau, die es drauf hat, jeden Mann um den Finger zu wickeln, ihn zahm wie einen Welpen macht, nur damit ich ihn dann zertrümmern kann. Keiner der Gentlemen, mit denen wir verkehren, hat eine Frau, wir werden in Kürze eine haben.«

Er richtete sich auf und blickte zu mir hinunter. Kalt und tot. »Ist diese Brooke Bishop so eine Frau, Ezra?«

Verbissen starrte ich auf mein Glas. Das Brodeln in mir wurde stärker, bewirkte, dass ich meine Hände zu

Fäusten ballte und wickelte zähen Draht um meine Eingeweide.

»Ist sie«, sagte Logan fest entschlossen. Er war offenbar vollkommen überzeugt. Und ich war es auch, das machte das alles ja so widerlich.

»Seht ihr, meine Lieben! Der erste Versuch mag vielleicht gescheitert sein, aber diese Brooke Bishop ist ein Rohdiamant. Wie lange hat mein Vater, Gott hab ihn selig, sich schon eine Braut für seinen einsamen Sohn gewünscht, die ihm neben den ehelichen Gefälligkeiten auch noch geschäftlich nützt? Und da ist sie. Ihr habt das kleine Wildpferd aus der Prärie gefangen.« Er blickte stolz von mir zu Logan und seufzte verzückt. »Jetzt müsst ihr es nur noch zureiten, es zähmen, damit ich mir etwas Arbeit spare. Lasst sie gern etwas störrisch, aber bildet sie mir aus. Macht sie zur Schmugglerin, lasst sie Blut lecken. Und ihr wisst, zu meiner Ausbildung gehört mehr, als nur ein paar Pakete in Autos zu verpacken. Ein Job wie unserer ist anspruchsvoll. Es ist Psychologie. Manipulation. Unterwerfung. Ich will all das in ihr. Ausnahmslos.« Er drückte unsanft meine Schulter und seine protzigen Ringe rieben aneinander, als er mir zusäuselte: »Und diesmal wirst du saubere Arbeit liefern! Das letzte Püppchen ist mir viel zu schnell zerbrochen.«

Mir war zum Kotzen. Einfach nur zum Kotzen.

Black war hochgradig gestört – und wir waren es ebenso, weil wir sein kleines perverses Spiel mitspielten. Er wollte eine Frau, ich grub in ihrem Hirn herum und gab sie ihm als willenlose Puppe, die an seinen Fäden zappelte. Fiel das schon unter Menschenhandel? Das war noch so viel abgefuckter als das, was ich sonst für ihn tat. Scheiße, wenn ich nur eine Wahl hätte ...

»Warum fragst du sie nicht einfach, ob sie mit dir ausgeht?«, fragte ein dünner Hänfling mir gegenüber mit großen Augen und Wimpern wie denen einer Frau.

Black atmete tief durch und sein knappes Nicken wirkte für einen Moment beinahe verständnisvoll. Bis er sein Glas griff und es nach dem Mädchengesicht schmiss. Es zerplatzte hinter ihm an der Wand und Blacks Prostituierte schrien vor Schreck hell auf. Er war genauso ein impulsiver Wichser wie ich.

»Sind wir hier auf Tinder?«, brüllte Black ungehalten und der andere zog den Kopf ein. »Sehe ich so aus, als würde ich Fragen stellen? Wie ein Dilettant, ein Stümper? Warum mache ich all das hier wohl, hä? Ich bekomme ein fertiges Produkt, keine wahllose Hure. Das kommt euch allen zugute, auch dir. Oder hältst du mich wirklich für so degeneriert, dass ich es mir stumpf auf ein paar Handybildchen mache? Du beleidigst gerade meine Intelligenz, mein Freund. Das, was hier passiert, ist hohe Kunst, die einer wie du nicht verstehen kann.«

»Tut mir leid. War ja nur 'ne Frage«, brummte der andere kleinlaut.

Black starrte ihn an wie eine Viper. Dann glättete er seinen albernen Anzug und knackte mit dem Nacken.

»Also dann.« Er ließ den Blick über seine Prostituierten gleiten und winkte eine zu sich heran. »Du. Komm her!«

Eine Blonde mit markanten Gesichtszügen und großen, falschen Brüsten kam auf ihren utopisch hohen Schuhen zu uns herüber und umschlich Black bereitwillig.

Black packte ohne Ankündigung ihr Haar, zerrte sie zu sich heran und küsste sie grob. Nur Dominanz. Kein

Stück Lust oder Begehren. Sie seufzte erschrocken und er wischte sich fahrig über die Lippen, als er von ihr abließ.

»Zieh dich aus!«

Sie zuckte zusammen, weil sein Ton so harsch war und leistete ihm sofort Folge, als wären die Fetzen, die sie trug, nicht schon knapp genug.

Sie ließ den BH von ihren üppigen Titten gleiten und schlüpfte kokett aus ihrem Slip. Ihre Pussy war komplett glattrasiert.

»Hinlegen.« Black kehrte die Gläser zur Seite und seine Männer starrten die Blondine an wie ein Stück Fleisch.

»*Hinlegen*«, wiederholte Black schneidend, als sie zögerte.

Sie kletterte mit ihren spitzen Absätzen auf das Glas und drehte sich auf den Rücken. Leicht ängstlich blickte sie von einem zum nächsten. Sie lag jetzt nackt zwischen uns auf dem Präsentierteller und Black aalte sich in ihrer Unsicherheit.

»Siehst du, was ich meine, mein Guter?«, richtete er sich wieder an seinen Babyface-Freund. »Eine wie Brooke Bishop würde das hier nie tun.«

Dann holte er ein Tütchen aus der Innentasche seines Blazers und streute den weißen Inhalt direkt auf den nackten Körper der Frau.

Eine Line zwischen ihre Brüste, etwas auf ihre steifen kleinen Nippel und eine lange Linie von ihrem Bauchnabel bis zum Venushügel.

»Logan, mein Guter, du darfst gern der Erste sein.« Wie ein verschissener Dandy zog er die Brauen nach oben, während er meinen Bruder freigiebig dazu animierte, sein Geschenk anzunehmen. Logans Blick flackerte. Ich wusste, dass er auf diesen Scheiß stand. Er war auf ganzer Linie nicht normal. Gefahr machte ihn an und wenn andere ihm beim Vögeln zusahen, lief er zu Hochtouren auf. Außerdem zog er gern ab und zu eine Line, ganz im Gegensatz zu mir. Ich war gern Herr meiner Sinne. Ganz besonders vor all diesem Abschaum hier, der nur darauf wartete, uns auf ganz andere Art zu ficken.

Mein Halbbruder richtete sich auf und ging zu dem Tisch herüber. Wie gebannt starrten die anderen Typen ihn an. Ich hasste Blacks verschissene kleine Swingerpartys. Er veranstaltete das nur, um die Schwächen seiner Männer auskundschaften zu können.

»Lass dich ruhig aus.« Er ließ sich wieder auf seinen Stuhl sinken und verschränkte die Arme hinter dem Kopf. Seine protzige Knarre lag direkt neben der Taille der Prostituierten, den Lauf auf sie gerichtet.

Logan trat an sie heran, sah ihr in die Augen und sie war sofort hin und weg von ihm. Er hatte es drauf. Seine Hand fuhr über ihre Wange, ihren Hals, stoppte bei ihrer linken Brust und rieb etwas von dem weißen Pulver um ihre Brustwarze herum, die augenblicklich noch härter wurde. Sie wimmerte mädchenhaft, als Logan sein Gesicht über ihren Körper senkte und mit der Zungenspitze mit ihrem Nippel spielte, ihn schließlich mit den Lippen umschloss und fest daran saugte. Gott, ich wollte nicht sehen, wie mein Bruder diese Frau fickte, aber ich konnte auch schlecht aufstehen und gehen. Black würde mich abknallen. Er stand überhaupt nicht darauf, wenn jemand seine Spielwiese ohne Erlaubnis verließ.

Logan lutschte jetzt auch noch ihren anderen Nippel und sie seufzte und bog sich ihm entgegen. Ihr runder, nackter Arsch rutschte vor mir über die Glasplatte, während er ihre Möpse packte und die komplette Line bis hinunter zu ihrer Pussy inhalierte. Dieser kleine Idiot!

Er riss den Kopf hoch, rang nach Atem wie ein Ertrinkender und zog die Blondine an den Beinen näher zu sich heran. Ein anderer von Blacks Männern machte sich inzwischen an ihren Titten zu schaffen, während Logan den Reißverschluss seiner Hose öffnete, sich ein Kondom überrollte und sich über sie beugte. Ein kurzer Blick von ihm reichte und der andere Kerl trat zurück, damit Logan ihre Schultern fixieren und sich hart und keuchend in sie rammen konnte wie ein verdammter Besessener. Sie schrie auf und das mit Sicherheit nicht vor Entzücken. Ich verdrehte innerlich die Augen und wünschte mir mehr Whisky, sehr viel mehr Whisky.

Er fickte sie so hart, dass der Tisch wackelte und sie erstickt und abgehackt stöhnte, während ihre unnatürlich großen Brüste unter jedem Stoß von ihm hüpften. Mit Sicherheit wusste sie gar nicht, wie ihr geschah. Und ich auch nicht. Diese Scheiße würde mich bis in meine Alpträume verfolgen.

Als er sich kurz zurückzog, atmete ich auf. Er schnappte nach Luft und Schweiß rann ihm über die Stirn, dann packte er ihre Hüfte und drückte sich wieder in ihre kleine, nass glänzende Pussy, die mir im Moment so gar nichts gab. Der andere hatte ihr inzwischen seinen Schwanz in den Mund geschoben und seine Faust in ihrem Haar vergraben. Jeder klatschende Stoß von Logan manövrierte den anderen Schwanz tiefer in ihre Kehle und sie würgte, während der andere Typ animalisch stöhnte und grob ihren Kopf festhielt.

Über dieses Schauspiel hinweg sah mich die kleine Dunkelhaarige verführerisch an und leckte sich über die

Lippen. Sie machte das alles hier offensichtlich geil. Ich dachte daran, wie Brooke Ruby und mir zugesehen hatte und allein der Gedanke daran, ließ meinen Schwanz zucken. Sie war schärfer als all die perfekt unperfekten Frauen hier zusammen. Ihre Sturheit machte sie sexy. Ihre Stärke. *Fuck! Hör auf mit der Scheiße!*

Logan schob sich stöhnend das letzte Mal in diese bedauernswerte Blondine und ergoss sich tief in ihr, während er fest ihre Titten umgriff und der andere Kerl sie zwang, den Samen zu schlucken, den er mit zurückgeworfenem Kopf in ihren Hals pumpte.

Die Kerle atmeten eine Weile durch, dann packten sie ihre halbgaren Schwänze wieder ein und Logan sank atemlos und verschwitzt zurück auf seinen Stuhl. Seine Pupillen waren riesig. Dieser Trottel war high wie ein ganzes Drogenkartell.

»Das war gut, Baby.« Der andere tätschelte der Prostituierten, in der gerade bis zum Anschlag sein Ding gesteckt hatte, die tränennassen Wangen wie ein gutmütiger Daddy. Sie zwang sich zu einem gequälten Lächeln. Mir wurde schlecht. Dann richtete sie sich auf und schenkte uns allen einen arroganten Blick, bevor sie vom Tisch kletterte, sich das Sperma von den Lippen wischte und wieder zu den anderen ging. Okay, es war ihr Job und mit Sicherheit war diese Nummer noch sanft gewesen, verglichen mit dem, was Black ihr sonst so antat. Trotzdem hatte dieses Schauspiel die Wut in meinem Bauch nur noch kochender gemacht. Jeder wurde unter Blacks Herrschaft zu genau dem, den er haben wollte. Er machte Logan zu einem verdammten Junkie, hatte ihn komplett in der Hand. Und mich ebenso. Ich würde ihm eine gebrochene Frau ausliefern, damit er seine kranke

Show mit ihr abziehen konnte. Und wir waren absolut machtlos gegen sein beschissenes Spiel. Ich brauchte dringend ein Scheißventil!

»Ich bin pinkeln«, brummte ich und richtete mich auf. Scheiß drauf, sollte er mich abknallen, ich musste hier raus.

Die Männer gossen sich die nächste Runde Whisky ein, während ich unter Blacks wachsamen Augen zur Tür hinausging.

Frische Luft. Vielleicht half das. Ich konnte nicht mehr atmen, wenn ich nicht gleich gegen irgendetwas schlagen konnte. Ich war ein Gefangener in Blacks Horrorshow. Wir alle waren es. Rubys irritierten Blick ignorierend, warf ich wutschnaubend die Hintertür auf, um hinaus in den Wald zu stapfen. Sie hatte keine Ahnung, dass ich gerade im Begriff war, ihre neue Freundin an Black zu verhökern. Sie wusste nicht, wie übel wir wirklich waren, hielt sich von unseren tiefsten Abgründen fern und das war nur klug. Ich wünschte, das könnte ich von Brooke auch sagen, aber jetzt war es bereits zu spät. Viel zu spät.

Warum hatte Logan mir nicht gesagt, wie kaputt sie war? Was er bei seiner kleinen Recherche über sie herausgefunden hatte? Gott, ich hasste ihn dafür und für das, zu dem er sich von diesem Bastard machen ließ. Und ich hasste auch mich für das verfluchte Monster, das er in mich gepflanzt hatte.

»Hey, schöner Mann.« Ich wusste, dass es die halb nackte Dunkelhaarige von Black war, noch bevor ich mich umdrehte. »Alles okay?« Als würde sie das interessieren. Ich verkniff mir ein höhnisches Lachen, während sie mich mit ihren großen, braunen Rehaugen ansah. Ihre künstlichen Wimpern flatterten und ihre Lippen waren voll und rot. Die Schminke in ihrem Gesicht war so dick, dass genauso gut Alice Cooper darunter stecken könnte, ich hätte ihn nicht erkannt.

Sie kam näher und griff mit ihren feinen, zarten Händen nach meinem Hemd. Ich wich ihr aus und ließ einen sehr warnenden Blick in ihren einschlagen.

Nicht! Anfassen! Sonst vergesse ich mich.

»Du wirkst echt aufgebracht.«

Ach, echt?

»Lass mich dein Ventil sein.« Ihre Stimme klang verrucht und heiser, als sie wieder einen Schritt näherkam.

Mein Ventil ...

Der transparente Kimono, den sie sich übergeworfen hatte, wurde vom Wind aufgeweht und ich betrachtete sinnierend ihren flachen Bauch und die endlos langen, glatten Beine.

Eines davon schob sie gegen meinen Schritt und seufzte mir übertrieben innig ins Ohr, während sie den Druck auf meinen Schwanz intensivierte.

Wie paralysiert starrte ich hinaus in die dunklen Bäume. Über uns lag der endlose Sternenhimmel, die trügerische Freiheit.

»Ich mache alles, was du willst«, säuselte sie in mein Ohr und nahm es zwischen ihre Zähne, was einen kurzen, heftigen Stich durch meinen Unterleib schickte. Wahrscheinlich war es keine schlechte Idee. Vielleicht konnte ich mir meine Unfähigkeit aus dem Kopf vögeln. All die Dinge, die Logan über Brooke gesagt hatte. Wenn sie verschwanden, würde alles, was folgte, so viel leichter werden. Ich wollte nicht in der Lust dieser Kleinen hier baden, sie nicht zum Kommen bringen, ich wollte sie einfach nur benutzen bis es mich zur Vernunft gebracht hatte.

»Alles«, wiederholte sie, während sie am Reißverschluss meiner Hose nestelte.

»Gut, dann runter auf die Knie!«

Ich sah sie nicht an, während mein Schwanz zwischen ihren vollen Lippen verschwand, ich hielt einfach nur ihr dunkles Haar fest und schob mich tiefer in sie, genauso wie ich es brauchte. Und sie ließ mich gewähren, seufzte und stöhnte aufgesetzt, während ich mich aus ihr zog und dann wieder in ihr versank. Meine Spitze stieß gegen ihre Kehle und ich legte den Kopf zurück und schloss die Augen. War noch einmal in dem Moment damals bei Ruby. Wie Brooke uns zugesehen hatte. Ich spürte noch einmal ihren Blick, während diese Kleine ihre Zunge gegen meine Länge presste und den Druck intensivierte. Innig seufzend erinnerte ich mich an die Tiefe dieses Blickes, an das Verlangen, das in ihr gepocht hatte. Sie hatte versucht, es zu verstecken, aber ich hatte es gesehen und in diesem Moment sah ich es wieder. Spürte es. Spürte ihre Enge, als ich sie in Blacks Horrorkabinett genommen hatte, das Zittern ihres Körpers, als sie kam. Diesen Blick unter der Dusche, der mir noch jetzt durch Mark und Bein ging. Die Kleine nahm nur meine Spitze zwischen ihre Lippen und ließ sie schnell und fest hinein und hinausgleiten. Ich spürte, wie es in mir anrollte. Und bevor es mich wundern konnte, dass ich an eine andere dachte, während eine heiße Frau meinen Schwanz lutschte, hielt ich ihr Haar fester, schob mich unsanft in ganzer Länge in sie und kam. Sie hustete, würgte und schluckte. Ich ließ sie los und sie richtete sich wankend auf, zwinkerte mir zu und leckte sich keck über die Lippen. »Na? Besser, mein Schöner?«

Kein Stück! Kein! Fucking! Stück!

Was stimmte nur nicht mit mir?

Als ich wieder nach drinnen kam, waren die Primaten beim feuchtfröhlichen Teil der Verhandlungen angelangt. Logan warf mir wie beiläufig einen Blick zu, während er mit Black offenbar über die große Lieferung sprach, wegen der er hier war. Jedes Jahr um das Fest herum kam er, um persönlich den größten Teil seines Drecks zu holen. Dieses Jahr war er besonders früh gekommen. Die Kleine von vorhin lief zu nah an mir vorbei und zwinkerte mir verschwörerisch zu. Mein Kiefer verhärtete sich. Das mit ihr hatte mir nichts gegeben. Ich war noch immer voller Druck. Ruby konnte ich mir nachher schlecht antun in ihrem Zustand.

»Ach, Jungs, wo wir gerade dabei sind ... Ich habe noch etwas zu verkünden«, rief Black, als er registrierte, dass ich wieder im Raum war und alle verstummten. Er richtete sich auf und stützte die Hände auf den Glastisch, stand jetzt direkt neben mir.

Ich sah es nicht kommen, es war eine fließende Bewegung, als er seine Goldknarre hochriss und dem dürren Typen, der vorhin neben Logan gesessen hatte, eine Kugel zwischen die Augen schoss. Blut spritzte der Prostituierten, mit der er sich gerade unterhalten hatte, in das gebleachte Haar und sie schrie erschrocken auf.

»Jeder Fehler ist hier ein letzter Fehler, Meloy, mein

Freund«, zischte Black, während der Angesprochene augenverdrehend zur Seite wegkippte.

Die Mädchen sprangen hektisch durcheinander, um nicht von dem schlaffen Körper getroffen zu werden, und im Raum wurde es totenstill, als Black sich langsam in meine Richtung drehte und die Waffe direkt auf meine Schläfe richtete.

»*Jeder* Fehler, Ezra.« In seinem intakten Auge glänzte der pure Wahnsinn.

»Jack …«, begann Logan besänftigend, verstummte aber unter Blacks beißendem Blick, der sich kurz darauf bitterböse in meinen schürfte. Jeder Muskel in meinem Körper war Zement, ich starrte so hart zurück, dass ich glaubte, er müsste jeden Moment zu kaltem Stein werden unter all meinem Zorn.

»Deine Schuld ist noch lange nicht ausgesühnt«, sagte er in einem gefährlichen Singsang. »Dein Arsch gehört mir bis ich sage, es ist genug, und du weißt, wie wenig ich von genug halte. Dieses Wort existiert in meinem Wortschatz quasi nicht.« Er trat noch ein Stück näher und presste mir unsanft den Lauf gegen den Schädel. »Also pass besser auf, dass du mich nie wieder wütend machst, denn ich kann euren ganzen kleinen Clan hier mit einem Fingerschnippen ausradieren, wenn ihr nicht tut, was ich euch sage.« Mit einem Ruck nahm er die Pistole von mir, aber meine Muskeln blieben angespannt.

»So, und jetzt, wo wir das geklärt haben …« Er klopfte mir auf den Rücken und wischte damit das psychopathische Intermezzo aus seinen Knochen, das er uns gerade serviert hatte. »… hoffe ich, du hattest Spaß mit meiner Kleinen. Ich habe dir einen neuen Drink geordert. Und ihr räumt bitte die Leiche aus meinem Kabinett, ja? Da vergeht einem ja der Spaß am Feiern.«

Dass er recht hatte, brachte mich fast zum Explodieren. Keiner vergriff sich freiwillig an einem Blackwater. Keiner außer ihm. Denn Jack Blackpowder Pine gehörte die Welt.

Ich würde ihn töten.

Eines Tages würde ich ihm jeden Scheißknochen zertrümmern, ihm dabei tief in die Augen sehen und darin baden, wie er brach. Aber Scheiße, dieser Tag war noch nicht heute! Leider!

In einer besitzergreifenden Geste zog Black Logan und mich wieder an sich heran, legte die Arme um uns und lachte langgezogen, während die nächste fette Zigarre zwischen seinen gebleckten Zähnen glühte.

»Nur zu, bedient euch großzügig an meinem Schnee und meinen Mädchen und holt die süße Ruby mit noch mehr Whisky her! Jetzt wird gefeiert, denn ich bin zurück.« Der vergoldete Revolver, den er mir gerade noch an den Kopf gehalten hatte, hing jetzt achtlos in seiner Hand auf meiner Schulter.

»Ich bin zurück, ihr dreckigen Bastarde und wir werden so unfassbar viel Spaß zusammen haben. Ihr beide, die Jungs, meine kleine Brooke und ich.«

Wir waren am Arsch.

Restlos am Arsch!

Ende Teil 1

Das Abenteuer geht weiter in
WILD DARK HUNTER 2 – Gefangen in der Dunkelheit:

Ich habe dich gewarnt. Du gehörst hier nicht her. Nicht nach Blackwater und nicht zu mir. Aber jetzt ist es zu spät. Ich habe eine Blutschuld – und du wirst sie begleichen.

Brooke hat sich in Blackwater Mountain eingelebt und wähnt sich in Sicherheit.
Während ihre ganze Aufmerksamkeit ihrem rauen, mitreißenden Boss Ezra gehört, ahnt sie nicht, dass ausgerechnet Black sein vernarbtes Auge auf sie geworfen hat. Der Gangsterkönig führt die Kleinstadt mit harter Hand, lässt seine Macht durch illegale Geschäfte sprechen und hat mit Ezra noch eine Rechnung offen. Schulden, die er bezahlen könnte, wenn er Brooke nicht mehr schützen, sondern Black ausliefern würde. Ein Leben für eine ganze Stadt. Aber ist Ezra wirklich immer noch der herzlose Bastard, der er einst war oder flammen hinter seiner kalten Brust doch verbotene Gefühle für Brooke auf, die selbst er inzwischen nicht mehr leugnen kann?

»Ezra ist ein Jäger. Und du warst von Anfang an nichts weiter als seine Beute, kleine Brooke.«

LESEPROBE
WILD DARK HUNTER – Gefangen in der Dunkelheit

Brooke

Ich musste kurz eingeschlafen sein, denn das Geräusch der sich ruckartig öffnenden Terrassentür ließ mich hochschrecken. Es war plötzlich stockdunkel und ich sah die Sterne über dem Haus mit dem Licht um die Wette flimmern, das hinter mir im Wohnraum angegangen war.

Als ich mich schuldbewusst aufsetzte, blieb mir jeder Versuch einer Erklärung der Situation im Halse stecken. Ezra stand im Türrahmen und starrte mich ohne jeden Blick in den Augen an. Es war, als würde er mich gar nicht erkennen. Sein Ausdruck, seine ganze Erscheinung war so wahnsinnig gemartert, dass es mich bis ins Mark erschütterte. Offenbar hatte er schon geduscht, denn sein Haar war nass und trotzdem war er noch nicht wieder da ... Wo zur Hölle befand er sich gerade? In welcher schauderhaften Parallelwelt war er gefangen? Schwere Atemzüge rebellierten in seiner Brust und er wirkte, als müsse er sich an der Tür festhalten, damit es ihn nicht in die Knie zwang. Ich konnte nichts weiter tun, als zurückzustieren und dabei zu fühlen, wie irgendetwas in meinem Herzen langsam Risse bekam. »Ezra …« Meine Stimme war nur ein Schatten ihrer selbst, meine Kehle so zugeschnürt, dass ich kaum Luft bekam. Und er drehte sich um, hangelte sich zu seinem Schrank wie ein Ertrinkender zu einem Rettungsboot, riss die Whisky-Flasche heraus und setzte sie direkt an die Lippen. Schluckend warf er den Kopf zurück und trank. Er trank viel zu viel auf einmal. Wollte er sich verflucht nochmal umbringen? Mein ganzer Körper zitterte, als ich mich hochdrückte und ihm näherte wie eine wütende Furie. In Wirklichkeit hatte ich Angst, riesige Angst. Und Angst ließ Menschen sehr dumme Dinge tun. In einer fließenden Bewegung schlug ich ihm die Flasche aus der Hand. Sie wurde gegen die Kante der Anrichte geschleudert, prallte ab und zerbarst auf dem Holz des Parketts in eine Million Splitter, die bis hinüber auf die Terrasse regneten.

Atemlos starrte er auf die kleine Pfütze, die sich aus dem Rest Whisky bildete, den er noch nicht vernichtet hatte. Seine Züge wurden hart, sein Blick dunkler als die Nacht und ich konnte spüren, wie er kochte, sehen, wie seine zerschrammten Hände sich zu Fäusten ballten.

Ja, gut so! Los! Raus damit!

Wie ein Löwe packte er mich am Hals und ließ mich so hart gegen die Wand prallen, dass ich ächzte. Schmerz fuhr mir in den Rücken, aber das war mir egal. Mir war nur wichtig, was da in seinen verdammten Augen wütete. Ein Sturm aus Feuer und Eis. Ezra starrte mich an wie einen Feind, er war noch immer nicht wieder er selbst, aber ich würde ihn zurückholen.

Scheiße, mir entkommst du nicht, Ezra Crave!

Ich rammte ihm mein Knie in die Magengrube und stieß ihn zurück. Er keuchte, griff wieder nach mir und meine Schulter schrammte schmerzhaft die Ecke der Schranktür, aber ich entkam ihm fürs erste. Knurrend setzte er mir nach, bekam mich kurz vor dem Kamin zu fassen und ich stürzte seitlich auf seinen Teppich. Nur knapp entging mein Kopf der Tischplatte. Mit einem Satz war er über mir, nagelte mich am Boden fest und trieb seinen Blick in mich, als wollte er mich einfach so unter sich zertrümmern. Ich kämpfte gegen ihn, nicht mehr körperlich, Nein, ich wickelte seinen Zorn in Stacheldraht, indem ich diesem Blick standhielt. In den gleichen Stacheldraht, der sich in meine Eingeweide fraß, als ich realisierte, dass ich für das hier verantwortlich sein musste. Und die Erkenntnis tat weh. So beschissen weh! »Was hat er dir angetan?« Meine Stimme klang rau. Ezras Augen flackerten kurz, ich konnte sehen, wie er zu sich kam. Wie er nach Luft schnappte und seine Brauen sich zusammenzogen, als müsste er erst noch verstehen, wo er sich befand. Er ließ mich los, kniete sich auf die Kante des Teppichs und musterte mich ratlos.

»Was hat dieser Bastard dir angetan?« Langsam tastete ich mich zu ihm, kauerte mich so nah vor ihn, dass ich die Wärme seines Körpers spüren konnte. Diese Wärme war Leben.

Du lebst, Ezra. Dein Herz schlägt.

»Lass das nicht zu«, sagte ich und legte meine Fingerspitzen an seine Wangen, blickte ihn so eindringlich an, wie ich noch nie zuvor jemanden angeblickt hatte. Widerwillig zuckte er unter meiner Berührung zurück, aber anstatt ihn loszulassen, griff ich nur noch fester zu. Er verstand es vielleicht noch nicht, aber er musste jetzt gehalten werden.

»Du wirst mir jetzt vertrauen, Ezra Crave.« Ich flüsterte es nah bei seinen Lippen, berührte sie so sanft mit meinen, dass es wehtat, fühlte sein Zittern unter meinen Händen.

Und ich küsste ihn. Sanft und langsam. Legte jedes Gefühl in diesen Kuss, das er jetzt so dringend brauchte. Zuerst machte er sich ganz fest, bebte am ganzen Körper, aber er stoppte mich nicht und als ich mich von seinen Lippen löste und in seine grauen Augen blickte, so kühl und verschlossen und so voller Leid, spürte ich, dass etwas in ihm vorging.

»Ich habe mich meiner Angst gestellt, du schaffst das auch«, hauchte ich und als ich ihn erneut küsste, kam er mir entgegen. Hungrig, als würde das Eis in ihm langsam zu Lava. Unsere Zungen fanden einander. Er schmeckte nach Whisky, Traurigkeit und Sehnsucht, als er meine Taille umgriff und mich näher an sich zog. Sacht schob ich ihn ein Stück zurück und die glimmende Leidenschaft in seinem Blick entfachte ein kleines mattes Lächeln auf meinem Gesicht. Er kam zurück. Endlich kam er zurück.

Er ließ zu, dass ich ihm behutsam das Shirt auszog, dass ich mich über seinen Hals küsste, bei jeder einzelnen seiner Narben Halt machte, um sanft mit den Lippen darüber zu streichen. Die Schnittwunde auf seiner Brust sah noch immer böse aus, aber das war gerade nicht wichtig.

Als ich das Gesicht zu seinem hob, sah er mich so tief und liebevoll an, dass mein Herz beinahe schmolz. Knopf für Knopf öffnete ich meine Bluse, ließ sie über die Schultern gleiten und zog mir den BH aus, während er mir mit glühenden Augen dabei zusah. Meine Finger glitten in seinen warmen Nacken, strichen durch sein Haar, über seine Stirn, die Wangen, seine Brust, ich wollte ihn überall berühren, gerade weil er das noch nie vorher zugelassen hatte. Jetzt hielt er ganz still und beobachtete mich, als würde er ein faszinierendes fremdes Wesen studieren.

»Du bist mehr als das, was er aus dir macht«, sagte ich bebend, während ich meinen nackten Oberkörper gegen seinen drängte. Oh Gott, wie großartig sich das anfühlte, seine Wärme, sein Herz an meiner Brust, so stark und lebendig. Keiner durfte es je brechen, durfte *ihn* je brechen!

Ganz vorsichtig schob ich ihn zurück, bis er unter mir lag und richtete mich auf, um meine restliche Kleidung loszuwerden und dann seine. Er sah mich an wie das wertvollste Geschöpf auf der Welt als ich vollkommen nackt wieder auf ihn glitt, eingehüllt in das flammende Licht des Kamins und das Zirpen der Grillen im Wald, das durch die geöffnete Terrassentür zu uns hineindrang.

Wie schön er war! Ezra Crave war so unsagbar schön mit all seinen Narben und Abgründen. Eine ganze Weile betrachtete ich ihn nur aufmerksam, während meine heiße Mitte über seine pralle Erektion glitt. Er schloss seufzend die Augen und griff nach meiner Hüfte, ganz sacht, als würde er sich zaghaft an mir festhalten.

Behutsam fasste ich zwischen uns, umgriff seine Härte und schob ihn quälend langsam in mich. Stück für Stück bis er mich vollkommen ausfüllte. Gott, es fühlte sich so großartig an, ihn ohne jede Barriere zu spüren, ich wagte kaum, zu atmen. Sein wohliges, tiefes Stöhnen ließ einen Schauer über jedem Zentimeter meiner Haut rasen. Sacht zog ich die Hüfte nach oben, gab ihn ein Stück fei und nahm ihn kurz darauf wieder in mir auf. Er ließ sich von mir führen, ließ mich seufzend auf ihm die Lenden kreisen. Und ich genoss unsagbar, wie er sich tief in mir anfühlte, wie er mich ausfüllte, mich vollständig machte. Als ich begann, mich schneller auf und ab zu bewegen, zitterte sein Körper wohlig unter mir. Spürte er das hier genauso intensiv wie ich? Ich war kurz davor, in diesem Moment zu zerfließen. Er setzte sich ein Stück auf, zog mich enger auf seinen Schoß und legte keuchend seine Stirn an meine, während er sich so tief in mich schob, dass es keinen Millimeter mehr zwischen uns gab.

»Bist du wieder da?«, fragte ich leise und blickte ihm in die Augen.

»Ja«, raunte er und legte die Arme um mich, damit er mich hochheben und sacht unter sich auf den Teppich legen konnte. »So sehr wie schon ewig nicht mehr.«

Er rückte über mir ein Stück nach oben, schloss meine Beine ein wenig, während er in mir war und bewegte die Hüften in behutsamen kleinen Kreisen nach unten. Meine Klit wurde dadurch von ihm gleichzeitig mit meinem G-Punkt stimuliert und verdammt, nach wenigen Sekunden unter ihm war ich kurz vorm Explodieren. Wimmernd krallte ich mich in seinen Rücken und hielt ihn fest an mich gedrückt.

Bloß nicht aufhören! Nie wieder!

Das war so intensiv, *er* war so intensiv!

Die kochende Welle brodelte so heftig in mir heran, dass ich mich verkrampfte. Und er hielt mich, während sie auf mich prallte, drückte seinen harten Schwanz noch fester gegen meine Perle, während sich meine Wände um ihn herum fest zusammenzogen. Er stöhnte tief in mein

Ohr und ich legte den Kopf nach hinten und schrie es heraus. Was auch immer er da getan hatte, ich hatte noch nie zuvor etwas Besseres gefühlt.

Mein Körper badete in Feuerwerk und meine Hände zitterten, während er sich an meinem Hals nach unten küsste, seine tätowierten Arme neben mir abstützte und sich mir ein Stück entzog, nur um sich erneut in mich zu schieben, diesmal fester als zuvor. Für eine Sekunde betrachtete ich das Tattoo auf seinem Arm, das in seinem GMC meine Aufmerksamkeit auf sich gezogen hatte. Der Schädel, in dem eine schwarze Schlange lauerte. Verdammt, sie verkörperte den Teufel, der ihn besetzte. Ich war mir so sicher. *Oh, Ezra* ... Wissend fing er meinen Blick auf und hob meinen Oberkörper ein Stück nach oben, damit seine Zähne sacht an einem meiner Nippel ziehen konnten. *Fuck!*

Sehnsüchtig beugte ich mich ihm entgegen, seiner Zunge die über meine harten Knospen tanzte und er hielt mich fest, während er sich wieder bis zum Anschlag in mich drückte. Seine langen Stöße wurden härter und kürzer und er keuchte abgehackt, während er tief in meinen Augen versank. Schwer atmend zog er eins meiner Beine nach oben gegen seine Brust und drang in voller Länge so tief in mich, dass es sich anfühlte wie die absolute Verschmelzung, beinahe schmerzhaft, einmal, zweimal, dann stoppte er, schloss die Augen, umgriff meinen Oberschenkel fester und ergoss sich tief stöhnend in mich. Ich spürte, wie sein Schwanz in mir pulsierte, packte seinen festen Hintern, um ihn noch tiefer in mich zu drücken, während sein Samen sich heiß in meiner Mitte entlud. Schwer atmend blickten wir für einen Moment in die dunkelsten Tiefen des anderen. Mein Bein glitt an ihm hinab und ich legte die Arme um ihn, schmiegte mein Gesicht in den heißen Duft seines Halses. Er wirkte fast etwas hilflos, konnte so viel Zuneigung sicher nur schwer ertragen. Besonders nicht nach dem, was wir hier gerade getan hatten. Das war kein einfacher Fick gewesen, wir waren ineinander versunken. Sogar ich musste all die Emotionen erst einmal sacken lassen, wieder aus ihm auftauchen, damit ich nicht in seinen Tiefen ertrank.

»Ich werde drüben in der Hütte schlafen«, sagte er leise gegen die verschwitzte Haut meines Gesichtes und löste sich von mir.

»Ich kann auch ...«, begann ich, aber er bedachte mich mit einem strengen Blick und ich verstummte.

Er brauchte jetzt Abstand, das hatte ich erwartet. Trotzdem hätte ich zu gern gewusst, was gerade in seinem Kopf vorging, auch wenn ich nicht einmal die leiseste Ahnung hatte, was in meinem eigenen passierte. Alles raste durcheinander, während er sich sein Shirt überzog und in die Jeans schlüpfte. Überfordert blickte ich ihm nach, als er durch die Dunkelheit davon ging. Er flüchtete. Vor mir, vor sich und vor diesem stumpfen, toten Dämon, den ich da gerade aus ihm herausgezerrt hatte.

Und für weitere wilde, prickelnde und düstere Abenteuer folge mir gern auch auf:

Instagram:
https://www.instagram.com/sophie.moore_autorin/

Facebook:
https://www.facebook.com/Sophie.Moore.Autorin/

Wage dich mit mir in die Schatten.
Ich freue mich auf dich. <3

DANKSAGUNG

An allererster Stelle danke ich DIR!

Weil du Wild Dark Hunter gerade in der Hand hältst, dich auf Ezra und seine Wildnis einlässt, die Geschichte in die Welt hinausträgst, teilst und vielleicht sogar rezensierst. (Dafür wäre ich dir sogar noch einmal zusätzlich dankbar! 😊) Ohne dich wäre all das unmöglich. ICH wäre unmöglich. <3

An zweiter Stelle:

So viel Liebe für Sara Rivers!

Als sie erfuhr, an welchem Projekt ich arbeite und meinte, ihre Jungs seien ganz in der Nähe von meinem Blackwater Mountain und ob ich nicht Lust hätte, dass wir unsere Story in ihren Fucking Wild Freaks und meinem Wild Dark Ranger (Teil 3 von Wild Dark Hunter) verbinden, hatte ich ja nicht ahnen können, WIE FUCKING GROßARTIG all das werden würde!!!

Ihre Jungs fühlen sich inzwischen fast ein wenig wie meine eigenen an, unsere Zusammenarbeit ist die pure

Inspiration und die Story ... Leute, ihr könnt euch da wirklich auf etwas gefasst machen!

Sara-Schatz, ich liebe jeden Austausch mit dir, das ist so wertvoll! Du bist wundervoll und für mich wirklich eine Freundin geworden. Ich drück dich ganz fest. Und ich hoffe so sehr, die wilden Jungs sind nicht unsere letzte Kooperation.

Dich geb ich nicht wieder her! <3

Gleich danach müssen definitiv meine girls Anny Thorn, Sophia Como und Ava Harrington stehen. Was soll ich sagen ... Ihr seid meine Seelen-Schwestern und ich liebe euch! Ich bin so glücklich, dass wir uns gefunden haben und hoffe, es ist für Immer! <3

Tausend Dank an meine Testleser-Mädels-Gang Anna, Bianca, Feli, Marie, Kim, Saskia, Saskia (Ja, wir haben zwei tolle Saskias 😉), Thyra, Selina, Sonja und Vanessa. Der Austausch mit euch ist pures Gold! Ich habe das Gefühl, wir haben einander gesucht und gefunden und ohne euch wäre der Hunter nicht, was er jetzt ist. DANKE!!! Für euren Support, eure Mühe, euer Herzblut! Einfach alles!

Ganz besonders auch an Vanessa und Selina für eure Herzenswärme und euren unermüdlichen Beistand und die sprudelnden Ideen. (Trust, Selina ;D) Ihr seid großartig und ich will euch nicht mehr missen!

Danke auch an meine Profi-Testleserin Vanessa mit dem speziellen Marvel-Namen Adlerauge (Hab ich ihr selbst verpasst :-D) für deine Begeisterung und den special Feinschliff.

Danke an Jane und Nikolina für diese BOMBEN-Cover, sind sie nicht der OBERHAMMER?

Natürlich auch Danke an Jennifer für die – immer wieder großartige Zusammenarbeit am Klappentext und überhaupt an den Federherz Verlag und das gesamte Team, weil ihr an meine Geschichten glaubt, ihnen ein Zuhause gebt, sie drucken lasst und verpackt, damit sie zu ihren Lesern fliegen können.

Und last, but never least: Danke an meine Korrektorin Diana! Dir sind Dinge ins Auge gesprungen, die sonst noch keiner entdeckt hat. Danke für das Blankpolieren meiner Geschichte! Du bist die Queen of Horror-movie. 😊

Du liebst die Wildnis genauso sehr wie ich? Du kannst nicht genug von rauen Männern, menschlichen Abgründen und der wunderschönen Natur bekommen? Dann habe ich tolle Neuigkeiten für dich!

Die Wildnis ruft dich nicht nur in Blackwater Mountain, sondern auch im Coldmind, einer verlassenen Nervenheilanstalt mit dunkler Vergangenheit im North Cascades Nationalpark, in dem Sara Rivers Protagonisten aus Fucking Wild Beasts bereits auf dich warten! Die Reihen sind unabhängig voneinander lesbar, aber wer den vollen Lesegenuss haben will und Crossovers liebt, ist bei uns genau richtig. Unsere Protagonisten treffen aufeinander. Und wie, sag ich euch! Natürlich kannst du erst eine Reihe beenden und dann mit der anderen beginnen. Um Spoiler zu vermeiden, empfehlen wir jedoch, die Bücher in dieser Reihenfolge zu lesen:

Wild Dark Hunter 1
Wild Dark Hunter 2
Fucking Wild Beasts
Fucking Wild Freaks
Fucking Wild Heroes
Wild Dark Ranger

Die Highland Rebels von Alessia Gold

Erhältlich im Federherz Shop

Regel Nummer eins: Keine Frau ohne die Brüder.
Wir sind eine Einheit.
Wir sind die Könige – und wir teilen uns alles.
Ich habe dich vor uns gewarnt. Wir sind nicht die netten College Boys, für die du uns hältst. Die Lions sind eine Bruderschaft. Wir haben nicht nur das Sagen über das Cluaran-College, wir sind auch die skrupellosen Könige des schottischen Untergrundes.
Meinst du wirklich, du könntest dich gegen uns behaupten?

Getrieben von dem Wunsch, die kriminellen Machenschaften ihres Vaters und das Trauma ihrer Vergangenheit endlich hinter sich zu lassen, flüchtet Davine in die schottischen Highlands. Noch am Flughafen trifft sie auf den brandheißen Cailan und lässt sich auf eine kurze, verbotene Affäre mit ihm ein. Doch der Student mit der düsteren Aura ist nicht irgendjemand. Er ist Mitglied der gefürchteten Lions und hat gegen die goldene Regel der Bruderschaft verstoßen. Davine gerät zwischen die Fronten der dominanten Studenten und muss für Cailans Fehler büßen. Sie verstrickt sich in ein Netz aus Lügen, Gefahr und Lust, aus dem es kein Entkommen gibt. Die Lions denken, sie zögen an den Strippen, könnten über sie herrschen, wie sie es über den Campus tun. Doch auch Davine hat ein Geheimnis, das ihnen allen am Ende zum Verhängnis werden könnte.

Sammle Herzpunkte und sichere dir

kostenlose Wunschbücher

Du hast Lust, Feedback zu den Verlagstiteln des Federherz Verlages zu geben? Du möchtest dabei Punkte sammeln, von denen du dir in regelmäßigen Abständen Wunschbücher aussuchen kannst?

Dann mach mit beim Herzlesen. Alles, was du dafür brauchst, ist ein Konto auf unserer Federherz-Homepage. Sobald du dieses hast, kannst du direkt damit loslegen, Herzpunkte zu sammeln.

Wir freuen uns, bald mehr von dir zu lesen!

Dein Federherz Verlag

Die Isle-Reihe von Mica Healand

Erhältlich im Federherz Shop

Mein Entführer hat stechend grüne Augen. Ist wahnsinnig attraktiv. Und scheint mich vor einer viel größeren Gefahr beschützen zu wollen …
Kann ich ihm vertrauen?

Journalistin Kylee wird entführt. Sie vermutet, in die Hände der Mafia gefallen zu sein. Ein düsterer Killer verschleppt sie auf eine einsame schottische Insel im Nirgendwo. Tagsüber versucht sie mit allen Mitteln, ihrem Gefängnis zu entfliehen. Nachts treibt die Angst sie in die Arme und in das Bett ihres Entführers. Sie fühlt sich zu ihm hingezogen, obwohl er von einem dunklen Geheimnis umgeben ist. Brexen Ward muss einen Auftrag erfüllen: Kylee töten.

Kann Kylee sich vor dem Callen-Clan retten oder verliert sie auf der Insel mehr als nur ihr Herz?